Peter Kratzer

Tod auf dem Gleis

Landarzt Dr. Klein ermittelt

Historischer Kriminalroman

Bibliografische Information der Deutschen Nationalbibliothek:
Die Deutsche Nationalbibliothek verzeichnet diese Publikation in der Deutschen Nationalbibliografie; detaillierte bibliografische Daten sind im Internet über http://dnb.dnb.de abrufbar.

Umschlaggestaltung: Josef Zankl und Gabriele Fischer
Gesetzt von Angela Eßer aus der Goudy Old Style

Verlag: BoD · Books on Demand GmbH, Überseering 33, 22297 Hamburg, bod@bod.de

Druck: Libri Plureos GmbH, Friedensallee 273, 22763 Hamburg

ISBN: 978-3-8192-1207-9

Für Eduard und Hedi

14. Mai 1929

Das Klingeln unten an der Haustüre riss ihn aus dem Tiefschlaf. So viele Male hatte er es schon gehört und wusste, was es bedeutete. Ein Notfall. Meistens. Manchmal war es aber auch falscher Alarm. Jetzt hatte es allerdings jemand mehr als eilig, ihn sprechen zu wollen. Zu dem beharrlichen Klingeln kam auch noch lautes Klopfen und Rufen dazu.

„Herr Doktor, kommen S', schnell!"

Das Rufen wurde noch lauter.

„Ja, hören S' mich denn gar nicht?"

Wenn der weiter so schreit, dachte Wolfgang Klein, dann weckt der noch das ganze Dorf auf. Er schaltete die kleine Nachttischlampe ein und schaute auf den Wecker. Kurz nach Mitternacht. Gerade mal eine gute Stunde war es her, dass er ins Bett gegangen war. Nach der anstrengenden Nachmittagssprechstunde und den ganzen Hausbesuchen hätte er vielleicht gleich ins Bett gehen und nicht erst noch ein Glas Rotwein trinken sollen.

„Bestimmt nur irgendeine Lappalie, für die sie dich schon wieder mitten in der Nacht aus dem Bett holen", brummte neben ihm Heidrun im Halbschlaf und drehte sich auf die andere Seite, ihrem Mann den Rücken zu. Für einen Moment legte Klein seine Hand auf ihren Arm und schlug dann die warme Bettdecke zurück. Er setzte sich auf die Bettkante, schüttelte kurz den Kopf um endgültig wach zu werden, zog seine Pantoffel und den Bademantel an und hastete die knarzende Treppe hinunter an die Haustüre.

Zwei oder drei Mal die Woche kam es vor, dass er nachts zu bettlägerigen Patientinnen oder Patienten geholt wurde. Die meisten Häuser in Moorbach hatten nach wie vor kein Telefon und dann standen besorgte Angehörige oder Nachbarn eben einfach vor der Türe. Kranke, die noch in der Lage waren aufzustehen, suchten ihn gleich direkt auf. Das war ihm deutlich lieber, musste er sich dafür doch nicht extra anziehen und konnte die Behandlung einfach im Bademantel durchführen. Meist ging es um fieberhafte Infekte oder Bauchschmerzen, manchmal auch Platzwunden oder andere kleine Verletzungen.

Diesmal war es etwas anderes.

Als er die Tür öffnete, stand im strömenden Regen Wachtmeister Nebler vor ihm.

„Kommen S' mit Herr Doktor, es ist wieder wer auf's Gleis."

Das nasse Regencape des Wachtmeisters glänzte im Schein der Flurlampe. In kleinen Bächen lief ihm das Wasser über sein Gesicht und das Cape. Seine Lederstiefel waren schon ganz aufgeweicht. Mit der rechten Hand schob er seine Schirmmütze ein Stück nach hinten, wischte sich mit der anderen über das nasse Gesicht und kramte aus der Hosentasche ein Taschentuch. „Eine junge Frau ist es diesmal!"

Klein schüttelte unmerklich den Kopf. Nicht schon wieder, dachte er. Erst vor zwei Wochen hatten sie einen jungen Familienvater, den er gekannt hatte, neben den Gleisen gefunden. Arbeitslosigkeit, Alkohol, dann von der Frau verlassen worden, mit den Kindern. Sie war zu ihren Eltern zurückgezogen, und er sah keinen anderen Ausweg mehr. Ein Klassiker. Auch in einem Dorf.

Wenigstens war es jetzt, Mitte Mai, nicht kalt.

So ist das hier in Moorbach. Hier geht man ‚auf's Gleis‘, wenn man seinem Leben ein Ende setzen will. Das ist so üblich. Man erschießt sich im Allgemeinen nicht, man hängt sich selten auf und vergiftet sich nicht. Man geht ‚auf's Gleis‘.

„Nebler, jetzt kommen S' erst mal rein. Draußen geht ja grad die Welt unter.“

Klein ging ein Stück zurück in den Flur, der zwischen den Wohnräumen und der Praxis lag und hielt dem Wachtmeister die Türe auf.

„Sagen Sie mal, haben Sie denn keinen Schirm?“

„Normalerweise schon, aber auf dem Fahrrad geht das schlecht.“

„Jetzt kommen S' herein ins Trockene. Wo ist es denn passiert?“

„Kurz vor der Kurve bei Brunnen, beim Bahnübergang.“

„Und wann?“

„Muss so vor knapp einer Stunde gewesen sein. Der Lokführer hat mich über Funk verständigt. Es war der letzte Zug nach München. Ich bin dann gleich hin, ob das alles stimmt und jetzt zu Ihnen her.“

Auf dem Boden im Flur bildete sich eine immer größer werdende Pfütze um Neblers Schuhe, die voller Erdklumpen waren. Klein seufzte. Das würde morgen früh wieder ein Donnerwetter von Heidrun nach sich ziehen.

„Haben Sie die Schubert schon verständigt?“

Nebler grinste. "Die habe ich zuerst geweckt. Wohnt ja auf dem Weg hierher. Sie hat gesagt, dass sie den Makler und den Summer mit dem Leichenwagen losschickt, die Tote abholen.“

Klein nickte zustimmend.

„Dann mach ich mich mal fertig. Dauert nicht lang!“

Er ging allerdings erst in sein Sprechzimmer, holte aus der untersten Schublade seines Schreibtisches eine Flasche Obstler und ein Schnapsglas, das er randvoll schüttete, reichte es dann zusammen mit einem Handtuch dem Wachtmeister.

„Hier ein Notfallmedikament zum Aufwärmen und trocknen Sie sich ab, bis ich fertig bin."

Klein wusste genau, warum Nebler ihn und nicht den alteingesessenen Arzt des Dorfes, den Dr. Semmlinger, aus dem Bett geklingelt hatte.

Moorbach war eine typische bayerische Kleinstadt, nichts Besonderes. In der Mitte die barocke Kirche St. Martin, umgeben vom Kirchenbogen, dem Mesnerhaus und den Nebengebäuden. Daneben das Pfarrhaus und das Benefiziatenhaus, in dem der alte Pfarrer und der Kaplan wohnten. Es gab acht Bauernhöfe, drei Wirtschaften, vier Kramerläden, zwei Bäckereien, eine mit Café dabei, zwei Bekleidungsgeschäfte, jeweils eines für Männer und eines für Frauen. Am Marktplatz stand der Maibaum vor dem zentral gelegenen Brunnen, am Rand des Marktplatzes das Bürgerhaus, dahinter die Waschanstalt. Im Keller des Bürgerhauses war der Eiskeller, im Erdgeschoß der ‚Knöller', eine Wirtschaft, in der sich immer die Honoratioren des Dorfes trafen. Zu ihnen gehörte auch Dr. Semmlinger. Jeden Donnerstagabend traf der sich mit dem Apotheker, dem Bürgermeister, einigen Bauern und Mitgliedern des Gemeinderates. Hier wurden dann die aktuellen Entwicklungen im Ort besprochen, diskutiert und viele Entscheidungen getroffen, die dann in der nächsten Gemeinderatssitzung nur noch abgenickt wurden.

Seit über zwanzig Jahren war Dr. Semmlinger schon Arzt in Moorbach, davor vierzig Jahre sein Vater. Konkurrenz im Ort war er nicht gewohnt und daher gar nicht erfreut gewesen, als mit Dr. Klein ein weiterer Arzt in Moorbach seine Praxis eröffnet hatte. Dabei hätte er froh sein können, gab es doch mehr als genug zu tun. Aber er hatte bald gemerkt, dass der junge Kollege ihm seine Stellung nicht streitig machen konnte. Alle wichtigen Leute kamen weiterhin zu ihm und die armen Wichtel, die sowieso nichts einbrachten, konnte ruhig der ‚junge Kollege‘ behandeln. Und im gesellschaftlichen Leben Moorbachs trat Dr. Klein überhaupt nicht in Erscheinung, auch beim ‚Knöller‘-Stammtisch nicht.

Normalerweise holte Wachtmeister Nebler immer Dr. Semmlinger, wenn etwas Besonderes im Ort los war. Nur hatte der beim letzten Mal, als er ihn nachts herausgeklingelt hatte, furchtbar geschimpft und gemeint, dass er ihn nachts in Ruhe lassen solle, er brauche seinen Schlaf. Und für alles, was mitten in der Nacht passieren würde, solle Nebler künftig den Klein aus dem Bett holen.

Und so war es dazu gekommen, dass der Wachtmeister in dieser Nacht bei Dr. Klein klingelte.

Der Wachtmeister kippte den Schnaps mit einem Schluck hinunter und hielt dem Doktor das Glas mit einem Grinsen gleich wieder entgegen.

„Viel hilft viel, ein gutes Medikament ist das!"

Klein füllte das Glas wieder randvoll und stellte die Flasche griffbereit für den Wachtmeister auf die kleine Kommode im Eingang. „So, jetzt muss ich mich aber fertig machen, bin gleich wieder da."

Klein dachte an die Bahnlinie. Sie war prägend für den Ort, durchschnitt ihn in zwei Hälften, diesseits und jenseits der Gleise. In der Mitte der Bahnhof mit seinem Kiosk, wo es fast rund um die Uhr etwas zu trinken gab. Immer saßen im und am

Kiosk ein paar Männer, meistens vom Leben schon gezeichnet, kommentierten und diskutierten das Ortsgeschehen. Der neueste Selbstmord würde sicher das Thema des nächsten Tages werden. Jenseits des Bahnhofs, im Unterdorf, wohnten vor allem die einfacheren Moorbacher, die Arbeiter und Flüchtlinge, die Zugezogenen. Im Oberdorf, diesseits der Bahn, lebten die ‚besseren' Moorbacher, die Honoratioren, die alteingesessenen Bauern. Die Häuser und Gärten waren größer und schöner, da standen auch die Kirche mit dem Kirchhof und das Pfarrhaus. Und auch das Haus des Doktors, gleich neben dem Pfarrhaus.

Erst vor zwei Jahren, im Frühjahr 1927, hatte er das Haus gekauft und umgebaut, seine Praxis im Erdgeschoss, die Wohnung im ersten Stock. Bescheiden angefangen hatte er, seine Praxis vor vier Jahren in einem Mietshaus hinter dem Schloss eröffnet. Schloss klang so großartig, dabei war es ein eher unauffälliges Gebäude und wenn die vier kleinen Türme an den Ecken nicht gewesen wären, hätte man es auch für eine Lagerhalle halten können.

Der Umzug ins eigene Haus war dringend nötig gewesen. Heidrun hatte sich in den Mieträumen nicht wohlgefühlt, vier Zimmer, von denen auch noch zwei als Praxisräume benutzt wurden, das war ihr viel zu eng. Und sie hatte ja Recht. Aber Klein hatte sich nicht getraut, gleich in größerem Stil in seine Laufbahn als Landarzt zu starten und seine Schwiegereltern hatte er nicht um Geld bitten wollen.

Er war eigentlich aus einfachen Verhältnissen, war im Nachbarort aufgewachsen, als drittes von vier Kindern. Die Eltern betrieben einen kleinen Lebensmittelladen und mussten jede Mark umdrehen. Es war nicht klar, dass der Wolfi auf die höhere Schule und sogar auf die Universität würde gehen können. Doch der Lehrer hatte die Eltern überredet. Er fand Wolfgang begabt und geeignet, und so streckten sich die Eltern und ermöglichten ihm das Medizinstudium in München. Für die Geschwister blieb dann wenig übrig, was diese Wolfgang bis heute spüren ließen.

In München hatte er auch seine Frau Heidrun kennengelernt, eine echte Münchnerin, aus einer angesehenen Familie. Der Vater war ein höherer Beamter im Ministerium, die Mutter Frieda kümmerte sich um die große Wohnung direkt an der Isar und war ausgelastet gewesen mit der Erziehung der drei Töchter. Juli und Ida wurden beide Lehrerinnen. Heidrun, die Nachzüglerin, heiratete Dr. Klein und war mit ihm aufs Land gezogen. Glücklich war sie dort nicht, was auch ihre Eltern wussten.

Klein hatte manchmal das Gefühl, dass sie auch gar nicht so recht zusammenpassten, dass er und Moorbach ihr nicht genügen würden. Sie liebte es nach München zu fahren, dort über die Maximiliansstraße zu flanieren, am Odeonsplatz ins Café zu gehen, nach dem Besuch mehrerer Geschäfte. Richtig große Einkäufe machte sie aber gar nicht mehr, kommentierte das oftmals mit den Worten: „Für wen soll ich das denn anziehen, hier gibt es ja niemanden für den es sich lohnt."

Klein ging leise die Treppe hinauf und öffnete die Schlafzimmertüre. „Heidrun, bist du wach? Ich muss nochmal weg, wieder einmal zur Bahnlinie, da liegt eine tote Frau."

Heidrun setzte sich im Bett auf. „Ach je Wolfgang, muss das denn immer mitten in der Nacht sein?"

Sie beobachtete ihn, wie er sich anzog, dann richtete sie den rechten Zeigefinger auf seine Füße.

„Mach mir bloß nicht wieder alles dreckig, wenn du heimkommst. Die Schuhe ziehst du unten aus!"

Während er sein Hemd in die Hose steckte, dachte Klein über den so oft vorwurfsvollen Ton seiner Frau nach.

Er hätte sich gefreut, wenn sie in solchen Momenten ein bisschen netter und verständnisvoller gewesen wäre. Er war nun mal Arzt und sie müsste doch langsam wissen, dass sich Krankheiten, Unfälle und auch Selbstmorde nicht an Sprechzeiten hielten. Seine Stimmung schwankte zwischen Ärger, Enttäuschung und Traurigkeit. Er sagte aber nichts, zu oft hatten sie schon darüber diskutiert.

Zurück in der Diele zog der Doktor Gummistiefel und einen Regenmantel an. Der Wachtmeister hatte sich nochmals an der Schnapsflasche bedient und abgetrocknet. Er machte jetzt einen deutlich gelösteren Eindruck.

Klein reichte ihm seine Ersatzgummistiefel.

„Mit den aufgeweichten Lederstiefeln holen Sie sich ja noch den Tod, Nebler!"

Da der Wachtmeister mit dem Fahrrad gekommen war, stiegen sie beide in das Auto des Doktors, wo sie vor dem Regen wieder geschützt waren. Die Notfalltasche lag an ihrem gewohnten Platz auf dem Rücksitz.

Nebler war froh, konnte er jetzt gemütlich im Auto sitzen, statt weiter mit dem Fahrrad durch den Regen zu fahren.

Klein war sehr stolz auf sein erstes Automobil, einen schmucken Opel 4/16 PS mit Ledersitzen und einer Höchstgeschwindigkeit von über 60 km/h. 4500 Rentenmark hatte er gekostet. Ein ganzes Jahr hatte er darauf gespart. Eigentlich hatte er einen Citroen 5CV kaufen wollen, aber Opel hatte ihn nachgebaut, günstiger im Preis, und als Unterscheidung alle Wägen in grün ausgeliefert. Daher hieß er auch ‚Laubfrosch' im Volksmund. Zum mäßigen Amüsement des Doktors hieß es in

Moorbach gern: "Heut' kommt Doktor Laubfrosch!" Er fand das nicht sehr respektvoll, mochte aber dennoch sein Automobil.

Sie fuhren die Hauptstraße entlang, am Bahnhof vorbei, unter der Bahnlinie durch, über den Ginsterbach und dann über Allersbergen Richtung Brunnen. Kurz vor Brunnen war ein unbeschränkter Bahnübergang und schon von weitem sah er die Lichter des stehenden Zuges, etwa hundert Meter nach dem Bahnübergang. An den Gleisen stand eine Gruppe Männer mit Schirmen und Regenmänteln, einige hielten sich eine Plane über den Kopf, um sich notdürftig vor dem Regen zu schützen. Klein stoppte das Auto kurz vor dem Bahnübergang und ging zusammen mit dem Wachtmeister auf die Gruppe zu.

Ein etwa vierzigjähriger, kräftiger Mann in Bahnuniform kam ihnen entgegen.

"Baumüller mein Name, ich bin der Schaffner, sind Sie der Doktor? Gut, dass Sie so schnell kommen konnten!"

„Ja, der Bademeister bin ich nicht!", erwiderte Klein trocken.

Zusammen gingen sie zu einer Stelle auf der Wiese, etwa acht Meter von den Gleisen entfernt. Es roch nach nassem Gras und Erde, ein paar niedrige Büsche waren im Mondlicht zu erkennen. Die Wolken hatten sich aufgelockert und der Regen hatte mittlerweile fast ganz aufgehört. Der matschige Boden war aber so aufgeweicht, dass jeder Schritt von einem schmatzenden Geräusch begleitet war.

Dort lag sie, eine junge Frau in grotesk verdrehter Körperhaltung. Das rechte Bein abgespreizt, der Körper nach links verdreht, den Kopf nach hinten überstreckt. Die nassen, blutigen Haare klebten an ihrer rechten Gesichtshälfte und überdeckten eine große tiefe Wunde über der rechten Schläfe.

Eine ganze Weile stand Klein da und schaute auf die junge Frau herunter. Hübsch war sie gewesen, etwas stämmig, aber hübsch. Er kannte sie nicht. Er kniete sich ins nasse Gras neben sie, hob ihre Augenlider, leuchtete mit der Taschenlampe und sah lichtstarre weite Pupillen. Sie war unzweifelhaft tot.

Wäre sie doch zu ihm gekommen, hätte mit ihm geredet über ihre Not. Er konnte gut zuhören, merkte schnell, wenn jemand vor ihm saß, den etwas belastete. Er fragte dann geradeaus, wo der Schuh drücken würde, forderte mit einem Kopfnicken auf zu erzählen und versicherte, dass alles unter ihnen bleiben, nichts die Arztpraxis verlassen würde.

Die meisten sahen zunächst nach unten, begannen erst zögerlich zu sprechen, wurden dann aber immer schneller, so als wollten sie endlich all die Last abladen. Irgendwann konnten sie sogar dem Doktor in die Augen sehen, bittend, flehend.

Er wusste, dass er die meisten Probleme nicht lösen konnte, aber allein darüber gesprochen zu haben, ihn zum Mitwisser gemacht zu haben, half oft schon. Es waren meist ähnliche Sorgen, eine ungewollte Schwangerschaft, ein untreuer oder prügelnder Ehemann, manchmal auch beides. Streit mit den Eltern, die den Geliebten nicht akzeptierten, Ärger über die Kinder, die zu viel tranken oder alles Geld verspielten, Tod oder Krankheit in der Familie. Manche kamen auch mit ihrer Lebenssituation nicht zurecht. Inflation und Arbeitslosigkeit nahmen zu, die Weimarer Republik konnte da auch nicht viel bewegen.

Hindenburg war seiner Meinung nach der falsche Mann, um die großen Probleme zu lösen. Sein Vorgänger Ebert war ihm lieber gewesen, doch der war ja leider an den Folgen eines Blinddarmdurchbruchs gestorben. Ein Reichspräsident, der an einer Appendizitis stirbt, wie unnötig!

Er wusste, dass sich Zweifel und Hoffnungslosigkeit in der Bevölkerung breit machten. Und jetzt kamen die Braunhemden, verbreiteten Optimismus, versprachen eine ruhmreiche große Zukunft und verwandelten die Bedrücktheit in Wut, lieferten den Menschen vermeintlich Schuldige an ihrer Misere. Die Linken, die Juden, die Behinderten, die Ausländer.

Auch in Moorbach machten sie sich breit, veranstalteten Bürgerabende im ‚Bayerischen Löwen‘. Mit den Jungen organisierten sie Burschenabende, mit den Mädchen Treffen und Wanderungen.

Seine Frau hatten sie ebenfalls angesteckt. Sie war begeistert vom ‚frischen Wind‘, hatte sogar selbst schon ein Frauenturnen organisiert und warb, nachdem sie selbst in die Partei eingetreten war, neue Mitglieder für die NSDAP, die ‚Nationalsozialistische Deutsche Arbeiterpartei‘, wie sie sich nannte. Heidrun hatte ihn auch schon zu einem Parteitreffen mitnehmen wollen, aber ihm gefiel das Ganze gar nicht, dieses Hetzen über alle, die nicht ihrer Meinung waren.

Einige waren auch schon verprügelt worden, zum Beispiel der Huber Toni, ein Kommunist, der einer Gruppe Braunhemden ‚Milchbubis!‘ zugerufen hatte. War vielleicht nicht gerade schlau, die Platzwunden und blauen Flecken hatte er dann versorgen dürfen.

Unter den Braunhemden fanden sich gerade einige von denen, die vor kurzem noch verzagt und hoffnungslos waren. Jetzt hatten sie jemanden, der Schuld war an ihrem Elend, auf den sie ihren ganzen Frust, ihre Wut abladen konnten.

Klein kam mit seinen Gedanken wieder zu der jungen, toten Frau. Was hätte ihm diese Unbekannte wohl erzählt, wenn sie zu ihm in die Praxis gekommen wäre? Sie hätte doch noch ihr ganzes Leben vor sich gehabt. Was hatte sie nur in den Tod getrieben?

Die Tote hatte nur einen Schuh an, einen braunen, einfachen Lederschuh, der andere Fuß war nackt. Bestimmt war er beim Aufprall des Zuges weggeschleudert worden. Ein schlanker, schöner Fuß.

Klein wandte sich an den Schaffner, der immer noch neben ihm stand. „Die Leute von der Schubert sind schon informiert und werden bald da sein. Haben Sie etwas bemerkt vor dem Unfall?"

„Nein, ich war in meiner Kabine, hab nur gemerkt, dass der Lokführer eine Vollbremsung macht, dann bin ich zu ihm nach vorne gegangen. Er kann Ihnen sicherlich mehr dazu sagen. Wenn Sie wollen, hole ich ihn her."

Klein nickte und wenig später stand der Lokführer vor ihm, ein großer, hagerer Mann mit Hakennase.

„Kann ich bald weiterfahren? Die Leute werden schon ungeduldig!" Er schob die Schirmmütze nach hinten und kratzte sich an der Stirn.

„Einen Moment noch", erwiderte Klein, „Sie sind?"

„Burger, Manfred Burger, seit über acht Jahren bin ich Lokführer und genau so lang fahre ich diese Strecke. Das ist jetzt schon die siebte Leiche hier. Lang halt ich das nicht mehr aus, das können Sie mir glauben. Manchmal träum ich schon davon!"

Klein nickte. „Das glaube ich Ihnen, das kann man nicht so einfach abschütteln. Haben Sie die Frau gesehen?"

„Ich hab' was auf den Gleisen gesehen, konnte aber nichts erkennen. Dunkel war's und geregnet hat es auch. Natürlich hab' ich gleich eine Vollbremsung gemacht, aber auf die kurze

Entfernung hat man keine Chance rechtzeitig zum Stehen zu kommen, auch wenn wir hier in der Kurve relativ langsam fahren. Dann der Aufprall, der war zu merken. Nach dem Aussteigen bin ich das Stück zurückgegangen, da hab' ich sie gefunden. Furchtbar!" Er schluckte. „Mehr kann ich nicht sagen. Können wir jetzt wieder weiterfahren?"

Wachtmeister Nebler schaltete sich ein. „Sie müssten bitte noch auf die Wache in Moorbach kommen, für Ihre Aussage. Oder zumindest alles Aufschreiben und mir zuschicken!"

Der Lokführer nickte nur, drehte sich um, ging langsam durch die nasse Wiese nach vorne zur Lok und stieg in den Führerstand. Langsam fuhr der Zug wieder an, die Lichter entfernten sich.

Die Männer von der Schubert waren immer noch nicht da. Mittlerweile hatte der Regen aufgehört, im Mondlicht standen jetzt nur noch, etwas verloren, sie beide, Klein und der Wachtmeister.

Während Nebler bei der Leiche stehen blieb, ging Klein langsam an den Gleisen entlang zurück, Richtung Moorbach, leuchtete mit seiner Taschenlampe den Boden ab. Nach dem Überqueren des Bahnübergangs sah er zufällig den zweiten Schuh, als er den Strahl der Taschenlampe auf die andere Schienenseite richtete. Da lag er, seltsamerweise auf der anderen Seite der Bahnstrecke. Er stieg über die Gleise und hob ihn auf. Die Sohlen waren nicht verschmutzt, nur an der Ferse war eine Spur Erde. Sie musste doch hierhergelaufen sein, wie sonst hätte sie denn zu den Gleisen kommen sollen. Er steckte den Schuh in seine Manteltasche. Langsam ging er auf der Seite der Bahnlinie zurück, wo er den Schuh gefunden hatte und leuchtete sorgfältig die Umgebung ab. Dann rief er den Wachtmeister zu sich. Etwa achtzig Meter von der Leiche entfernt sahen sie im Schein der Taschenlampe eine Schleifspur, tangential von der Bahnlinie zur Straße vor dem Bahnübergang führend.

„Sehen Sie das, Nebler? Da hab' ich den zweiten Schuh gefunden und von dort führt eine Schleifspur zur Straße."

Das Licht der Taschenlampe folgte der Spur.

Der Wachtmeister war ungeduldig, er wollte heim ins warme Bett zu seiner Frau Veronika, die im fünften Monat schwanger war. Vor allem wollte er einen unkomplizierten Selbstmord und morgen alle Papiere erledigt haben. Er hatte genug zu tun. Allerdings ahnte er schon, was jetzt kommen würde.

Wie erwartet ließ der Doktor nicht locker.

„Da stimmt doch was nicht, das passt nicht zusammen! Rechts der Bahn die Leiche, links der Schuh, die Schleifspur auf der Wiese, das muss ich mir noch genauer ansehen!" Er hielt für einen Moment inne. „Das war kein Selbstmord", sagte er dann, „da muss jemand anderes noch eine Hand im Spiel gehabt haben! Ich unterschreib' den Leichenschein erstmal nicht. Vorher müssen noch ein paar Dinge geklärt werden!"

Die Lichter des Pferdewagens des Bestattungsinstitutes näherten sich. Die beiden Männer ließen den Wagen direkt an der Bahnüberführung stehen und stiegen aus. Die zwei Zugpferde schnaubten und schüttelten sich. Klein ging den Männern zur Begrüßung entgegen.

„Tut mir leid, dass ihr bei dem Sauwetter raus müsst, aber geteiltes Leid ist halbes Leid. Euch beide Ganoven wollte ich sowieso wieder einmal treffen."

Summer und Makler lachten und schüttelten dem Doktor die Hand.

„Warum, ist doch herrliches Wetter, und ich hab' sowieso schlecht geschlafen", antwortete der Makler Hans lachend, während sich Summer eine Zigarette anzündete.

Klein sah den beiden zu, wie sie den Transportsarg vom Wagen hoben und streichelte dabei einem der Pferde den Hals. Wortlos gingen sie gemeinsam zu der Toten und Nebler trat einen Schritt zur Seite, damit sie den Sarg direkt neben der Leiche abstellen konnten. Solch einen Anblick waren sie gewohnt und handelten ruhig und fachmännisch. Sie schoben ein Tuch unter die Leiche, rollten sie dann etwas auf die Seite, um das Tuch auf der anderen Seite wieder herauszuziehen. Mit einem Ruck hoben sie dann die Tote in den Sarg.

Klein kannte die beiden Männer gut und mochte sie. Vor allem gefiel ihm ihre respektvolle Art mit den Toten umzugehen. Da kamen kein dummer Spruch und kein spöttischer Kommentar. Nur ihm gegenüber ließen sie manchmal ihren trockenen Humor durchblitzen.

„Wenn der Doktor nicht mehr weiterweiß, sind wir dran", hatte der Makler neulich zu ihm gesagt und gelacht.

Das waren schon ganz besondere Typen, die Männer von der Schubert. Der Makler Hans war von oben bis unten tätowiert, mit teils sehr gewagten Bildern. Klein musste heut noch schmunzeln, wenn er daran dachte, wie er ihm einmal eine Spritze in den Oberarm geben musste und ihm dort der dralle Po einer nackten Frau entgegensah. Genau in die rechte Pobacke hatte er dann die Injektion platziert.

Der andere, der Summer Thomas, hatte immer eine Zigarette im Mundwinkel und nach der letzten Leichenschau bei einer alten Dame, die friedlich zu Hause eingeschlafen war, hatte Klein den Leichnam wie gewohnt an die beiden übergeben. Summer hatte sich über die alte Dame gebeugt und als er sie in den Sarg legte, fiel ihm aus der Brusttasche eine Schachtel Zigaretten in den Sarg. Der Doktor hatte gelacht und zu ihm gesagt: „Die Dame ist, oder war, soweit ich weiß, Nichtraucherin."

„Na ja, aber eine Zigarette würde ihr jetzt auch nicht mehr schaden", hatte Summer dem Doktor geantwortet und ihm zugezwinkert. Er hatte das Herz am rechten Fleck.

Zum Transport der Leichen wurde in Moorbach immer noch eine Leichenkutsche verwendet, mit zwei Pferden als Zugtiere. Sie standen ruhig am Straßenrand vor dem Bahndamm, schnaubten nur ab und zu und scharrten mit den Hufen im Schotter.

Frau Schubert, die Chefin des Bestattungsinstitutes, und Klein mochten sich, nahmen sich gegenseitig gerne auf den Arm. Er machte sich gern über die Leichenkutsche lustig und sie über das stinkende Automobil. Außerdem, meinte sie, sei das Gefährt stil- und pietätlos. Maria Schubert war in Moorbach respektiert, aber auch gefürchtet, und wie Klein wusste, war ihr Ton doch nicht immer der freundlichste. Die Moorbacher lästerten, dass sie ganz schön Haare auf den Zähnen hätte, aber zum Glück ihre Kundschaft davon nichts mehr mitbekäme.

Vor drei Jahren war ihr Mann an Krebs gestorben. Klein konnte sich noch gut an die letzten Wochen vor seinem Tod erinnern. Wegen der starken Schmerzen war es Schuberts größter Wunsch, endlich sterben zu können.

„Ich kann und mag nicht mehr", hatte er damals gesagt, „das halte ich nicht mehr aus. Bitte Dr. Klein, geben S' mir eine Spritze, damit ich endlich sterben kann. Einfach für immer einschlafen."

Der Doktor verstand den Wunsch und auch wenn er ihn nicht erfüllen durfte, so konnte er ihm wenigstens Linderung verschaffen und ihm starke Schmerzmittel spritzen. Klein besorgte Morphium-Ampullen und kam dreimal täglich zum Spritzen vorbei, bis Schubert endlich für immer einschlafen konnte. Maria Schubert war dem Doktor immer noch dankbar dafür. Bei den Gesprächen am Krankenbett hatten sie über das Leben und den Tod diskutiert und welchen Sinn das Ganze haben könnte. Klein dachte gern an diese Gespräche zurück.

Beim Einsargen war den beiden Bestattern der verbliebene Schuh heruntergefallen. Klein hob ihn auf, behielt ihn in der Hand und betrachtete ihn genauer im Schein der Taschenlampe. Auf der Außenseite war er lehmverschmiert und dort konnte man mehrere Fingerabdrücke erkennen. Klein bat den Makler Hans um ein Tuch und wickelte den Schuh vorsichtig darin ein, um die Abdrücke nicht zu verwischen.

Wer weiß, vielleicht können uns die Abdrücke noch irgendwann weiterhelfen, dachte sich Klein. Er wusste, dass sich die Daktyloskopie, also die Auswertung von Fingerabdrücken, auch schon in München durchgesetzt hatte, und durch die Methode bereits einige Täter überführt werden konnten.

Die Leichenmänner waren mittlerweile mit dem Sarg schon auf halber Strecke zur Kutsche und Klein musste laut rufen, um verstanden zu werden.

„Sagt der Maria, dass ich morgen Nachmittag vorbeikomme und mir die Leich' nochmal anschauen werde, wenn alles nicht mehr so nass ist."

Klein und Nebler stiegen ins Auto, der Doktor wendete und sie fuhren zurück nach Moorbach. Beide waren bis auf die Knochen durchnässt und vor allem müde.

„Danke, Herr Nebler, dass Sie so geduldig ausgeharrt haben! Ist ja keine schöne Sache so eine Leich' vom Gleis. Sie haben die Frau auch noch nie gesehen, oder?"

„Nein, also aus Moorbach ist die nicht, da würde ich sie kennen. Vielleicht eine Durchreisende oder ein Gast irgendwo."

Beide schwiegen eine Weile und sahen auf die Straße, auf der sich im Licht der Scheinwerfer zahlreiche Pfützen zeigten. Klein seufzte, gab sich dann aber einen Ruck und versuchte energisch zu wirken.

„Also, ich besuch' Sie heute auf der Wache, nachdem ich die Frau nochmal angeschaut hab. Und Sie versuchen herauszubekommen, wer sie ist oder war. Irgendjemand muss sie doch vermissen, das hübsche Ding! Der Verdacht, dass da etwas nicht mit rechten Dingen zugegangen ist, bleibt aber erstmal unter uns. Wir wollen nicht gleich die Pferde scheu machen."

Er drehte den Kopf aufmunternd zum Wachtmeister auf dem Beifahrersitz. „Herr Nebler, ab jetzt sind wir ein Ermittlerteam!"

Ohne große Begeisterung stimmte der Wachtmeister notgedrungen zu. „So ist es halt, der Ober sticht den Unter und ich bin sowieso immer der Depp!", knurrte er leise vor sich hin.

Zurück in der Praxis tauschte der Wachtmeister die Gummistiefel wieder gegen die durchnässten Lederschuhe, winkte dem Doktor zum Abschied noch einmal zu und radelte nach Hause.

Klein zog noch in der Diele die nassen und schmutzigen Sachen aus und legte sie auf einen Haufen vor der Treppe zum Waschraum im Keller. Seufzend sah er auf den völlig verdreckten Boden, aber da konnte und wollte er jetzt auch nichts ändern. In Unterhosen ging er leise die Treppe hinauf und legte sich wieder ins Bett, das mittlerweile längst wieder kalt war. Heidrun schlief neben ihm tief und fest, sie war nicht aufgewacht, schnarchte sogar ein klein wenig. Der Doktor betrachte sie und musste lächeln.

In sechs Stunden begann die Sprechstunde und vorher musste er noch einiges an Schreibkram erledigen. Trotzdem lag er noch lange wach, dachte an die schöne junge Frau und fragte sich, wer sie war. Erst gegen vier Uhr schlief er schließlich ein.

Den Wecker hatte sich Klein auf sieben Uhr gestellt und es fiel ihm schwer aufzustehen. Er fühlte sich wie gerädert und wäre nur zu gerne weiter im Bett geblieben.

Heidrun war schon im Badezimmer und hatte gute Laune. Sie sang sogar. „Am Sonntag will mein Süßer mit mir Segeln gehen, das wäre wunderschön, sofern die Winde wehen."

Der Schlager wurde zurzeit oft im Radio gespielt und Heidrun liebte das Lied. Wolfgang verband das Lied mit einem leisen Vorwurf, wollte doch Heidrun immer viel mehr unternehmen. Vor allem auch mit ihm. Er war aber froh, wenn er die freie Zeit zu Hause im Garten verbringen konnte und seine Ruhe hatte. Aber vielleicht interpretierte er auch zu viel hinein, wenn Heidrun das Lied sang.

Wenig später saßen sie gemeinsam am Frühstückstisch. Gerda hatte frisches Brot besorgt und zusammen mit der selbstgemachten Erdbeermarmelade und dem Kaffee schmeckte es wunderbar. Auch Wolfgang ging es gleich besser.

„Was war denn heute Nacht los, was gab es denn Wichtiges?", fragte Heidrun zwischen zwei Bissen.

„Eine scheußliche Geschichte", seufzte Wolfgang und erzählte von den nächtlichen Ereignissen am Bahnübergang und auch von seinen Überlegungen zu einem möglichen Verbrechen. „Ich muss mir die Leiche heute noch einmal genau anschauen."

Heidrun hatte aufmerksam zugehört und genickt, konnte sich aber eine Bemerkung über den Zustand des Eingangsflurs nicht verkneifen. "Dass ihr beide, der Wachtmeister und du, eine aufregende Nacht gehabt habt, war in der Diele zu sehen. Deine Sachen sind ja total verdreckt!"

Rasch kam sie aber zu einem anderem, ihrem, Thema.

Schon in München war Heidrun eine begeisterte Turnerin gewesen. Doch in Moorbach war Turnen bis vor kurzem reine Männersache gewesen, bis Heidrun vor zwei Jahren begonnen hatte, eine Frauen-Turnriege zu gründen. Das Interesse war zunächst nur gering, mit sechs Mitstreiterinnen traf sie sich einmal in der Woche in der Turnhalle. In den letzten Wochen hatte sich die Nachfrage aber enorm entwickelt. Immer mehr Frauen wollten mitmachen und die zwei Wochenstunden genügten nicht mehr, um den Bedarf abzudecken. Vor vier Wochen hatten die Damen einen Antrag beim ‚Turnverein Moorbach' gestellt, eine eigene ‚Abteilung für Frauenturnen' zu gründen und der Vorstand hatte dann zu Kleins Erstaunen zugestimmt. Dass Heidrun gleich zur ersten Vorsitzenden gewählt wurde, tat ihrem Selbstbewusstsein gut. Allerdings musste bei der Belegung der Halle auch der Gemeinderat gefragt werden. Und dort hatte Heidrun wegen des steigenden Bedarfs zehn statt der anfangs genehmigten zwei Stunden pro Woche fürs Frauenturnen beantragt. Heute Abend war die entscheidende Sitzung.

„Wolfgang, stell dir vor, wie toll das wäre, wenn wir zehn statt zwei Stunden die Halle für uns hätten!"

Klein nickte zustimmend, aber Heidrun merkte schnell, dass er mit seinen Gedanken schon wieder bei seiner Praxisarbeit war.

Wie so oft.

Um neun Uhr begann die Sprechstunde. Sprechstundenhilfe Elisabeth saß an ihrem Schreibtisch, wie immer sehr korrekt gekleidet. Über der weißen Bluse und dem grauen Rock hatte sie einen weißen Kittel an, die Dauerwelle war tadellos frisiert. Sie mochte die ruhige Art des Doktors, fand ihn nur manchmal zu wenig selbstbewusst im Auftreten. Er war doch der Herr Doktor, jemand, vor dem man Respekt haben sollte, der auch mal laut werden darf, nein muss. Zu ihr war der Doktor ebenfalls immer höflich, auch wenn sie einen Fehler gemacht hatte. Dann nahm er sie vielleicht nach der Sprechstunde zur Seite und meinte, dass das heute nicht so gut gewesen sei, was sie da gemacht hätte.

Es wäre mir lieber, er würde mich anschreien, dachte sie manchmal, denn so blieb sie auf ihrem schlechten Gewissen sitzen.

Zwischendurch war es manchmal nötig, ihrer kleinen Schwäche nachzugeben: Schokolade. In der linken unteren Schublade, unter ein paar Papierbögen, lag ein kleiner Vorrat. Und wenn es stressig wurde, ein schneller Griff, und sie schob sich zwei Rippchen, am liebsten mit Nüssen, in den Mund. Sie nannte es ihre ‚Nervenmedizin'. Einige Patienten kannten diese kleine Schwäche von Elisabeth und steckten ihr immer wieder einmal eine Tafel Schokolade zu. Und dies war nicht zu deren Nachteil, denn es konnte schon sein, dass sie beim nächsten Mal etwas schneller drankamen.

Als der Doktor kam, saßen im Wartezimmer schon fünf Patienten. Die Praxis war im gleichen Haus wie seine Wohnung und so war sein Weg nicht weit. Kurz nach neun öffnete er die Verbindungstür von der Wohnung zur Praxis.

„Schönen guten Morgen, Elisabeth."

„Guten Morgen, Herr Doktor!"

Er sah müde aus und sie bemerkte, dass er noch seine Hausschuhe anhatte und der Arztkittel auch schon sehr benutzt aussah. Sie schaute auf seine Schuhe, so dass sein Blick dem ihrem folgen musste.

„Ach je, ich bin gleich wieder da, war keine gute Nacht!"

Nach ein paar Minuten sah er in seinen weißen Praxisschuhen und mit frischem Kittel schon besser aus.

„So, Elisabeth, dann fangen wir mal an! Ich muss heut um fünf zur Schubert, eine Leichenschau machen, da müssen wir um vier die Tür zu machen. Denken Sie bitte dran, ein Schild rauszuhängen, dass ab vier die Praxis geschlossen ist!"

Dann ging er in sein Sprechzimmer und setzte sich auf seinen gepolsterten Drehsessel hinter dem ausladenden Schreibtisch mit grüner Oberfläche und ockerfarben gestrichenen Metallbeinen. Davor standen zwei helle Stühle für die Patienten. An den Wänden hingen Anatomietafeln, auf denen die Blut- und Nervenbahnen abgebildet waren. Rechts von der Türe stand die Untersuchungsliege, daneben ein Tischchen mit diversen Gerätschaften: Blutdruckmessgerät, Reflexhammer, Stauschlauch für Blutentnahmen und eine kleine Stablampe.

In einem Schrank links von der Türe standen Lehrbücher und lagen verschiedene Modelle von Gelenken und Knochen. Daneben an der Wand das Waschbecken mit zwei Handtüchern. Für ihn war es wie sein zweites Zuhause.

Elisabeth begleitete den Doktor seit seinem ersten Praxistag und sorgte mit ruhiger Nachdrücklichkeit dafür, dass immer alles einen guten Eindruck machte. Sie hatte aber einen kritischen Blick auf Kleins Ehefrau.

„Ich finde, die Frau Doktor müsste sich vielmehr um ihren Mann kümmern, die interessiert sich überhaupt nicht für die Praxis. Eine Schande ist das!", hatte sie erst gestern wieder zu ihrem Verlobten Jürgen gesagt.

Der kannte diese Klagen schon.

„Na, dafür hat er ja dich!", war seine Antwort gewesen.

Elisabeth öffnete die Tür zum Wartezimmer und nach einem freundlichen „Guten Morgen alle miteinander!" rief sie den ersten Patienten zu sich in das Vorzimmer des Doktors. Anschließend setzte sie sich an ihren Schreibtisch und holte die Karteikarte von Herrn Mastaller aus der Schublade, einem der Großbauern von Moorbach.

Die Namen brauchte sie fast nie zu erfragen, kannte sie doch die meisten Patienten schon lange persönlich. Sie notierte Datum und Uhrzeit in der Karte.

Zum wiederholten Mal ermahnte sie nun Herrn Mastaller. „Sind Sie immer noch nicht in einer Krankenkasse! Das wäre doch besser für Sie. Die bezahlen dann für Sie die Arztkosten und Medikamente!"

Der Bauer verdrehte die Augen. „Nein, ich mag das nicht. Erstens leb ich doch sowieso nicht mehr lang und zweitens war der Doktor mit seiner Bezahlung immer zufrieden." Dabei hob er eine Schachtel mit Eiern in die Höhe.

Elisabeth seufzte, lächelte ihm dann aber doch zu und führte ihn zur Tür des Sprechzimmers. Sie klopfte und öffnete die Türe ohne auf ein Zeichen des Doktors zu warten.

Klein und auch Elisabeth wussten, dass Herr Mastaller mit seiner Haltung den Krankenversicherungen gegenüber nicht allein war. Nur die Hälfte der Patienten war in einer der vielen existierenden Krankenversicherungen eingeschrieben. In Deutschland gab es über 20 000, aber zum Glück verteilten sich ihre versicherten Patienten nur auf etwa 100 verschiedene Kassen. Das erleichterte die Abrechnung. Immer mehr Ärzte bemühten sich um eine Zulassung als Kassenarzt, was den Krankenkassen ermöglicht hatte, die Honorare zu drücken. Um der Willkür der Krankenkassen nicht mehr ausgeliefert zu sein, hatten die Ärzte Anfang des Jahrhunderts den ‚Leipziger Verband‘ gegründet, der für die Ärzte Kollektivverträge aushandelte. Der Streit war allerdings eskaliert und da die Ärzte zwischenzeitlich gestreikt hatten, griff das Reichsarbeitsministerium ein und erzielte einen Kompromiss. Im ‚Berliner Abkommen‘ wurde 1913 ein Zahlenverhältnis von 1 zu 1350 Versicherten festgelegt und damit war das einseitige Zulassungsdiktat der Krankenkassen aufgehoben. Jetzt konnte sich jeder Arzt in das Kassenarztregister eintragen lassen, wenn er die Bedingungen akzeptierte. Seit einem Jahr wurde es allerdings immer schwieriger für die Kassen, die sowieso schon niedrigen Honorare auszuzahlen, da die zunehmende Arbeitslosigkeit und die steigende Inflation die Finanzierung erschwerte.

Auch in Moorbach hatte die Zahl der Arbeitslosen zugenommen, vor allem nach der Schließung der größten Firma am Ort, der Schuhfabrik Dreesen. 400 Mitarbeiter waren mit einem Mal auf der Straße gestanden.

Viele Ärzte gingen wieder dazu über, sich von den Patienten in bar oder mit Naturalien bezahlen zu lassen. Wie der Mastaller, der einen großen Bauernhof hatte, auch mit vielen

Hühnern. Wortlos legte er dem Doktor die Schachtel mit zwanzig Eiern auf den Schreibtisch.

„Oh schön, da gibt's morgen gleich wieder einen Kaiserschmarrn. Sehr gut!", sagte Klein. „So, und wo fehlts?"

Der Bauer schob das rechte Hosenbein hoch und zeigte eine handtellergroße, eitrig belegte Wunde am rechten Unterschenkel. Eine Kuh hatte ausgeschlagen und ihn erwischt. Das Ganze war schon eine Woche her und da die Wunde nicht von selbst heilte, hatte er den schweren Gang zum Doktor angetreten. Es war eine Wundinfektion und die Umgebung des Ulkus war geschwollen und gerötet.

Auf der Behandlungsliege säuberte Klein die Wunde gründlich mit Wasserstoffperoxid, legte einen zirkulären Verband an und verordnete dem Bauer absolute Ruhe.

„Du musst jetzt acht Tage das Bein hochlegen, das braucht Ruhe, sonst kann es nicht heilen. Ich weiß schon, dass das schwierig ist, aber wenn die Entzündung schlimmer wird, verlierst du dein Bein. Und du musst jeden Tag zum Verbandswechsel in die Praxis kommen!"

Der Bauer schaute recht verzweifelt den Doktor an, schüttelte den Kopf. „Das hab' ich jetzt davon, dass ich zu Ihnen hergekommen bin! Na, Dankschön!", maulte er ironisch. Er stieg von der Liege und humpelte aus dem Zimmer, wortlos an Elisabeth vorbei und durchs Wartezimmer nach draußen.

Klein wusch sich die Hände, musste dabei an den nächtlichen Ausflug denken, rief sich aber schnell wieder zur Ordnung und empfing die nächste Patientin.

Frau Heidler kam häufig, manchmal täglich, um mit klagender Stimme ihre Rückenschmerzen zu beschreiben. Seitdem ihr Mann vor einigen Jahren gestorben war, hatte sie zu viel Zeit.

Die Ehe war kinderlos geblieben, sie bewegte sich kaum und aß zu viel. So wurde sie folgerichtig immer dicker und hatte regelmäßig Rückenschmerzen.

„Geben Sie mir doch bitte wieder eine Spritze!" Sie sah dabei Klein flehend an.

Im Nachhinein bereute der Doktor, dass er ihr vor zwei Monaten ein Lokalanästhetikum neben die Lendenwirbelsäule injiziert hatte. Denn es hatte geholfen und diese Erfahrung wollte Frau Heidler jetzt wiederholen.

Während Frau Heidler damit beschäftigt war, dem Doktor zum wiederholten Mal ausführlich ihre Beschwerden zu schildern, schweiften Kleins Gedanken ab. Er sah auf das Ölgemälde an der Wand hinter dem Patientenstuhl. Dort war der Schlern in Südtirol zu sehen, von der Sonne beschienen. Ein wunderbares Bild. Er liebte diese Gegend und dachte gerne an die Reisen dorthin zurück.

Durch Frau Heidlers Räuspern wurde er aufgeschreckt und in den Praxisalltag zurückgeholt. Die Patientin war mit ihrer Schilderung fertig und wartete auf eine Antwort.

Der Doktor setzte sich abrupt auf.

„Also Frau Heidler, ich kann Ihnen nicht so oft eine Spritze geben, das ist ja auch nicht ungefährlich! Sie müssen sich einfach mehr bewegen!"

„Ja, was soll ich denn tun, soll ich etwa sinnlos in der Gegend herumlaufen?", erwiderte sie vorwurfsvoll.

„Nehmen Sie jeden Morgen nach dem Frühstück eine Aspirintablette, am Abend dann eine Wärmflasche an den Rücken, dann wird es besser. Sie sind halt auch kein junges Mädchen mehr!"

Der Satz kam der Patientin gerade Recht und mit erhobener Stimme zählte sie alle möglichen Leute auf, die noch viel älter als sie seien und viel weniger Schmerzen hätten.

Da kam dem Doktor eine Idee.

„Gehen Sie doch zum Frauenturnen, meine Frau organisiert eine neue Turngruppe und die fängt in den nächsten Wochen an. Die Damen bekommen wohl zusätzliche Stunden in der Turnhalle. Es steht bestimmt nächste Woche auch im ‚Moorbacher Anzeiger'! Das täte Ihnen gut, auch Ihrer Figur!"

„Also mein Nachbar sagt, dass Frauenturnen unanständig ist", erwiderte Frau Heidler empört.

„Nein, das stimmt nicht, sonst würde meine Frau das doch nicht organisieren. Wenn das unanständig wäre, würde ich das doch niemals erlauben", sagte Klein mit möglichst energischer, tiefer Stimme. „Und dort würden Sie vielleicht auch neue Bekannte kennenlernen!"

Tatsächlich sprang Frau Heidler auf diesen Vorschlag an, wohl vor allem wegen der Möglichkeit endlich wieder mal neue Kontakte zu knüpfen.

„Also gut, ich denke darüber nach!", sagte sie und verabschiedete sich.

So verging der Vormittag mit Verbänden, Abhören von hustenden Bronchien, tröstenden Worten und Blutdruckmessen.

Nachdem er sich von Elisabeth in die Mittagspause verabschiedet hatte, ging Klein in die Wohnung zum Mittagessen. Von zwei bis vier Uhr plante er die Nachmittagssprechstunde ein, um dann rechtzeitig zu Frau Schubert und der Frauenleiche zu kommen.

Das Mittagessen hatte Gerda zubereitet. Gulasch mit Kartoffelbrei, eines der Lieblingsgerichte des Doktors. Gerda war erst sechzehn Jahre alt und jetzt seit vier Monaten als Hausmädchen beim Doktor und seiner Frau.

Sie war hübsch mit ihren langen Zöpfen, der geraden Nase und den dunkelbraunen Augen. Einerseits noch ganz Kind, andererseits aber schon mit deutlich weiblichen Formen.

Eigentlich wollten sie keine Haushaltshilfe für den ganzen Tag, konnten sich das kaum leisten in dieser schwierigen Zeit, aber es hatte sich so ergeben.

Gerda war gegenüber, im Benefiziatenhaus, als Hausmädchen angestellt gewesen. Da war sie Ende Januar am späten Nachmittag aufgelöst und weinend beim Doktor vor der Tür gestanden.

„Helfen Sie mir, ich geh da nicht mehr hin, lieber sterbe ich!"

Unter Tränen erzählte sie von den letzten Wochen, den immer zudringlicheren Berührungen und Übergriffen des im Benefiziatenhaus wohnenden Kaplans.

Geduldig hatte Klein zugehört und am Ende nicht anders gekonnt, als ihr ab sofort eine Stelle in seinem Haus anzubieten.

„Nein, da gehst du nicht mehr hin, du kommst ab jetzt zu uns!"

Am nächsten Morgen war er gleich ins Benefiziatenhaus gegangen, wo er den Kaplan und den Geistlichen Rat im Arbeitszimmer vorfand.

"Ich wollte Ihnen nur mitteilen, dass die Gerda ab sofort bei uns arbeitet, sie kommt nicht mehr."

Die beiden hatten sich angesehen und Klein hatte genau gespürte, dass beide wussten, worum es ging. Aber sie hatten keine Diskussion begonnen, der Ältere hatte nur kurz gestutzt und dann über den Rand seiner Lesebrille den Doktor spöttisch fixiert.

„Es ist kein Verlust für uns, wenn das Mädchen nicht mehr kommt. Wir hatten sowieso schon darüber nachgedacht, uns von ihr zu trennen. Sie ist faul, frech und lügt, also keine Hilfe. Nur aus Großmut und Mitleid haben wir sie behalten. Wir werden rasch ein viel besseres Hausmädchen finden. Sie werden bald sehen, was Sie sich da eingefangen haben. Und glauben Sie kein Wort von dem, was sie erzählt, alles gelogen und erfunden!"

„Schön, dann sind wir uns ja einig. Gerda bleibt bei uns, sehr gut!", hatte Klein geantwortet und sich verabschiedet.

Und so waren sie zu ihrem Hausmädchen gekommen. Sie schlief in der Kammer unterm Dach, und am Wochenende fuhr sie zu ihren Eltern, die am Starnberger See wohnten.

Das Rindsgulasch war köstlich, genauso wie er es liebte. Beim Essen kam Wolfgang erneut zu den Ereignissen der Nacht. Jetzt fragte Heidrun genauer nach, hatte sie doch am Vormittag allerlei Gerüchte zu hören bekommen. Alle Moorbacher gingen von einem erneuten Selbstmord aus.

„Was willst du jetzt unternehmen, wie willst du klären, ob da jemand anderes beteiligt war?"

„Heidrun, da ist etwas faul an der Sache, die Schleifspur, der Schuh auf der anderen Seite. Ich schau mir nachher die Leiche genauer an."

Abrupt sprang Klein auf. „Ach je, die Schuhe, die hab' ich ganz vergessen. Einer müsste in der Manteltasche stecken, der andere noch im Auto liegen."

Rasch ging er in den Hof zu seinem Auto, nahm vorsichtig das Tuch mit dem Schuh und brachte ihn in die Praxis. Er betrachtete ihn genau. An der Ferse war im Lehm deutlich ein Daumenabdruck zu erkennen. Er umwickelte den Schuh wieder mit dem Tuch, steckte ihn in eine Papiertüte und verstaute das Paket in seiner untersten Schreibtischschublade. „Vielleicht brauchen wir dich noch", murmelte er. Dann holte er den zweiten Schuh aus seiner nassen Manteltasche und legte ihn ebenfalls in die Schublade.

„So, jetzt seid ihr wieder zusammen."

Er ging zurück zum Esszimmer und setzte sich mit einem Glas Wein wieder seiner Frau gegenüber.

Heidrun hatte in der Zwischenzeit nachgedacht und sah ihren Mann ernst an. „Du meinst also, dass sie möglicherweise umgebracht worden ist? Das wäre ja eine Gemeinheit, eine junge Frau wie ein Stück Müll zu entsorgen! Dem musst du wirklich nachgehen!"

Er konnte sehen, wie empört sie war.

„Aber alles Weitere ist dann Sache der Polizei. Hörst du? Du schaust dir ja die Frau nochmal an und wenn da etwas nicht stimmt, dann ist das ein Fall für die Rechtsmedizin in München!", sagte sie.

„Ja, aber so richtig wissen wir ja noch nicht, ob es wirklich ein Verbrechen war", antwortete Klein, schüttelte den Kopf und sah zu seiner Frau.

„Wolfgang, meinst du, sie war schon tot als sie auf die Gleise gelegt wurde?"

Klein war aber müde und hatte plötzlich keine Lust mehr mit Heidrun zu diskutieren.

„Jetzt warten wir mal ab, ich schau mir die Frau ja nochmal an."

In Gedanken lehnte er sich zurück und strich sich über seinen Bauch, der in den letzten Monaten leider wieder etwas größer geworden war.

„Das Essen hat jetzt gutgetan, vor allem nach dieser Nacht!"

Im vergangenen Jahr hatte er einen Artikel über das Gerichtsmedizinische Institut in München gelesen, anlässlich eines Zugunglücks im Juli letzten Jahres am Münchner Zentralbahnhof. Zehn Menschen waren dabei ums Leben gekommen und fünfundzwanzig zum Teil schwer verletzt worden. Auch Heidrun hatte den Artikel aufmerksam gelesen, wäre sie doch fast selbst betroffen gewesen. Kurz vor dem Unfall war sie von München nach Moorbach zurückgefahren. Außerdem war das Institut doch in der ‚Alten Anatomie' untergebracht, in deren unmittelbarer Nachbarschaft sie aufgewachsen war. In dem Artikel war Professor Hermann Merkel, der Leiter des Instituts, sehr gelobt für sein Engagement worden.

Bisher hatte Klein zum Glück selten mit der Forensischen Medizin zu tun gehabt. Aber er fand es richtig, dass ihre Bedeutung zunahm.

Um vier Uhr verabschiedete er die letzte Patientin, sagte Elisabeth, dass sie jetzt mach Hause gehen könne und machte sich auf den Weg zum Bestattungsinstitut. Es war nicht weit und er ging zu Fuß. Er hatte seine Hausbesuchstasche dabei, die kleine Taschenlampe und einen weißen Kittel, einen von den Älteren.

Maria, die Chefin, öffnete ihm die Tür. Sie war eine imposante Frau, kräftig, etwa gleich groß wie der Doktor, mit markanten Gesichtszügen. Ihre langen Haare waren zu einem großen Dutt gesteckt. Der Doktor wusste um das Geheimnis des Dutts, baute sie doch immer eine Socke mit ein, was sein Volumen deutlich vergrößerte.

„Dass wir immer nur zusammenkommen, wenn es eine Leiche gibt, das ist schon schade!", begrüßte sie ihn herzlich. „Aber am besten gehen wir gleich nach unten!"

In der Leichenkammer war es kühl und es roch nach Reinigungsmitteln. Auf einem Steintisch lag die junge Frau unter einer grauen Plane, die Maria sorgfältig zurückschlug und auf einen Stuhl legte. Auf einem zweiten Tisch in dem Raum konnte man die zugedeckte Silhouette eines weiteren Körpers erkennen. Klein sah sich die Tote erst ruhig an, zog sich dann Handschuhe über und begann bei den Füßen mit der Untersuchung. Frau Schubert beobachtete ihn aufmerksam.

Schritt für Schritt arbeitete er sich nach oben. Die Füße waren zierlich, aber schon mit einiger Hornhaut. Gutes Schuhwerk trug sie wohl eher selten. Die Beine waren muskulös, aber nicht dick, an beiden Oberschenkeln waren Hämatome und Schürfwunden. Geblutet hatte sie wenig, auch die tiefe Risswunde am linken Glutealmuskel war trocken. Der Unterbauch wölbte sich leicht vor, wie bei einer Schwangeren im dritten oder vierten Monat.

„Schau mal her Maria, die Tote ist doch schwanger, oder was meinst du?", wandte sich Klein fragend an die Bestatterin.

„Naja, sie ist schon auch insgesamt fester, aber der Bauch sieht schon eher schwanger aus", meinte Frau Schubert. „Wenn man nicht genau hinschaut, könnte man es übersehen."

Klein fuhr mit der Untersuchung fort. Er sah die Schürfwunden am Stamm, an der linken Brust und der linken Schulter. Der Hals weckte aber seine ganze Aufmerksamkeit und er untersuchte ihn zunächst genau mit der Lampe. Einer zirkulären Linie im mittleren Halsbereich, betont an den Seiten, folgte er tastend mit seinen Fingern. Der Kehlkopf knirschte, als er mit dem Zeigefinger darauf drückte. Eindeutig war er gebrochen, eingedrückt.

Der Doktor richtete sich auf und schloss die Augen. Ein Film lief in seinem Kopf ab, wie sich Hände um den Hals der Frau legten und zudrückten, fest zudrückten, bis der Kehlkopf brach und sie tot war. Hatte sie sich gewehrt oder versucht zu Schreien? Und warum diese Tat? Hatte es mit der Schwangerschaft zu tun?

„Was ist da passiert?", murmelte er vor sich hin.

„Doktor Klein, ist etwas?" Maria Schubert bemerkte die Anspannung des Doktors. „Was ist denn los?"

„Der Kehlkopf ist gebrochen und sie hat Würgemale am Hals. Sie ist umgebracht worden."

„Um Gottes Willen!", rief Frau Schubert.

„Ich muss sie noch fertig untersuchen", sagte der Doktor und machte sich wieder an die Arbeit.

Am Kopf betrachtete er die Wunde, die er schon am Bahndamm gesehen hatte, die Haare waren jetzt zurückgestrichen, die Leichenwäscher hatten sie gereinigt und gekämmt. Die Pupillen sahen den Doktor lichtstarr an, er drückte die Augenlider nach unten und murmelte: "Armes Mädchen!" Dann drehte er sich zu Maria um und wurde ernst. „Es ist nicht nur der Kehlkopf, auch die Wunden sind nicht typisch für einen Tod auf den Gleisen. Sie haben kaum geblutet. Wenn mich nicht alles täuscht, dann ist dieses arme Geschöpf umgebracht und erst danach auf die Gleise gelegt worden."

Er berichtete ihr noch von den Schleifspuren und vom Schuh, der auf der falschen Seite der Bahnlinie gelegen hatte.

Frau Schubert setzte sich hin und schaute ihn an. „Und was jetzt? Wisst ihr schon, wer sie ist?"

„Also Maria, jetzt muss ich erstmal nachdenken. Ich gehe heute noch zur Polizei und schau, ob der Nebler schon etwas weiß. Und dann denke ich, dass wir einen Rechtsmediziner brauchen, um sie aufzuschneiden. Sie ist doch schwanger, das müssen wir genau wissen!" Er ging ein paar Schritte auf die Bestatterin zu. „Wenn der Nebler noch nichts erfahren hat und auch noch keine Vermisstenmeldung eingegangen ist, müssen wir uns auf die Suche machen. Wir brauchen dann den Fotografen, du weißt schon, den Franke, für ein Erkennungsfoto. Er müsste die Tote hier, bei dir fotografieren. Das Bild muss dann im ,Moorbacher Anzeiger' erscheinen, und wir können nur hoffen, dass sich jemand meldet. Irgendjemand muss die Frau doch kennen! Maria, bittschön, du musst uns unterstützen und sie noch eine Weile dabehalten. Ich schau, dass ich rasch jemanden für die Obduktion herbekomme!"

„Eine Obduktion?" Die Bestatterin schaute entsetzt. Nach einer kurzen Pause nickte sie aber dann zögerlich. „Und wer bezahlt mir das alles?"

„Da finden wir schon eine Lösung!", antwortete der Doktor aufmunternd.

Er zog den Kittel aus, packte seine Sachen wieder ein und ging nachdenklich nach Hause. Mittlerweile war es schon dunkel. Heidrun erwartete ihn im Wohnzimmer, wo sie gerade an einem Scherenschnitt über eine Jahrmarktsszene saß und vorsichtig mit einem feinen Skalpell das Dach eines Karussells bearbeitete. Es war ein schönes und friedliches Bild. Das Kaminfeuer knisterte und wärmte den Raum. Die Abende, auch jetzt im Mai, konnten noch recht kühl sein.

Sie war aber doch neugierig und Wolfgang erzählte ihr von seinen Entdeckungen.

„Morgen ruf ich gleich in der Rechtsmedizin in München an und frag, ob die jemand schicken können!" Dann fiel Wolfgang noch etwas ein. „Hast du schon etwas von der Gemeinderatssitzung gehört, wegen der Turnstunden?"

„Nein, die Sitzung ist ja erst am Abend, das werden wir erst morgen erfahren."

15. Mai 1929

Am nächsten Morgen sollte wie immer um neun Uhr die Sprechstunde beginnen, also stand Klein schon um halb sieben auf, denn er wollte vorher noch in der Rechtsmedizin in München anrufen und bei Wachtmeister Nebler vorbeischauen.

Die Polizeiwache in Moorbach war klein, zwei Räume und eine kleine Arrestzelle. Im ersten hatte der Wachtmeister seinen Schreibtisch und mit seinem und den drei Stühlen für Besucher war er voll. Auf dem Schreibtisch hatte er mittlerweile sein eigenes Amtstelefon stehen. Auf einem schmalen Regal an der Wand standen einige Bücher und ein Rundfunkempfänger. Nebler war sehr stolz, dass er auf Welle 485 das bayerische Rundfunkprogramm empfangen konnte und seine erste Amtshandlung, wenn er morgens auf die Wache kam, war es, das Rundfunkgerät einzuschalten. Nachrichten, Musik und lehrreiche Beiträge wechselten sich ab.

Der zweite Raum war voll mit Akten, die an allen vier Wänden die Regale füllten. Es war mühsam, hier Ordnung zu halten, aber die Wache war sein Reich und hier fühlte er sich wohl.

Vom Aktenzimmer führte eine schmale Gittertüre zum Arrestzimmer, das zum Glück nur selten besetzt war. Eine Pritsche und ein Toiletteneimer waren das gesamte Mobiliar. Nebler grübelte darüber nach, wie das Protokoll über ihren nächtlichen Ausflug am besten zu formulieren sei. Sollte er bei vordergründiger Beschreibung bleiben oder bereits die zusätzlichen Beobachtungen des Doktors erwähnen? Würde das überhaupt irgendjemanden interessieren oder nur Staub aufwirbeln? Er entschied sich für die knappe Version.

Die Tür vom Büro zur Straße stand, wie meistens, offen und so sah Nebler den Doktor bereits kommen, bevor er die Wachstube betrat.

Nebler legte den Stift zur Seite, stand auf, drehte den Ton des Rundfunkempfängers leiser und die beiden Männer begrüßten sich mit festem Händedruck. Bald saßen sie sich gegenüber und auf den fragenden Blick von Klein hin begann der Wachtmeister.

„Guten Morgen Doktor. Leider weiß ich noch nichts Neues. Keine Vermisstenanzeige, niemand hat irgendetwas Besonderes berichtet. Ich habe auch in Freiberg nachgefragt, aber auch dort ist keine Meldung eingegangen. Die informieren mich, wenn es etwas Neues gibt."

Nun war es am Doktor von seinen Entdeckungen und Überlegungen zu berichten. Die Ergebnisse der körperlichen Untersuchung schilderte er detailliert, insbesondere die Würgemale am Hals der Toten. Gebannt hörte der Wachtmeister ihm zu, schüttelte immer wieder den Kopf.

„Dann war es also tatsächlich kein Selbstmord und jemand hat das arme Mädchen umgebracht!"

Nebler war das, bei aller Neugierde, trotzdem unangenehm. Ein Mord in Moorbach, das roch nach Schwierigkeiten und Arbeit. Er fühlte sich überfordert. Auch hatte er keine Erfahrungen mit Tötungsdelikten und würde wohl Hilfe in der Nachbarschaft in Freiberg anfordern müssen. Dort war die Kriminalpolizei stationiert und die waren ja bei schwereren Verbrechen zuständig.

Klein informierte den Wachtmeister auch über seine Pläne mit der Rechtsmedizin und dem Zeitungsfoto.

„Nebler, wir müssen jetzt zusammenarbeiten. Sie müssen mir helfen. Ein Mord hier am Ort und Sie klären den auf. Da werden aber viele Hochachtung vor Ihnen bekommen!"

Der Gedanke gefiel dem Wachtmeister, dann hätten vielleicht auch die Braunhemden wieder mehr Respekt vor ihm.

Das ‚Ermittlerteam‘, wie Klein sie beide jetzt nannte, besprach die Arbeitsteilung. Der Wachtmeister sollte mit dem Fotografen zur Bestatterin gehen und dann das entwickelte Foto mit entsprechendem Text zur Zeitung bringen. Klein würde den Kontakt mit der Rechtsmedizin aufnehmen.

Es war halb neun als er in der Praxis eintraf. Elisabeth erschrak, als er ungewöhnlich stürmisch die Tür öffnete. Sie sprang von ihrem Stuhl auf und noch bevor sie ihrem Chef einen guten Morgen wünschen konnte, war dieser schon in seinem Sprechzimmer verschwunden. Sie sah die geschlossene Türe an, die plötzlich wieder einen Spalt geöffnet wurde und Klein den Kopf durch den Türspalt streckte.

„Elisabeth, bitte bis neun Uhr keine Störungen, ich muss telefonieren!"

Jetzt brauchte sie dringend ein Stück Schokolade, oder zwei.

Der Doktor ließ sich mit dem Universitätsklinikum verbinden und nach mehrfachem Weiterverbinden und längerem Warten konnte er Professor Merkel selbst den Fall des toten Mädchens schildern.

„Sehr gut, Herr Kollege, das wäre bestimmt den meisten entgangen und wieder einmal wäre ein Mord unentdeckt geblieben. Ich predige den Studenten immer und immer wieder, dass sie auf Hinweise für Fremdverschulden achten müssen!" Der Professor hielt kurz inne. „Ich schicke Ihnen morgen Vormittag meinen Kollegen, den Doktor Schmidt. Meine Sekretärin wird Sie noch informieren, wann er genau ankommt. Sie müssten ihn dann abholen und begleiten, wenn das geht. Er wird auch sicherlich noch einige Fragen haben."

Klein war sehr zufrieden und - auch wenn er Eitelkeit nicht mochte - ein wenig stolz über das Lob des Professors.

Wenige Minuten später rief die Sekretärin des Professors an und informierte ihn über die morgige Ankunft von Doktor Schmidt gegen zehn Uhr vormittags. Sie gab Klein die direkte Telefonnummer der Gerichtsmedizin, auf Merkels speziellen Auftrag hin. „Für das nächste Mal."

Die Sprechstunde verlief ohne Besonderheiten. Prellungen, kleine Schnittverletzungen, Husten, Halsweh, ein gebrochener Unterarm, eine Blinddarmentzündung, die Klein ins Krankenhaus zum Operieren schickte.

Für Operationen am Ort war Dr. Semmlinger zuständig, hatte er doch auch eine chirurgische Ausbildung. Und auch wenn er kein schlechter Operateur war, hatte Klein doch immer Bedenken, Patienten ins Moorbacher Krankenhaus zu schicken. Allerdings hatte er keine andere Wahl. Denn wenn er den Patienten nach Freiberg schickte und der Kollege Semmlinger würde das erfahren, wäre Ärger mit dem Kollegen vorprogrammiert.

Den baulichen und hygienischen Zustand der ‚Heilanstalt' fand er einfach nur unerträglich. Die Klärgrube lief ständig über, die Wasserversorgung war unzuverlässig und auch Stromausfälle waren an der Tagesordnung. Längst müsste das alte Haus saniert werden, aber dem Ort fehlten leider die finanziellen Mittel.

Dr. Semmlinger fand die Probleme nicht so gravierend und wäre gekränkt, wenn Moorbacher Bürger in einem ‚fremden' Krankenhaus behandelt und operiert würden.

„Naja, der Blinddarm wird schon klappen", sagte Klein zu Elisabeth, die wusste, was der Doktor von der ‚Moorbacher Krankenanstalt' hielt.

Schwierig war es, Frau Glas wieder aus der Praxis zu bekommen, die in leidendem Ton wieder alle Beschwerden akribisch beschrieb. Der Doktor nickte immer nur, war in Gedanken aber ganz woanders, bei der jungen Toten. Gerade war Frau Glas beim immer wieder auftretenden ‚Surren' um ihr rechtes Sprunggelenk angekommen. Klein hatte keine Ahnung, was er sich darunter vorstellen sollte, verschrieb ihr aber eine Salbe mit Arnika zur abendlichen Anwendung.

„Der Apotheker mischt Sie Ihnen an! Und wenn es in zwei Wochen nicht besser ist, kommen Sie wieder!" Dabei wusste er jetzt schon, dass sie spätestens übermorgen wieder im Wartezimmer sitzen würde.

Zum Mittagessen hatte Gerda heute Tafelspitz gekocht mit Salzkartoffeln und Kren. Gerdas Kochkünste wurden immer besser, bemerkte Klein zufrieden.

Heidrun stocherte in ihrem Essen, sie war aufgebracht.

„Stell dir vor, Wolfgang, bei der gestrigen Sitzung hat der Gemeinderat meinen Antrag auf die acht zusätzliche Hallenstunden abgelehnt. Die Sekretärin vom Bürgermeister war für das Protokoll zuständig und hat mir alles heute Vormittag erzählt. Die haben sich über uns lustig gemacht. Der zweite Bürgermeister, der Herrmannsdorfer, hat gesagt, ‚Was müssen unsere Frauen denn miteinander turnen, die können das doch zuhause mit uns machen, dann haben wir auch etwas davon'. Einfach unglaublich!"

Sie sprang auf, ging um den Esstisch herum und stellte sich direkt vor Klein.

„Und auch der Semmlinger, dein werter Herr Kollege, hat kein Verständnis gehabt, obwohl doch seine Frau auch mitmachen möchte. Nur Männer in dem Gemeinderat und die bestimmen, was gut für uns Frauen ist. Das ist doch nicht in Ordnung!"

Wolfgang sah zu Heidrun auf.

„Ich versteh dich ja, aber jetzt beruhige dich erstmal wieder und lass uns weiteressen. Haben die deinen Antrag jetzt ganz abgelehnt?"

„Nein, der Bürgermeister hat wohl Druck von seiner Frau bekommen, die ja auch mitturnen möchte. Und so hat er einen Kompromissvorschlag gemacht, dass man uns doch zwei zusätzliche Stunden genehmigen soll. Am Freitagnachmittag, da würde die Halle doch sowieso leer stehen. Das haben die Herren dann gnädig genehmigt. Aber zwei Stunden zusätzlich langen mir nicht, da bekomm ich gar nicht alle Frauen unter! So viele wollen mittlerweile mitmachen, ich könnte zehn oder zwölf Stunden brauchen."

Wolfgang nickte zustimmend.

„Frau Herrmannsdorfer bin ich dann auch noch begegnet und wir sind dann zusammen zum ‚Bilger' auf eine Tasse Kaffee und einen Bienenstich gegangen. Ihr Mann hat ihr wohl nach der Sitzung grinsend von seinem Kommentar übers Frauenturnen erzählt. Sie ist richtig wütend auf ihren Mann, so hab' ich sie noch nie erlebt. Wir haben überlegt, was man unternehmen könnte. Aber sie traut sich nicht ihm zu widersprechen, er wird wohl schnell ... Na, du weißt schon, er wird halt schnell wütend."

Wolfgang wusste genau, was sie meinte. Frau Herrmannsdorfer war schon öfters zur Versorgung von Hämatomen und Prellungen zum Doktor gekommen und er wusste, dass diese nicht von einem Sturz gekommen waren, wie sie ihm erzählt hatte. Klein kannte das gefürchtete, cholerische Temperament des zweiten Bürgermeisters. Und Heidrun kannte es auch.

Am Mittwochnachmittag war keine Sprechstunde und Klein hatte Zeit um Bürokram zu erledigen. Er saß in der Praxis an seinem Schreibtisch, als Heidrun hereinkam. Sie wusste, wo sie ihn finden konnte, setzte sich auf einen der beiden Patientenstühle, nicht ohne vorher die Sitzfläche abzuwischen.

„Wolfgang, denkst du bitte daran, den Semmlinger zu informieren, dass er uns kommende Woche vertreten muss! Elisabeth und Gerda wissen Bescheid und freuen sich, dass sie auch frei haben. Elisabeth wird mal kommen und die Blumen gießen und nach dem Rechten schauen, Gerda fährt zu ihren Eltern."

Die lang geplante Sommerfrische am Ritten in Bozen stand an. Sie hatte sich schon so lange darauf gefreut. Ihm kam das gerade nicht gelegen, war er doch in Gedanken ständig bei der toten jungen Frau. Wenn sie verreisten, machte er das hauptsächlich seiner Frau zuliebe, denn er war am liebsten daheim.

Er wusste auch, dass sie noch etwas betrübte. Seit Jahren wünschte sie sich ein Kind, war sie jetzt doch schon bald 34 Jahre alt. Alle Frauen in der Bekanntschaft hatten schon Kinder, sprachen über fast nichts anderes. Auch Heidruns Eltern fragten immer wieder nach. Es hatte bisher einfach nicht geklappt.

Erst hatten sie es intensiv versucht, sie war auch bei einem Frauenarzt in München gewesen, der bei ihrer Untersuchung nichts Pathologisches hatte finden können. Der Arzt hatte ihr zu Moorbädern und zur Einnahme von Tabletten mit Traubensilberkerze geraten. Alles hatte sie befolgt, aber bisher ohne Erfolg.

Vor einem Jahr war sie schwanger gewesen, hatte aber im dritten Monat das Kind verloren. Nächtelang hatte sie geweint und war nicht zu trösten gewesen. Zunehmend hatte dieses Trauma auch die Beziehung zu ihrem Mann belastet.

Sie hatte das Gefühl, dass er für jede Patientin, für jeden Patienten ein offenes Ohr hatte, stundenlang verständnisvoll zuhörte, aber mit ihrer Trauer, mit ihrer Verzweiflung, wenig anzufangen wusste. Er wollte nichts davon hören, flüchtete, musste dann dringend in die Praxis oder zu einem Hausbesuch, wenn er merkte, dass ihr etwas auf dem Herzen lag. Er zog sich zurück, fasste sie immer seltener an. So würde das ja niemals etwas werden mit dem Nachwuchs.

Heidrun wollte die Hoffnung auf ein eigenes Kind aber nicht aufgegeben und war überzeugt, dass ihnen ein paar Tage Auszeit mit Abstand zu Moorbach und der Praxis guttun würden. Sie freute sich auf Bozen, auf die Berge, die frische Luft und das gute Essen dort.

Wachtmeister Nebler war müde, der Tag war lang gewesen, beginnend mit dem Gespräch mit Dr. Klein.

Er war allein für die kleine Polizeiwache Moorbachs zuständig und meist hatte er einen ruhigen Arbeitsalltag. Dafür war er aber rund um die Uhr erreichbar. Die meisten Bewohner des Ortes kannten und schätzten ihn, drückte er bei kleineren Vergehen doch gerne ein Auge zu. Er wusste, dass er mit seiner schmächtigen Figur und der etwas zu großen, blauen Uniform wenig Autorität ausstrahlte. Glücklicherweise war das in dem kleinen Ort nur selten erforderlich.

Mit Herrn Franke war er ins Bestattungsinstitut gefahren, wo dieser mehrere Fotos von der Toten gemacht hatte. Das war dem Fotografen sichtlich schwergefallen, was Nebler nicht entgangen war. Er hatte ziemlich blass ausgesehen beim Fotografieren, war darauf bedacht gewesen, die Leiche nicht selbst zu berühren, hatte Frau Schubert darum gebeten den Kopf in diese oder jene Richtung zu drehen, die Haare aus dem Gesicht zu wischen oder eine Blutspur von der Wange zu entfernen.

Zurück auf der Polizeistation hatte der Wachtmeister noch einige Formulare ausfüllen müssen, bevor er wegen des möglichen Diebstahls mehrerer Salatköpfe auf den Hof des Bauern Achmiller gefahren war, um die Anzeige aufzunehmen.

„Endlich nach Hause!", murmelte er jetzt zu sich selbst, als er zurück auf der Wache war und das letzte Formular abgeheftet hatte.

Gerade als er gehen wollte, klingelte das Telefon. Der Eschenrieder Alois, der Wirt vom ‚Reichsadler' war am Apparat.

„Kommen S' schnell, die schlagen mir meine Einrichtung kurz und klein. Heute ist die Monatsversammlung der Kommunistischen Partei, die sind heute nur zu fünft. Und vorhin ist eine ganze Horde Braunhemden gekommen und hat das Treffen gesprengt. Die prügeln sich jetzt bei mir!"

Im Hintergrund konnte der Wachtmeister Lärm und Geschrei hören. Rasch zog sich Nebler seine Jacke an, stieg auf sein Fahrrad und fuhr die wenigen hundert Meter zum Wirtshaus ‚Reichsadler'.

Als er ankam, war alles ruhig.

Der bullige, bärtige Wirt stand hinter der Theke, und während er fortfuhr Gläser abzuspülen, begrüßte er den Wachtmeister. „Ist alles schon wieder in Ordnung, die Kommunisten sind nach Hause gegangen, waren ja auch viel weniger. Sie können wieder nach Hause fahren, Herr Nebler, entschuldigen Sie die Störung."

Nur ein paar Scherben am Boden und zwei zerbrochene Stühle in der Ecke zeugten noch von einer Prügelei. Der Wachtmeister ging zu den Braunhemden, die äußerlich ruhig um einen runden Tisch saßen.

„So jetzt erzählt mal, was war hier los?"

Die acht oder neun jungen Männer schauten ihn an und einer von ihnen, der Schmutterer Alois, den Nebler als recht rabiaten Halbstarken kannte, schüttelte den Kopf.

„Hier ist gar nichts, Herr Wachtmeister, wir sitzen hier friedlich und trinken unser Bier." Er hob sein Glas, grinste und prostete dem Wachtmeister zu. Dann schaute er in die Runde.

„Oder Freunde, habt ihr was anderes gesehen?"

Ihm gegenüber saß ein untersetzter, kräftiger, junger Mann, vielleicht gerade zwanzig Jahre alt.

„Vorhin war hier noch Ungeziefer, Schmeißfliegen und Ratten, die mussten wir entfernen", und zum Wirt gewandt, „haben wir doch gut gemacht, oder?"

Der Wirt schüttelte nur den Kopf und wandte sich an Nebler. „Ich will meine Ruhe haben, war ja gleich vorbei. Tut mir leid, dass ich Sie gestört habe, Herr Wachtmeister."

Nebler hatte nicht bemerkt, dass einer der Männer nach draußen gegangen war und sich jetzt wieder zu den anderen dazusetzte.

„Ich will keinen Ärger mit euch haben", ermahnte der Wachtmeister nun die am Tisch sitzenden, „sonst bekommt ihr es mit mir zu tun!"

„Huhu, da bekommen wir aber Angst." Die jungen Männer grölten und lachten.

Nebler schüttelte nur den Kopf und ging wieder hinaus zu seinem Fahrrad und sah die Bescherung. Beide Reifen waren mit dem Messer aufgeschlitzt und die Klingel war abmontiert. Wütend ging er wieder in die Wirtschaft.

„Wer war das?"

In der Runde blickte einer zum anderen und der Jüngste in der Runde, der Martin Sattler, dessen Eltern er gut kannte, grinste breit.

„Ich weiß gar nicht was Sie meinen, wir waren alle die ganze Zeit hier, oder Kameraden?"

Alle nickten zustimmend.

Es blieb ihm nichts anderes übrig, als einfach zu gehen. Hinter sich hörte er den Ton seiner Fahrradklingel. Wie ein geprügelter Hund schob er, wütend und ohnmächtig, sein kaputtes Fahrrad nach Hause.

16. Mai 1929

Bei strahlendem Frühlingswetter empfing Klein am nächsten Vormittag Dr. Schmidt vom Institut für Pathologie und Rechtsmedizin der LMU, der Ludwig-Maximilian-Universität München, am Bahnhof in Moorbach. Er war deutlich größer als Klein, sehr schlank, hatte eine Adlernase und als er zur freundlichen Begrüßung seinen Hut hob, kam ein lockiger Haarkranz zum Vorschein.

Der Kollege hatte einen kleinen Koffer dabei, in dem er das Obduktionsbesteck transportierte. Und damit fuhren sie mit dem Auto direkt zum Bestattungsinstitut.

Nachdem Klein Frau Schubert und Dr. Schmidt miteinander bekannt gemacht hatte, gingen sie zum Kühlraum, wo die Leichenfrauen schon alles vorbereitet hatten.

Klein ließ den Kollegen dann in Ruhe arbeiten, er selbst musste ja auch in die Sprechstunde, wo unter anderem Frau Glas schon ungeduldig wartete, um ihm zu sagen, dass die Wundersalbe gut gewirkt hätte, das Surren am Sprunggelenk sei fast weg, aber dafür habe sie jetzt ein Ziehen im Nacken.

Wie besprochen kam er gut drei Stunden später wieder ins Bestattungsinstitut, wo sein Kollege die Präsentation schon vorbereitet hatte.

Auf einem Tisch lagen mehrere Tabletts, auf denen jeweils die verschiedenen Organsysteme lagen. Herz-Lunge, Leber-Nieren, Gebärmutter-Blase. Im Hintergrund war die geöffnete Leiche mit einem Tuch zugedeckt. Hinter dem Tisch stand Dr. Schmidt und geradezu eifrig begann er mit seinem Bericht.

Bei seiner Schilderung musste Klein schmunzeln, erinnerte der Rechtsmediziner doch in seiner Darstellung an den Koch in einem Gourmetrestaurant.

Er hatte eine anatomische Pinzette in der linken, ein Skalpell in der rechten Hand und schwenkte beide wie im Konzert ein Dirigent den Taktstock.

„Also hier haben wir eine ausgesprochen schöne Leber, ganz zart." Demonstrativ machte er dabei einen Schnitt durch das präsentierte Organ.

Klein beugte sich über die aufgeschnittene Leber und nickte zustimmend. „Ja, wunderbar, sehr schön!"

„Ich sehe, Herr Kollege, Sie kennen sich aus." Dr. Schmidt hob anerkennend das Skalpell. „Die Gallenblase unauffällig, keine Steine, keine Wandverdickung. Das Herz kräftig und gesund, hier die Koronararterien ohne jegliche Kalkablagerung. Die Lungenbläschen zart, sie hat offensichtlich nicht geraucht. Jetzt kommen wir aber zu den Besonderheiten!" Mit der Pinzette zeigte er auf das Tablett ganz links. „Hier sehen Sie im Uterus den Fötus, sie war etwa im dritten oder vierten Monat schwanger."

Kleins Verdacht hatte sich also bestätigt und er nickte zustimmend.

Dr. Schmidt ging jetzt, gefolgt von Klein, zur Leiche, deckte den Kopf und Oberkörper ab und zeigte auf den Brustkorb.

„Jetzt kommen wir noch zu einer anderen Auffälligkeit." Er beugte sich noch ein bisschen mehr über den Leichnam. „Sie hat multiple Prellungen und Schürfungen, die vom Zusammenprall mit dem Zug stammen dürften, auch mehrere Rippen sind gebrochen und der linke Oberarm. Allerdings gibt es auch Zeichen von Gewalteinwirkung, die nicht vom Aufprall mit dem

Zug kommen. Hier sehen Sie am Hals die Hämatome, und hier den gebrochenen Kehlkopf. In den Augen sind Kapillaren geplatzt, durch eine Druckerhöhung. Das alles sind klare Zeichen. Sie ist erwürgt worden, und zwar von einer Person mit recht großen Händen."

Alles hatte sich so bestätigt, wie Klein es vermutet hatte. Die junge Frau war ermordet worden. Aber sie wussten immer noch die beiden wichtigsten Dinge nicht. Wer sie war und wer sie umgebracht hatte.

In Kleins Kopf arbeitete es fieberhaft.

Für übermorgen, Samstag, hatten sie Zugfahrkarten nach Bozen, das passte ihm momentan gar nicht, aber er hatte es Heidrun versprochen. Er überlegte, was er vorher noch alles erledigen musste. Ab drei Uhr nachmittags hatte er wieder Sprechstunde, danach musste er unbedingt noch mit Wachtmeister Nebler sprechen. Immerhin würde im nächsten ‚Moorbacher Anzeiger' das Foto der Toten zu sehen sein, in der Hoffnung, dass sie jemand wiedererkennen würde. Erst danach könnten sie das Umfeld abklopfen, möglicherweise war es ja eine Beziehungstat.

Dr. Schmid riss ihn wieder aus seinen Gedanken.

„Wir haben bei uns am Institut eine neue Methode zur Klärung der Vaterschaft. Wir sind damit eines der ersten Institute in Deutschland!", bemerkte er sichtlich stolz. „Da Sie die Tote nicht kennen, nehme ich an, dass Sie auch nicht wissen, wer der Vater des Ungeborenen ist, oder?"

Klein sah zu seinem Kollegen auf. „Nein, natürlich nicht", erwiderte er. „Noch wissen wir ja gar nichts über sie."

„Gut, das dachte ich mir. Also, im Institut bestimmen wir die Blutgruppen, eingeteilt in A, B und 0. Damit lässt sich die Gruppe der potentiellen Väter zumindest eingrenzen. Ich habe

Proben von der Mutter und dem Kind entnommen und nehme sie mit nach München. Ende nächster Woche bekommen Sie meinen Bericht. Es wäre gut, wenn Sie uns möglichst bald Blutproben von den möglichen Vätern schicken könnten. Sie müssen also nur allen in Frage kommenden Männern Blut abnehmen, dann können wir Ihnen sagen, wer bestimmt nicht der Vater ist."

„So, nur eine Blutprobe von allen möglichen Vätern? Wir wissen ja zwar noch nicht einmal wer die Tote ist, aber sollen den möglichen Vater finden?"

Klein schüttelte den Kopf und sah den Rechtsmediziner fragend an. Der reagierte aber gar nicht auf den Kommentar und fuhr fort sein Obduktionsbesteck zu reinigen.

„Ich räume jetzt auf und fahre zurück nach München. Sie hören von uns. Aber, halt, ich gebe Ihnen ein paar Blutröhrchen. Wenn Sie den potentiellen Vätern Blut abnehmen, bitte in diese Röhrchen füllen und mir rasch schicken! Und das Beschriften bitte nicht vergessen!"

Dr. Schmidt gab Klein eine Tüte mit sieben oder acht Blutröhrchen.

„Na, so viele mögliche Väter wird es ja hoffentlich nicht geben", meinte daraufhin Klein und bedankte sich zum Abschied herzlich für die Präsentation. „Vielen, vielen Dank, Sie haben uns sehr weitergeholfen!"

Auf einen Händedruck verzichtete er allerdings, hatte der Kollege doch noch seine blutverschmierten Handschuhe an.

Da es bereits spät war, ging Klein ohne Mittagspause gleich in die Nachmittagssprechstunde. Heidrun hatte er schon angekündigt, dass er es wahrscheinlich nicht zum Mittagessen schaffen würde.

Als er die Praxistüre öffnete, schob Elisabeth schnell die Schublade mit den Schokoladenvorräten zu, sie kaute aber noch und hatte einen Schokoladenfleck auf der rechten Wange.

Klein konnte sich nur schwer auf seine Arbeit konzentrieren, sah immer wieder aus dem Fenster und kritzelte mit dem Bleistift nervös auf der Schreibtischunterlage. Das blieb nicht unbemerkt.

Frau Simperl war nach dem Praxisbesuch beleidigt, da er ihr offensichtlich gar nicht richtig zugehört hatte. Nach ihrem Klagen über Hämorrhoiden hatte er ihr einen Lindenblütentee zum Trinken verschrieben, den er sonst immer bei Husten empfahl.

Auch mit Frau Schwarz war es schwierig. Sie hatten seit Jahren ein kleines Spiel miteinander. Dazu muss man sagen, dass Frau Schwarz fast achtzig Jahre alt war, einen Buckel, reichlich Zahnlücken und mehrere große Warzen im Gesicht hatte, also keine Schönheit war. Irgendwann, als der Doktor gute Laune gehabt hatte, war die Begrüßung im Sprechzimmer etwas anders abgelaufen.

„Schöne Frau, was kann ich heute für Sie tun? Schön, dass Sie mich wieder einmal beehren!"

Und Frau Schwarz hatte gelacht und sich gefreut, und so kam es, dass diese Floskel zu einem Ritual zwischen ihnen beiden wurde. Aber heute war Klein nicht bei der Sache. Er wollte die Sprechstunde einfach nur schnell hinter sich bringen.

„Was kann ich für Sie tun?", fragte er sie ernst, nachdem sie auf dem Stuhl vor seinem Schreibtisch Platz genommen hatte.

Eisiges Schweigen.

„Tut Ihnen etwas weh?"

Schweigen.

„Ich messe jetzt mal Ihren Blutdruck!"

Wortlos schob sie den Ärmel nach oben. So grimmig hatte er Frau Schwarz noch nie erlebt. Könnte sie ernsthaft krank sein?

Irgendwann dämmerte es ihm.

"Schöne Frau, ich muss sagen, Sie werden immer jünger und schöner!"

Ein strahlendes Lächeln antwortete ihm, und wenige Minuten später ging Frau Schwarz wieder zufrieden und glücklich nach Hause.

Man darf den Menschen nicht ihre gewohnten Rituale vorenthalten, dachte sich Klein und bemühte sich wieder konzentrierter zu arbeiten.

Elisabeth streckte vorsichtig den Kopf durch die Türe.

„Herr Langmann ist da, er ist ganz aufgeregt, kann er Sie kurz sprechen, Herr Doktor?"

Klein verdrehte die Augen. „Schon wieder? Er war doch erst vorgestern da! Bestimmt hat er wieder irgendetwas an sich entdeckt, was ihm Angst macht, und er ist überzeugt, dass das Krebs ist, der ihn in wenigen Wochen dahinraffen wird! Schicken Sie ihn rein, aber vielleicht wischen Sie davor noch die Schokolade von Ihrer rechten Wange weg."

Erschrocken holte die Sprechstundenhilfe ein Taschentuch aus ihrer Kitteltasche und entfernte den braunen Fleck von ihrer Backe. Dann holte sie den Patienten aus dem Wartezimmer.

Herr Langmann war ein etwas rundlicher, sechzigjähriger Mann. Er liebte gutes Essen, das Trinken und seine Frau. Aber er hatte größte Angst vor Krankheit, Schmerz und dem Tod. Und sie verfolgte ihn ständig. Jede noch so kleine Störung einer

Körperfunktion, jede Veränderung an seinem Körper, löste in ihm die Überzeugung aus, dass er jetzt todbringenden Krebs habe: Magenkrebs, Darmkrebs, Bauchspeicheldrüsenkrebs, Hautkrebs, einen Hirntumor, alles war schon vorgekommen. Diesmal war es eine Schwellung in der linken Leiste. „Herr Doktor, es war plötzlich da und wenn ich fest drücke, tut es weh!"

Der Patient hatte sich schon ohne Aufforderung auf die Untersuchungsliege gelegt und die Hose und Unterhose nach unten gezogen. Demonstrativ drückte er auf die Schwellung in der Leiste, nahm dann die Hand des Doktors und führte sie zu der Stelle.

„Doktor, das ist Lymphdrüsenkrebs, bestimmt!"

Tatsächlich, der Lymphknoten war vergrößert.

Mit beruhigender Stimme antwortete Klein.

„Herr Langmann, jetzt schauen wir erst mal ganz in Ruhe", und er begann mit der gründlichen Untersuchung.

Alles war in bester Ordnung, nur hatte der Patient sich beim Nagelschneiden den linken großen Zeh verletzt und die Wunde hatte sich entzündet.

„Also, ich kann Sie beruhigen, es ist kein Krebs! Sie haben eine Entzündung am Großzehen und da ist es ganz normal, dass die dazugehörende Lymphknotenstation anschwillt. Und das sind die Lymphknoten in der Leiste. Also spricht die Schwellung nur für eine gute und gesunde Abwehr! Alles gut, Sie bekommen jetzt eine Jodsalbe und ein Pflaster und passen künftig beim Nagelschneiden besser auf, verstanden?"

Herr Langmann setzte sich auf und sah den Doktor prüfend an. „Sagen Sie mir auch wirklich die Wahrheit?"

Der Doktor lächelte ihn an.

„Herr Langmann, mein Gedächtnis ist viel zu schlecht um zu Lügen! Wenn ich meine Patientinnen und Patienten anlügen würde, müsste ich mir ja merken, was ich wem gesagt habe, das kann ich nicht. Daher sage ich immer die Wahrheit, die sehe ich ja immer vor mir. Und die gibt es eben nur einmal!"

Im Kopf des Patienten arbeitete es sichtlich und er versuchte herauszubekommen, was Klein damit gemeint haben könnte. Auch wenn er zu keinem richtigen Ergebnis kam, war er doch beruhigt.

„Also sagen Sie mir die Wahrheit und das da ist kein Krebs?"

„Ja, versprochen!"

Herr Langmann ging zur Tür, drehte sich nochmals um und meinte: „Vielen Dank Herr Doktor, meine Frau wird sich freuen, das zu hören!"

Als letzte Patientin kam die fünfzehnjährige Bettina Sattler, in Begleitung ihrer Mutter Maria. Die Familie besaß einen großen Bauernhof in der Nachbargemeinde.

Die Mutter begann gleich zu erzählen, aber Klein unterbrach sie und wandte sich direkt an das Mädchen.

„Bettina, erzähl doch mal, wo drückt der Schuh?"

Das tat Klein immer, erst den Patienten oder die Patientin selbst zu Wort kommen lassen, auch wenn es ihm schon manchen Ärger eingebracht hatte. Vor allem die Mütter oder Ehefrauen neigten zur Dramatisierung, legten gern als erstes ihre Sichtweise dar, meinten sie doch meist viel besser Bescheid zu wissen als die Patientin oder der Patient selbst. Sie hatten auch oftmals Recht. Patienten verschweigen doch gern unangenehme Dinge.

So wurde bei der Anamnese von Männern der Alkoholkonsum meist deutlich zu niedrig angegeben, was die Ehefrauen dann aber gerne überkompensierten, indem sie die Menge übertrieben. Nicht selten gab es dann im Sprechzimmer erhitzte Diskussionen.

So hatte sich Klein ein ganz bestimmtes Vorgehen angewöhnt. Kam der Patient oder die Patientin in Begleitung, wurde er oder sie zunächst selbst befragt. Danach forderte er die Begleitperson auf, die Angaben des Patienten zu ergänzen und bat sie dann ins Wartezimmer zu gehen, um das weitere Gespräch unter vier Augen führen zu können. Oft stieß er damit auf wenig Verständnis. Dabei war dieser Teil des Kontaktes so wichtig. Klein hatte sich dazu auch einen Eröffnungssatz angewöhnt: „So, jetzt sind wir beide allein, alles, was wir hier jetzt besprechen, bleibt unter uns, Arztgeheimnis. Sagen Sie jetzt ganz ehrlich was los ist, sonst kann ich Ihnen nicht helfen."

Oft kamen dann Probleme in der Familie zur Sprache und dann fiel es schwer diese nicht gleich mit der Begleitperson anzusprechen. Aber dies erlaubte sich der Doktor nur nach Rücksprache mit dem Patienten.

In diesem Fall kam aber nichts von dem Mädchen. Sie saß nur blass, mager und kraftlos auf ihrem Stuhl und flüsterte leise: „Mir geht's net gut!"

Jetzt war es an der Mutter zu sprechen.

„Seit Wochen isst Bettina kaum noch etwas, sie ist ständig müde, spricht kaum noch. Ganz mager ist sie geworden, schauen Sie das Mädchen doch an. Da stimmt doch etwas nicht! Da muss doch irgendeine Krankheit dahinterstecken! Bei Doktor Semmlinger, unserem Hausarzt, waren wir schon. Der hat Bettina eine Spritze gegeben, ich glaube Insulin, und hat gemeint, dass Bettina darauf Hunger bekommt und wieder isst. Das hat aber auch nicht geholfen, ihr ist zusätzlich nur noch schwindelig geworden. Nach ein paar Tagen ist der Semmlinger wieder vorbeigekommen, um zu sehen, wie es der Bettina geht.

Aber er hat nur die Achseln gezuckt und gemeint, dass das halt eine Phase sei. In dem Alter sei das nicht ungewöhnlich, das gäbe sich schon wieder, hat er gesagt. Aber ich mache mir halt Sorgen, weil mit dem Kind etwas nicht stimmt, und deshalb sind wir hierhergekommen. Sogar Bettinas großer Bruder, der Martin, macht sich schon Sorgen, obwohl er sich doch sonst gar nicht für seine kleine Schwester interessiert." Frau Sattler senkte den Kopf und zupfte an einem Taschentuch, dass sie in der Hand hielt, herum. „Mein Mann sagt, dass wir uns nicht so aufführen sollen, Bettina sei halt ein Mädchen, und die seien eben in dem Alter schwierig. Wenn Doktor Semmlinger sage, da sei nichts, dann stimme das und damit Ende der Diskussion. Ich habe dann vorgeschlagen, Bettina hier bei Ihnen in der Praxis vorzustellen, da Sie doch jünger sind und Bettina vielleicht besser verstehen. Da ist er wütend geworden und hat geschrien: ‚Kommt überhaupt nicht in Frage, der redet ihr doch nachher nur noch etwas ein!' Und dann hat er ein paar wenig nette Worte über Sie gesagt, das will ich lieber nicht wiederholen."

Frau Sattler machte eine Pause, verstaute das Taschentuch in ihrer Handtasche. Sie blickte dann zu Klein auf und sprach leise aber betont. „Mein Mann darf auf gar keinen Fall erfahren, dass wir hier waren, sonst wird er wütend. Er mag nicht, wenn wir nicht machen, was er sagt."

Sie warf einen Blick zu Bettina, die neben ihr saß, aber nur stumm aus dem Fenster sah.

Klein hatte aufmerksam zugehört und immer wieder genickt. Er mochte das gar nicht, diese Heimlichtuerei, die und der dürfe nichts erfahren. Daraus entstanden meist viel Unglück und Unfrieden und am Ende kam doch alles raus. Und dann war der Ärger umso größer.

„Ich verspreche euch, dass ich nicht über euren Besuch bei mir reden werde. Und wenn wir etwas herausfinden, dann werde ich Dr. Semmlinger informieren, und er kann dann das Weitere mit Ihnen und Ihrem Mann klären."

Er begann mit der Anamnese und wandte sich an Bettina.

„Du brauchst keine Angst zu haben, ich möchte dir nur ein paar Fragen stellen und dich dann untersuchen, einverstanden?"

Bettina nickte ängstlich.

„Ist irgendetwas besonderes passiert in letzter Zeit? In der Schule, mit Freundinnen oder daheim? Tut dir irgendetwas weh?"

Bettina schüttelte immer nur mit kleiner Bewegung verneinend den Kopf. „Nein, es ist nichts, ich hab' nur keinen Hunger."

Anschließend untersuchte der Doktor das Mädchen. Sie ließ es über sich ergehen. Beim Palpieren des Bauches tat nichts weh, beim Abhören der Lunge war alles in Ordnung, die Lymphknoten waren nicht geschwollen, der Rachen reizlos, Blutdruck niedrig, 90/60, wie es meistens bei jungen Mädchen der Fall ist. Allerdings sah sie sehr blass aus.

Die nächste Frage des Doktors beantworteten die Mädchen immer ungern, aber der Doktor war sich recht sicher, dass Bettina ihre Menarche, also die erste Monatsblutung, schon hinter sich hatte. Sie war schon recht weiblich entwickelt vom Körperbau her.

„Wann hattest du deine letzte Monatsblutung?"

„Ist schon paar Monate her", sagte sie leise.

Schwanger sah sie nicht aus. Allerdings blieb die Periode oft aus, wenn Mädchen nicht gut essen und abnehmen. Klein vermutete als Auslöser für die Gewichtsabnahme eine Anorexie, eine Magersucht, durchaus nicht selten in dem Alter. Das sagte er aber noch nicht. Bei Bettina lag der Grund dafür in ihrer Seele, das spürte Klein. Sie wirkte verstört und verängstigt.

„Ich würde jetzt noch gerne kurz mit Bettina alleine sprechen, Frau Sattler, warten Sie bitte einen Moment draußen, ich hole Sie gleich wieder herein."

Doch Bettina selbst war es, die das ablehnte, energisch den Kopf schüttelte und die Hand der Mutter ganz festhielt.

„Gut Bettina, du bist die Hauptperson und darfst bestimmen", beruhigte sie Klein. „Wir nehmen dir jetzt aber noch etwas Blut ab und schauen, ob da alles in Ordnung ist, denn ein bisserl blass schaust du nämlich schon aus!" Er bat Bettina, sich wieder auf die Liege zu legen.

Behutsam legte er den Stauschlauch am rechten Oberarm an und nahm mit der Spritze aus der Ellenbeuge Blut ab. Bettina war die ganze Zeit wie versteinert und zuckte nicht einmal als die Nadel durch die Haut stach. Als die Prozedur beendet war, besprach Klein mit Bettina und ihrer Mutter, dass sie in etwa zwei Wochen wieder vorbeikommen sollten, dann wären die Blutergebnisse bestimmt fertig.

„Wenn du nicht so gerne kommen magst, Bettina, kann die Mama natürlich auch allein bei mir vorbeischauen."

Damit war der Besuch zu Ende und Klein brachte Mutter und Tochter zur Tür. Elisabeth bot Bettina noch ein Stück Schokolade an, schüchtern nahm sie das Geschenk an, flüsterte ein ‚Danke' und sah dabei auf den Boden.

Nach der anstrengenden Sprechstunde beeilte sich Klein zur Polizeistation zu kommen.

Wachtmeister Nebler saß an seinem Schreibtisch und war sichtlich nervös. Klein setzte sich ihm gegenüber auf einen der

Stühle. Nach einer kurzen Begrüßung schaltete Nebler das Radio aus und begann zu erzählen.

„Ich weiß wenig Neues zu berichten. Niemand hat eine Frau als vermisst gemeldet. Mit der Kriminalpolizei in Freiberg habe ich Kontakt aufgenommen, aber die Kollegen haben wenig Interesse an dem Fall gezeigt. Erst wenn wir Beweise für ein Gewaltverbrechen vorlegen können, sollen wir uns wieder melden. Für Selbstmord seien sie nicht zuständig. Der Kollege hat mich wieder einmal spüren lassen, dass die Freiberger sich für etwas Besseres halten."

Klein nickte verständnisvoll, auch er kannte diese herablassende Art vieler Stadtbewohner den Menschen auf dem Dorf gegenüber.

Doch wurde Nebler richtig ärgerlich.

„Stellen Sie sich vor, am Ende des Gespräches hat er blöde gelacht und gemeint, wenn er in Moorbach leben müsste, würde er auch aufs Gleis gehen."

Also war von dort erstmal keine Unterstützung zu erwarten.

Klein berichtete dem Wachtmeister über die Untersuchungsergebnisse des Rechtsmediziners.

„Also stimmt es!", platzte es aus dem angespannten Wachtmeister heraus, „da ruf ich die Freiberger gleich an!"

„Nein, Herr Nebler, das machen Sie jetzt nicht. Die können uns jetzt auch nicht weiterhelfen. Wir kümmern uns jetzt erstmal um die Identität der Toten."

„Gut, dass Sie das ansprechen. Der Fotograf hat im Moment Probleme mit der Entwicklerflüssigkeit. Er denkt aber, dass die Bilder bis zur nächsten Ausgabe des ‚Moorbacher Anzeigers' fertig werden."

Klein sah nachdenklich zur offenen Türe, durch die immer wieder vorbeigehende Moorbacher neugierig einen Blick auf die beiden Männer warfen. „Das wäre schon gut, damit nicht zu viel Zeit verstreicht." Dann sah er wieder zum Wachtmeister. „Andererseits wir müssen ja auch noch den schriftlichen Bericht aus München abwarten. Das wird sowieso auch noch einige Tage in Anspruch nehmen".

Der Wachtmeister nickte zustimmend. Er bemerkte aber, dass Klein noch etwas auf dem Herzen lag.

„Herr Nebler, leider muss ich Sie die nächste Woche mit unserem Fall allein lassen. Ich muss mit meiner Frau eine Woche nach Bozen zur Sommerfrische, das hab' ich ihr versprochen. Das kann ich nicht absagen."

Der Wachtmeister beruhigte ihn. „Jetzt fahren Sie ruhig ein paar Tage weg, das haben Sie sich doch verdient. Ich passe hier auf alles auf und gebe Ihnen Bescheid, wenn Sie wieder da sind. Und wir müssen doch sowieso abwarten, ob sich auf das Foto jemand meldet, wenn es veröffentlicht ist. Das wird auch dauern. Moorbach wird in der Woche schon nicht untergehen. Sie können sich auf mich verlassen!"

Bei diesen Worten wirkte Nebler gleich ein Stück größer.

Klein lächelte.

„Ich weiß, dass ich auf Sie zählen kann!"

Danach stand er auf und drückte dem Wachtmeister die Hand. „Machen Sie's gut und viele Grüße an Ihre Frau.

18.–25. Mai 1929

Am Samstag brachen Klein und seine Frau mit dem Zug nach Bozen auf. Von Moorbach ging es zunächst nach München. Dort mussten sie umsteigen und über Rosenheim ging es bis Kufstein. Dorthin war vor zwei Jahren Eduard, ein Freund und Studienkollege von Klein, gezogen. Er lebte dort mit seiner Frau und arbeitete als chirurgischer Assistenzarzt im Krankenhaus. Schon oft hatte er die Kleins nach Kufstein eingeladen und die Reise nach Bozen war eine gute Möglichkeit dieser Einladung einmal zu folgen und dort auch zu übernachten.

Sie fuhren in der ersten Klasse und saßen sich in dem bequemen und komfortablen Abteil am Fenster gegenüber. Heidrun zog ihre Schuhe aus und legte ihre Füße auf das Knie ihres Gatten.

„Ach Wolfgang, es ist so schön, dass wir wieder einmal wegfahren. Manchmal bekomme ich in Moorbach keine Luft, es ist alles so klein und eng."

Klein nickte ihr nur wortlos zu, lächelte und streichelte ihre Füße. „Warst du beim Frisör?"

Heidrun lachte. „Ich war gespannt, wann du es bemerkst, vor drei Tagen schon, aber der Herr hatte seine Augen wieder mal irgendwo anders!"

Sie zog ‚Die Dame' aus ihrer Tasche, begann darin zu blättern und summte dabei zufrieden.

Klein betrachtete das Titelblatt der Illustrierten. Eine mondän wirkende Frau stand an der Reling eines großen Kreuzfahrtschiffes und sah mit einem Fernglas aufs Meer hinaus. Er schätzte die anspruchsvolle Zeitschrift. Es ging darin nicht nur um Mode und Reisen, sondern auch um neue Filme, Politik und das Leben in den Metropolen. Viele sehr gute Autoren veröffentlichten hier Artikel, zum Beispiel Kurt Tucholsky, Bertold Brecht oder Ringelnatz. Man Ray, Nicola Perscheid und andere lieferten dazu wunderbare Fotografien.

Er wandte sich wieder von dem Titelblatt ab und sah auf die Hügel und Wälder, die am Fenster vorbeizogen. Alles wirkte so friedlich.

Heidrun ließ die Zeitschrift sinken.

„Wolfgang", sagte sie und wartete, bis sie seine Aufmerksamkeit hatte, „ich seh' hier gerade, dass im Gabriel Filmtheater in München ein Film läuft, den würde ich gerne anschauen, wenn wir zurück sind."

„Ja, wie heißt der denn?"

„Der Titel ist ‚Der blaue Engel', mit Marlene Dietrich. Gehen wir da hin? Vorher könnten wir bei meinen Eltern vorbeischauen. Vielleicht kommen die auch mit."

„Mal schaun", lautete seine ausweichende Antwort, denn die Besuche bei den Schwiegereltern fand Klein immer sehr anstrengend.

„Gut, wenn du nicht mitkommst, gehe ich alleine."

Beim letzten Satz bekam Heidruns Stimme wieder eine gewisse trotzige Schärfe, die Klein kannte. Er beugte sich vor und nahm Heidruns Hände in seine.

„Meine Liebe, das können wir gerne machen, aber jetzt lass uns erstmal Bozen genießen."

Am frühen Abend erreichten sie Kufstein, wo sie von Eduard und seiner Frau Gertrud abgeholt wurden. Da ihre Gastgeber nicht weit weg vom Bahnhof wohnten, gingen sie die Strecke zu Fuß, die Männer vorneweg mit den Koffern in der Hand.

Nach einem sehr guten Burgunderbraten mit Semmelknö-
deln und diversen Gläsern Rotwein kamen die beiden Ärzte natürlich wieder ins medizinische Fachsimpeln. Die beiden Frauen
räumten gemeinsam in der Küche auf, wobei die begleitende
Konversation sehr einseitig war. Die Gastgeberin plapperte
ohne Punkt und Komma über Haushalt und Kochrezepte, beides Themen, die Heidrun sehr wenig interessierten. Daher verabschiedete sich früh wegen Kopfschmerzen und ging alleine zu
Bett.

Sie atmete erleichtert tief durch, als sie im weichen Gäste-
bett lag und schlief auch rasch ein. Sie bemerkte gar nicht wie
Klein sich Stunden später neben sie legte.

Am nächsten Morgen brachen sie nach einem kleinen
Frühstück sehr zeitig zum Bahnhof auf, bestiegen den Zug und
winkten zum Abschied ihren Gastgebern, die mit zum Bahnsteig
gekommen waren, durchs offene Fenster noch zu. Heidrun ließ
sich auf ihren Sitz fallen, seufzte tief.

„Also noch eine Stunde länger das Geplapper von Gertrud
und ich hätte sie umgebracht!"

„Vor Gericht wärst du wegen Notwehr freigesprochen worden!" Wolfgang konnte sie gut verstehen und freute sich, dass
Heidrun über seine Bemerkung lachte.

Am frühen Nachmittag erreichten sie Bozen und Heidrun
atmete tief ein, als sie aus dem Zug ausstiegen.

„Einfach nur herrlich, diese Luft!"

Im Hotel ‚Greif' wurden sie herzlich empfangen, waren sie
doch dort schon Stammgäste. Zuletzt waren sie vor einem Jahr
dort abgestiegen.

Das ‚Greif' lag im Zentrum Bozens am Waltherplatz, be-
nannt nach Walther von der Vogelweide. Vor drei Jahren war

der Name auf persönliche Intervention Mussolinis in Piazza Vittorio Emanuele umgewandelt worden. Trotzdem hieß er bei den Einheimischen und Gästen immer noch Waltherplatz.

Wie jedes Jahr bekamen sie ein schönes, geräumiges Zimmer mit Blick auf den Platz. Nachdem sie ausgepackt hatten zog Heidrun ihr elegantestes Kostüm an, darüber die Pelzstola. Sie machten einen Bummel durch die Altstadt. Heidrun war bester Laune, Klein brauchte etwas länger um Moorbach hinter sich zu lassen.

Als Paar fielen sie auf, durch den Absatz an den Schuhen überragte Heidrun ihren Mann um einige Zentimeter und sie wirkte, noch betont durch die Stola, breiter als er. Sie hatte sich bei ihm eingehakt. Zusammen blieben sie an den Schaufenstern der Lauben stehen, saßen am Neptunbrunnen, tranken am Waltherplatz einen Kaffee und Wolfgang gönnte sich eine Zigarre.

Jetzt war es gut, sie konnten den Moment genießen.

Zum köstlichen Abendessen im Hotelrestaurant tranken sie eine Flasche St. Magdalener. So nah hatten sie sich schon lange nicht mehr gefühlt. In dieser gelösten Stimmung gingen sie zu Bett, umarmten sich liebevoll und leidenschaftlich. Es war lange her, dass sie eine so schöne Liebesnacht erlebt hatten und bevor sie einschlief, kamen Heidrun ein paar Tränen.

Am nächsten Morgen schien die Sonne in ihr Zimmer und gut gelaunt starteten sie in den Tag. Nach dem Frühstück gingen sie zur Talstation der Rittner Bahn, die sie erst zum Rittner Bahnhof brachte. Dort wurde eine Zahnradlokomotive angekoppelt, die sie die steilen vier Kilometer bergauf schob. Das war der abenteuerlichste Teil der Fahrt. In ‚Maria Himmelfahrt' wurde die Zahnradbahn wieder abgekoppelt und der

Triebwagen brachte sie nach Oberbozen, wo sie ausstiegen. In knapp zwei Stunden wanderten sie dann bis Klobenstein. Es war herrliches Wetter und der Schlern leuchtete in der Sonne. Im Hotel ‚Bemelmans Post' tranken sie einen Kaffee und aßen Apfelkuchen mit Sahne.

Klein entdeckte im Gang des Hotels ein Foto, das Sigmund Freud mit seiner Frau zeigte. Das Ehepaar Freud hatte dort vor einigen Jahren ihre Silberhochzeit gefeiert. Er hatte einiges gelesen von und über Freud, über die Traumdeutung, das Über-Ich und das Ich, sowie das Unbewusste, das Es. Diese Gedankenwelt faszinierte ihn, erklärte es doch so viele Phänomene, die er in der Praxis sah, aber bisher nicht verstanden hatte. Unerträgliche Erlebnisse verdrängen wir aus unserem Bewusstsein, so dass wir uns nicht mehr daran erinnern. Aus dem Unbewussten kann das Gift in unser Leben hineinwirken und zu vielfältigen Krankheitssymptomen führen, wie Kopf und Bauchschmerzen, Schlafstörungen, Herzbeschwerden und vielem mehr. In dem Skript ‚Studien über Hysterie' hatte Freud ausführlich über die Entstehung neurologischer Symptome bis hin zu Ausfallserscheinungen geschrieben.

Fragen wie ‚Was lähmt Sie?' oder ‚Was macht Ihnen Herzklopfen?', fand Klein in ihrer Mehrdeutigkeit faszinierend. Das Unterbewusste drängt immer wieder an die Oberfläche, so kann es beispielsweise zu Versprechern führen oder beeinflusst unsere Träume. Daher hatte Freud gesagt: ‚Verrat dringt aus allen Poren'.

Beim Kaffeetrinken mit Heidrun erzählte Klein aus einem Artikel von Freud eine Passage, die ihm besonders gefallen hatte.

„Es gibt drei große Kränkungen der Menschheit. Die erste ist die Erkenntnis Galileis, dass die Erde nicht der Mittelpunkt des Universums ist, dass sich die Erde um die Sonne dreht und nicht andersrum.

Die Zweite ist die Evolutionslehre Darwins, dass wir wohl doch nicht die Krone der Schöpfung sind, sondern uns vom Affen weiterentwickelt haben.

Die Dritte ist jetzt neu, nämlich dass wir nicht ‚Herr im eigenen Haus' sind, das heißt, unser Handeln resultiert nicht als Ergebnis unserer klugen rationalen Gedanken und Überlegungen, sondern wird überwiegend von unterbewussten Kräften beeinflusst. Wir bestimmen also viel weniger bewusst selbst, als wir meinen. Unser Unterbewusstsein hat schon entschieden, bevor wir mit unserem bewussten Überlegen überhaupt beginnen. Ist das nicht faszinierend?"

Heidrun hörte ihm gern zu, sprach er doch im Alltag eher wenig. Seine Begeisterung freute sie, auch wenn sie nicht so recht überzeugt war von dem, was er da erzählte.

„Das klingt sehr interessant, aber meinst du nicht, dass die Juden zu viel Einfluss bei uns haben? Man liest und hört so viel in letzter Zeit, dass sie die Moral verderben und an der schlechten wirtschaftlichen Lage in Deutschland schuld sind."

„Nein Heidrun, das stimmt ganz und gar nicht. Das ist nur Hetze und Propaganda von diesem Hitler. Er hat sich die Juden herausgesucht als Sündenböcke für alles, was in Deutschland nicht gut läuft. Die Juden hier sind kein bisschen anders als alle anderen Deutschen. Denk doch an Deine Freundin Nelly und ihre Familie, oder meine Kollegen, den Doktor Wunderwald oder Familie Passow. So viele schlaue Köpfe sind Juden, Deutschland wäre um vieles ärmer ohne die Juden. Ohne Sigmund Freud gäbe es die neuen Erkenntnisse über den menschlichen Geist alle nicht. Bitte Heidrun, gehe diesen Rattenfängern von der NSDAP nicht auf den Leim."

Heidrun nickte nachdenklich mit dem Kopf.

„Ja, wahrscheinlich hast du Recht. In der ‚Dame' war auch ein guter Artikel dazu, von einem Tucholsky. Den gebe ich dir später noch zum Lesen, der beschreibt das auch so."

Schweigend sahen sie beide aus dem Fenster und genossen den Blick auf die Gebirgslandschaft.

Nachdem sie fertiggegessen hatten, setzten sie sich auf die große Terrasse, von der aus man einen herrlichen Blick auf den Schlern hatte. Heidrun blätterte in einer der herumliegenden Illustrierten und Klein schlenderte durch den Park.

Die Sonne schien ihm ins Gesicht und er musste blinzeln. Auf einem Liegestuhl sah er einen bärtigen Mann sitzen, die Beine ausgestreckt mit einer Zigarre in der Hand. Der Mann kam ihm bekannt vor, allerdings war er sich nicht sicher. Am Liegestuhl war ein brauner Hund angeleint, der in der Sonne schlief.

Klein ging zu der freundlichen Bedienung von vorher und fragte sie: „Kann das sein, dass im Garten dort der Herr Professor Freud sitzt?"

Die Bedienung legte den Zeigefinger vor ihre Lippen und antwortete im Flüsterton: „Ja, das ist der Professor, aber er möchte nicht gestört werden."

Klein ging nochmals in einigen Metern Entfernung an dem Mann im Liegestuhl vorbei, nahm dann allen Mut zusammen, ging zu ihm hin und sprach ihn an.

„Herr Professor Freud, mein Name ist Dr. Wolfgang Klein, ich bin Allgemeinarzt in der Nähe von München. Darf ich Sie etwas fragen, darf ich Sie kurz stören?"

Der braune Hund war aufgestanden und schnuffelte interessiert an Kleins Hosenbein. Er reichte ihm bis zu den Knien, hatte dichtes, langes Fell, fast wie ein Pelz und eine auffallende blaue Zunge. Es war das erste Mal, dass Klein einem Chow-Chow begegnete, bisher kannte er diese Hunde nur von Fotografien.

Professor Freud beugte sich nach vorne, schaute zu Klein hoch und musste die Augen zusammenkneifen, da die Sonne ihn blendete.

"Kommen Sie auf die andere Seite, setzen Sie sich auf den Stuhl, dann kann ich Sie besser sehen. Darf ich vorstellen: Das ist Lün. Sie brauchen keine Angst vor ihr zu haben, sie ist nur sehr neugierig", meinte er lächelnd und zeigte auf seine Hündin, die beim Nennen ihres Namens mit dem Schwanz wedelte.

Er wirkte älter als Klein gedacht hatte. Der graue Bart war exakt geschnitten, die grauen Haare nach hinten gekämmt. Freuds wache Augen sahen ihn eine Weile an.

„Ach wissen Sie, Sie stören nicht, mir ist gerade sowieso etwas fad. Meine Tochter Anna wacht über mich mit Argusaugen und würde mich am liebsten in Watte packen. Zum Glück ist sie gerade nicht da, meine Aufpasserin. Erzählen Sie, was kann ich für Sie tun?"

Klein erzählte ihm von Bettina.

„Vor ein paar Tagen kam zu mir, in die Praxis, ein junges Mädchen, fünfzehn Jahre alt, in Begleitung ihrer Mutter. Sie isst und spricht seit Wochen kaum noch, hat sich vollkommen zurückgezogen, wirkt dabei sehr angespannt und ängstlich. Bei der körperlichen Untersuchung war nichts Pathologisches zu finden, was auf eine körperliche Krankheit hindeuten könnte. Aber sie ist sehr mager und blass, niedriger Blutdruck. Die Periode ist ausgeblieben, aber sie ist nicht schwanger. Ich weiß nicht, wie ich an sie herankomme. Etwas stimmt nicht mit ihr. Sie wollte nicht mit mir alleine sprechen. Ich mache mir Sorgen um sie, das Ganze gefällt mir nicht. Der Vater ist wenig kooperativ. Was meinen Sie, wie soll ich da weitermachen?"

Professor Freud hörte ruhig zu, zog zwischendurch an seiner Zigarre.

„Ist in der Familie etwas Besonderes vorgefallen?"

„Nein, nicht dass ich wüsste."

„Wer sind Sie?"

Klein fuhr herum, er hatte die Frau nicht bemerkt, die von hinten an den Professor und ihn herangetreten war. Ihr strenger Blick musterte ihn. Sie hatte kurze braune Haare und trug ein blaues Dirndl mit kleinem Blumenmuster über einer weißen Bluse mit Rüschen.

„Mein Vater ist erst vor kurzem zum wiederholten Mal operiert worden, er braucht absolute Ruhe!"

Professor Freud lächelte ihr zu.

„Darf ich vorstellen, ein junger Kollege, Dr. Wolfgang Klein, und Anna, meine fürsorgliche Tochter. Anna, ist gut, wir führen gerade nur ein hochinteressantes Fachgespräch und mir tut es gut meine grauen Zellen etwas arbeiten zu lassen, sonst werde ich ja noch ganz dumm!"

Klein stand auf, reichte Anna Freud die Hand und verbeugte sich. „Ich möchte Ihren Vater keinesfalls belästigen, aber er hilft mir gerade bei einem sehr wichtigen Problem, ich werde ihn auch gar nicht lange stören."

Anna sah Klein jetzt lächelnd direkt in die Augen und meinte dann, wieder an ihren Vater gewandt: „Also gut, du sagst aber, wenn es dir zu viel wird. Ich sitze auf der Terrasse und trinke einen Kaffee."

Der Hund sah schwanzwedelnd zu ihr auf.

„Ich nehme Lün mit, sie braucht etwas zu Trinken."

„Wenn Sie auf die Terrasse kommen", sagte Klein, der Freuds Tochter ausgesprochen schön fand, „da sitzt auch meine Frau und liest eine Illustrierte. Sie wird bald eine Vermisstenanzeige aufgeben und nach mir suchen lassen, da ich gleich zurücksein wollte. Könnten Sie sie bitte beruhigen und sagen, dass ich gerade die Möglichkeit wahrnehme mit einem der größten Männer unserer Zeit zu sprechen?"

Anna lächelte ihm jetzt freundlich zu. „Na, wollen wir nicht gleich übertreiben! Ich werde sehen, ob ich Ihre Frau finde."

Die beiden, sie und Lün, entfernten sich in Richtung der Terrasse. Klein sah ihnen hinterher.

„Ja, die Anna. Immer macht sie sich Sorgen", sagte Freud, „ich soll nicht so viel arbeiten, nicht so viel rauchen, mehr essen und trinken, meine Medikamente regelmäßig nehmen, und, und, und. Ich fühl mich bald wie ein kleines Kind. Aber ich muss zugeben, sie ist mir eine große Stütze."

Nach einer kurzen Pause sah er Klein ernst an.

„Haben Sie meine Theorie über das Es, Ich und Über-Ich gelesen oder soll ich es Ihnen erklären?"

„Ja, ich habe Ihre Bücher gelesen und finde sie sehr spannend und überzeugend. Gerade vorhin habe ich mit meiner Frau darüber gesprochen, nachdem wir das Bild Ihrer Silberhochzeit entdeckt hatten."

„Schön, also das Mädchen hat etwas erlebt oder gesehen, was sie in einen unlösbaren Konflikt gebracht hat. Sie fühlt sich schuldig oder möchte etwas tun, was ihr das Über-Ich keinesfalls erlauben kann. Das Ich ist überfordert und weiß keine Lösung.

Sie bestraft sich für den Drang etwas zu tun, was sie, ihrer Meinung nach, nicht tun darf, was ihr böse erscheint."

„Ja, das klingt logisch." Klein nickte zustimmend. „Aber was kann das sein?"

„Das müssen Sie jetzt herausfinden. Am besten sprechen Sie mit dem Mädchen allein. Sie muss in eine Situation kommen, wo sie sich sicher und geborgen fühlt, eine Situation, in der sie das Unaussprechliche aussprechen kann, sich traut das zu tun. Allerdings kann das dauern, es kann sein, dass sie es so in ihr Unterbewusstes verdrängt hat, dass es schwer ist, es zu erreichen. Dann müssten Sie mit Hypnose arbeiten oder ihren Träumen. Das ist meistens harte Arbeit. Schaffen Sie das?"

Klein seufzte tief durch.

„Ich fürchte, das wird schwierig. Der Vater des Mädchens verbietet mir, mit ihr zu sprechen."

„Ja, wahrscheinlich will er nicht, dass das Geheimnis gelüftet wird, oft steckt ein Missbrauch dahinter oder etwas anderes Furchtbares", meinte der Professor nachdenklich.

"So, jetzt müssen wir das so stehen lassen, sonst kommt meine Tochter wieder uns ermahnen und das wollen wir ja nicht."

Einen Moment saßen sie beide noch schweigend da und blickten auf den gegenüberliegenden Schlern, der in der Nachmittagssonne zu glühen schien.

„Lassen Sie mich wissen, wie die Sache weitergeht, das interessiert mich."

Der Professor stand mühsam aus dem Liegestuhl auf, zog aus der Jackentasche eine Visitenkarte und reichte sie Klein.

Professor Sigmund Freud
Wien, 9. Bezirk, Bergstr.19

Anschließend nahm Freud den am Liegestuhl lehnenden Gehstock und ging leicht nach vorne gebeugt über den Rasen, hoch zur Terrasse. Klein folgte ihm.

An einem Tisch fanden sie Heidrun und Anna munter plaudernd und lachend, jede mit einem Glas Weißwein vor sich. Anna Freud lächelte ihren Vater an.

„Ihr hättet euch ruhig noch ein bisschen Zeit lassen können, wir unterhalten uns blendend!"

Heidrun nickte zustimmend und strahlte ihren Mann an.

"Ja, und stell dir vor, was für ein Zufall. Wir haben festgestellt, dass wir beide am 3. Dezember 1895 geboren sind, am selben Tag, ist das nicht schön! Und wir haben so viele Gemeinsamkeiten gefunden!"

Anna nickte lachend, legte ihre Hand auf Heidruns Arm.

„Ihr müsst uns unbedingt besuchen, wenn ihr mal nach Wien kommt, das wäre wunderbar! Und ihr beiden Geheimniskrämer könnt dann weiter Rumdeuteln!"

Es war mittlerweile schon später Nachmittag, Zeit mit der Bahn von Klobenstein zum Waltherplatz zurückzufahren. Nach einer herzlichen Verabschiedung brachen sie auf.

„Eine wunderbare Person, die Anna, mit der könnt ich mich gut anfreunden!", sagte Heidrun auf der Fahrt.

Im Hotel schliefen sie nach einer abendlichen Brotzeit und einem heißen Bad erschöpft, aber zufrieden ein.

So vergingen die nächsten Tage und seit Langem waren sie nicht so glücklich gewesen zusammen.

Obwohl Heidrun wenig Lust hatte, in die kleinkarierte Enge Moorbachs zurückzukehren, traten sie am Freitag die Heimreise an. Klein war schon in Gedanken wieder mehr in der Praxis und begann auch wieder an die junge Tote zu denken.

Die Worte des Professors arbeiteten in ihm. Er spürte, dass es noch Schwierigkeiten geben würde und er sollte Recht behalten.

26. Mai 1929

Am Sonntag ging er gleich zum Wachtmeister, um ihn nach Neuigkeiten zu fragen. Nebler hatte aber, bezüglich der jungen Toten, wenig zu berichten. Er hatte sich lediglich mit Kommissar Freitag von der Kriminalpolizei in Freiberg in Verbindung gesetzt und ihn über die Entwicklungen in dem Fall informiert. Da die Identität der Frau immer noch ungeklärt war, zeigte der kein großes Interesse, sich mehr zu engagieren. Er meinte nur, dass der Wachtmeister ihn weiter auf dem Laufenden halten solle, wenn sie mehr über die Tote wüssten.

„Freitag ist eine dicke, faule Socke", beschrieb Nebler seinen Kollegen von der Kripo.

Gleichzeitig rückten die politischen Unruhen immer näher an Moorbach heran. Nebler berichtete verärgert.

„Am vergangenen Mittwoch, während Ihres Urlaubs, ist die Bürgerversammlung im ‚Bayerischen Löwen', bei der über den Young-Plan informiert und diskutiert werden sollte, von einer Gruppe Braunhemden gesprengt worden! Diese Deppen sind in den Versammlungssaal gestürmt, haben die Redner beschimpft, Tische umgeworfen und gerufen, dass die Volksverräter in Berlin alle aufgehängt gehören. Ich war nur mit meinen beiden Hilfspolizisten vor Ort und nachdem die sich gleich ganz schnell aus dem Staub gemacht hatten, war ich ganz alleine. Ich habe versucht zu beruhigen, aber dann hat mir einer von denen nur zugerufen, dass ich ganz schnell verschwinden solle, sonst wäre ich der erste, den sie aufhängen! Ich konnte nichts machen!" Verständnislos schüttelte der Wachtmeister den Kopf. „Alle sind dann vor dem Mob nach Hause geflüchtet, es war so chaotisch alles. Ich hab' hinter der Bäckerei, um die Ecke, abgewartet, bis die weg waren und bin dann nochmal hin. Es sah aus wie nach einer Schlacht, überall Scherben und umgeworfene Tische und Stühle. Mittendrin der Wirt, der Grammel, ganz verzweifelt. Weder er noch ich kannten die meisten der Braunhemden. Ein paar Moorbacher waren schon dabei, aber die meisten müssen extra angereist sein. Der Wirt meint, dass die bis von München gekommen seien. Ich kenn mich in Politik nicht gut aus, aber diese Leute bringen Unglück!" Nebler machte eine kurze Pause und schaute dann Klein an. „Um was geht es eigentlich bei diesem ‚Young-Plan'?"

Klein erklärte es ihm bereitwillig.

„Der Stresemann hat den Plan mit den anderen Ländern ausgehandelt. Die merken doch auch, dass wir es nicht mehr schaffen, die Reparationszahlungen zu leisten. Die Not und der Hunger werden schlimmer, die Wirtschaft kommt nicht auf die Beine. Im Young-Plan sollen die Reparationszahlungen über eine viel längere Zeit gestreckt werden, und zwar bis 1988. Dadurch würden die jährlichen Zahlungen deutlich verringert und wir hätten mehr Spielraum, um unsere Wirtschaft zu sanieren. Hitler und seine Leute sind aber dagegen und machen Stimmung, indem sie Lügen verbreiten. Ihre Parolen lauten ‚Noch Eure Enkel müssen Fronen!', oder ‚Deutsche lasst Euch nicht versklaven!' Sogar ein Volksbegehren hat Hitler angekündigt. Ich finde den Plan gut und auch den Stresemann. Er ist ein guter Außenminister."

Nebler nickte zustimmend. Er spürte, dass Klein das Thema wichtig war und hörte ihm weiter aufmerksam zu.

„Der Plan würde uns eine Chance geben, aber so viele Leute gehen den rechten Parolen auf den Leim. Stresemann hält das nicht mehr lange durch, er hat schon zwei Herzinfarkte und Schlaganfälle hinter sich."

Beide schwiegen sie eine Weile, der Doktor dachte nach und es fiel ihm ein Ereignis in Moorbach ein, das mehrere Jahre zurücklag.

„Herr Nebler, erinnern Sie sich noch an den Putsch vor sechs Jahren, den Hitlerputsch? Damals kamen doch an die zweihundert Männer von der SA nach Moorbach, voll bewaffnet, wollten beim Putsch mitmachen. Das waren auch keine Moorbacher, die haben bloß Ärger gemacht. Ich weiß noch, dass der Herrmann Esser, der war doch von der NSDAP Propagandaabteilung, im ‚Bayerischen Löwen' hätte reden sollen. Und dann kam der nicht. Es hieß, er sei krank geworden. Da waren die doch damals so wütend, weil sie nicht mehr wussten, wie es weitergehen sollte. Erst haben sie das ganze Bier weggesoffen und dann haben sie das Wirtshaus zerlegt. Den Putsch in München, den haben sie dann verpasst, die Trottel. Entsinnen Sie sich?"

„Doch, ja, ich weiß noch, da war ich zum Glück auf einer Polizeischulung, wurde erst danach informiert. Der Wirt, der Grammel, hat mir später davon erzählt. Eigentlich wollte er danach nie mehr die NSDAP bei sich reinlassen, aber jetzt sind sie uneingeladen doch wieder zu ihm gekommen. Der arme Kerl."

Dann wandten sie sich wieder der unbekannten jungen Toten zu. Der Fotograf hatte wie vereinbart die Bilder von der jungen Frau entwickelt und am vergangenen Donnerstag war das Foto im ‚Moorbacher Anzeiger' erschienen. Den Text dazu hatte der Wachtmeister verfasst. Die aufgeschlagene Zeitung legte Nebler vor Klein auf den Tisch.

„Hier, ich hab's Ihnen mitgebracht."

In der Nacht vom 13. zum 14. Mai wurde an der Bahnlinie Nähe Brunnen diese tote junge Frau gefunden. Wer Informationen zu ihrem Namen oder sie in den letzten Tagen gesehen hat, soll sich bitte bei der Polizeistation Moorbach melden.

„Gut gemacht Nebler! Sobald Sie was hören, melden Sie sich gleich bei mir!"

Klein schüttelte Nebler zum Abschied die Hand und ging müde nach Hause. Doch er schlief lange nicht ein. Seine Gedanken kreisten um die tote Frau und um das Gefühl der Bedrohung im Land, das ihn immer öfter beschlich.

27. Mai 1929

Der Montag begann erstmal mit der Sprechstunde.

Der erste Patient war Johann Ludolf, Elektriker in Moorbach, Mitglied im Gemeinderat und einer der Wortführer in der örtlichen NSDAP.

„Mir tun Hände und Füße weh, die ganze Zeit, am schlimmsten in der Nacht. Schwindlig ist mir auch die ganze Zeit. Und dann hab' ich so dicke Stellen in den Leisten und fühl mich schlapp. Ich schaffe gar nichts mehr."

Klein hörte aufmerksam zu und hatte auch rasch einen Verdacht.

„Und was noch, das ist doch noch nicht alles, oder?"

„Ja, da unten, da hab' ich so eine offene Stelle", dabei zeigte er zögerlich in Richtung seiner Genitalien.

Klein untersuchte den Patienten gründlich, tastete die Leisten ab, betrachtete und befühlte die wunde Stelle am Penis. Schließlich forderte er den Patienten auf, sich wieder anzuziehen und wusch sich die Hände. Wieder an seinem Schreibtisch blickte er Ludolf ins Gesicht und seufzte.

„Ja, Johann, da haben Sie sich eine Infektion geholt, eine Syphilis. Da wird Ihre Frau sich nicht gerade freuen!"

„Die weiß nichts davon und darf es auch nicht erfahren", Ludolf schaute betreten auf den Boden. „Ich war doch nur einmal in der Landsberger Straße, in München, in einer Bar. Da war so eine fesche Rothaarige, die hat mir das bestimmt aufgehängt, die Matz. Und teuer wars' auch noch."

Klein schwieg.

„Mein Kumpel, der Eder Max, der ist Heilpraktiker, der hat mir auch schon erklärt, was das wahrscheinlich ist. Seitdem habe ich lieber nichts mehr mit meiner Frau gemacht, aber die ist wahrscheinlich sowieso nur froh, dass ich sie in Ruhe lass'. Ja, und der Max hat mich dann zu den Leuten von der Homöopathischen Gesellschaft in Freiberg geschickt. Die haben Aderlässe gemacht und mir eine Medizin gegeben und gemeint, dass das damit weggeht." Jetzt wurde er lauter, fast wütend. „Seit vier Wochen nehm' ich das, aber im Gegenteil, es wird immer schlimmer und scheußlich schmeckt das Zeug noch dazu. Jetzt hat mir ein anderer Kumpel geraten zu Ihnen zu gehen, Sie hätten etwas, das helfen kann."

Es war eine klare Sache, er litt unter einer schon fortgeschrittenen Lues oder Syphilis, wie es umgangssprachlich hieß.

Jetzt wird es schwierig, dachte Klein. Die homöopathischen Gesellschaften wurden sehr von der NSDAP, also den Parteifreunden von Ludolf, unterstützt. Sie galten als Teil der deutschen Volksmedizin. Ein gesunder, arischer, deutscher Körper sei immun gegen Krankheiten, wenn er sich nur gesund ernähre und an der frischen Luft bewege. Und wenn doch einmal jemand krank würde, könnte die Homöopathie seinem Körper helfen wieder gesund zu werden.

Von den braunen Parteiführern wurde gegen die sogenannte ‚jüdische Schulmedizin' gewettert, die deutsche Volksmedizin gelobt und gefördert. Hahnemanns Homöopathie sei eine deutsche Medizin, preiswert und erfolgreich.

So hatte Ludolf von seinem Homöopathen sicherlich Syphilinum D 6 bekommen, eine stark verdünnte Essenz aus einem luetischen Geschwür. Trotz regelmäßiger Einnahme seit mehreren Wochen war die Erkrankung aber fortgeschritten. Jetzt hatten Klein und sein Patient ein Problem. Es gab ein wirklich wirksames Medikament gegen die Syphilis. Das war von Paul Ehrlich, einem jüdischen Arzt, 1910 entwickelt worden und hieß Salvarsan. Es wurde sehr teuer von der Firma Hoechst hergestellt und hatte einen Abkömmling des Arsens, das Arsphenamin als Wirkstoff. Die NSDAP verteufelte das Medikament als gefährlich und giftig.

Die Antwort des Patienten auf den Vorschlag von Klein ihm Salvarsan zu spritzen, war zu erwarten.

„Wollen Sie mich umbringen? Das jüdische Gift nimm ich nicht. Niemals!"

Damit stand Ludolf abrupt auf und machte sich daran, die Praxis zu verlassen. Klein konnte ihm gerade noch nachrufen, dass er seine Frau nicht anstecken solle und wenn er es sich anders überlegen würde, könne er sich gerne wieder in der Praxis melden. Niemand würde von der Therapie erfahren und es sei die einzig wirksame.

Die Türe des Sprechzimmers wurde daraufhin von Ludolf so zugeknallt, dass das ganze Haus bebte.

Elisabeth kam ins Sprechzimmer zum Doktor gelaufen.

„Alles in Ordnung? Was ist dem denn für eine Laus über die Leber gelaufen?"

„Naja keine Laus, eher ein etwas kleineres Tierchen und das nicht über die Leber!"

Elisabeth konnte mit der Bemerkung nichts anfangen, aber sie war zufrieden, dass es ihrem Chef gut ging. Erleichtert gönnte sie sich ein Stück Schokolade.

Gegen Ende der Mittagspause kam der Wachtmeister aufgeregt in die Praxis gelaufen. Begleitet wurde er von einer etwa fünfzigjährigen rundlichen, kleinen Frau in Kittelschürze.

Nebler verhaspelte sich ständig, wollte alles gleichzeitig sagen und Klein musste ihn erstmal beruhigen.

„Ganz ruhig, Nebler, wir haben Zeit, erzählen Sie ganz in Ruhe."

Die Frau stand still neben ihm.

Der Wachtmeister richtete sich auf, holte tief Luft und begann nochmal.

„Das ist Frau Martha Gseller. Sie hat erst heute Morgen die Zeitung gelesen und das Bild gesehen. Sie ist die Nachbarin des Sattlerhofes und geht regelmäßig dorthin, um Eier und Milch zu holen. Dabei hat sie mehrmals die junge Frau gesehen, meistens im oder beim Stall. Sie ist offensichtlich Hofhelferin bei den Sattlers. Sie hat auch ein Gespräch mit ihr versucht, aber die junge Frau hat nur gemeint, dass sie nicht so gut Deutsch spricht, weil sie aus Polen kommt. Sie war aber auch allgemein eher abweisend und Frau Gseller fand die Frau nicht freundlich. Die hat eigentlich recht gut Deutsch gesprochen, hatte nur keine Lust zum Reden, meint sie."

Frau Gseller nickte eifrig zu den Worten des Wachtmeisters und berichtete jetzt selbst weiter.

„Vor ungefähr zwei Wochen hab' ich sie zuletzt gesehen. Aber mehr kann ich nicht sagen und weiß ich auch nicht. Ich habe auch keine Ahnung, wie sie heißt. Da müssen Sie schon auf dem Sattlerhof nachfragen. Aber sie war auf jeden Fall dort!"

Klein bedankte sich fast schon übertrieben bei ihr.

„Vielen Dank Frau Gseller. Das haben Sie sehr gut gemacht, dass Sie zu uns gekommen sind. Das hilft uns sehr weiter. Und wenn Ihnen noch etwas einfällt, müssen Sie sich unbedingt wieder bei Herrn Nebler melden. Vielen Dank!"

„Selbstverständlich, das ist doch meine Bürgerpflicht", verabschiedete sich die Zeugin stolz und verließ, mit erhobenem Kopf, die Praxis. Elisabeth nickte sie beim Hinausgehen gönnerhaft zu.

Klein und der Wachtmeister verabredeten am nächsten Tag in der Mittagspause zum Sattlerhof zu fahren.

28. Mai 1929

Am Dienstagmorgen erreichte Klein ein Brief von der Pathologie in München, der zunächst bestätigte, was sie sowieso schon wussten. Die Frau war erwürgt worden und im vierten Monat schwanger gewesen, ansonsten aber gesund.

Gespannt las Klein die zusätzlichen Untersuchungsergebnisse.

Die Mutter ist Trägerin der Blutgruppe 0, das Kind, ein Mädchen, die Blutgruppe B. Also muss der Vater des Kindes zur Blutgruppe AB oder B gehören. Nur zusammen gut zehn Prozent der Bevölkerung gehören zu diesen beiden Blutgruppen, 90 Prozent der Bevölkerung fallen also als Väter aus.

Klein holte den Wachtmeister mit dem Auto von der Wache ab und erklärte ihm das Ergebnis der Blutgruppenanalyse.

„Entschuldigung, Doktor, aber das ist mir zu hoch, das versteh ich nicht, aber Sie werden schon Recht haben", sagte Nebler und schüttelte den Kopf. „Und das wird jetzt nicht einfach bei den Sattlers. Maria Sattler ist eine Freundin von meiner Frau, die waren früher Nachbarn, vor Maria den Georg Sattler geheiratet hat und zu ihm auf den Hof gezogen ist. Der Bauernhof ist ziemlich groß und macht viel Arbeit. Der Sohn Martin hilft zwar mit, ist aber die meiste Zeit in München, wo er eine Ausbildung zum Mechaniker macht. Daher kann ich mir gut vorstellen, dass sie eine Hofhelferin brauchen können. Und eine Tochter haben sie, die geht noch zur Schule, ich glaube sie heißt Bettina. Und der Vater ist ein ziemlicher Choleriker. Sein

Sohn hat leider sein Temperament geerbt. Kennen Sie den nicht?"

Danach erzählte er Klein von der unschönen Begegnung im Wirtshaus Reichsadler, mit Martin Sattler und den anderen Braunhemden.

Klein schüttelte den Kopf. „Davon haben Sie mir ja noch gar nichts erzählt."

„Naja, so wichtig fand ich es auch wieder nicht."

„Ich kenne nur die Mutter und die Tochter, aus der Praxis. Aber das behalten Sie bitte für sich, vor allem wenn wir mit Herrn Sattler sprechen."

Nebler schaute fragend zu Klein hinüber, der aber nur konzentriert auf die Straße sah und das Steuer fest umklammerte. Eine weitere Erklärung wollte er offensichtlich nicht geben.

So fuhren sie schweigend den restlichen Weg zum Sattlerhof. Kurz bevor sie auf dem Hof ankamen, sagte Klein nur noch kurz angebunden: „Ich werde als Erster mit ihnen sprechen, Sie können sich dann später einschalten!"

Nebler nickte dankbar.

Der Sattlerhof lag am Ortsrand des kleinen Dorfes Sachern, etwa fünf Kilometer nördlich von Moorbach. Sie fuhren die kurze Auffahrt zum Hof am kleinen Weiher vorbei, auf dem ein paar Enten schwammen. Rechts der Stall, geradeaus die Werkstatt und links das Wohnhaus, zu dessen Eingang ein paar Stufen führten. Der Hofhund Arko, ein kräftiger Schäferhund, kam ihnen bellend entgegen.

Frau Sattler hatte das Auto gehört, kam erschrocken zur Tür heraus, blieb auf der obersten Stufe stehen und sah sich um, ob ihr Mann in der Nähe war. Erst als sie sicher war, dass er nichts hören konnte, begrüßte sie die beiden Besucher.

„Grüß Gott Herr Doktor, kommen Sie wegen der Bettina? Der geht's immer noch net besser, aber Sie sollten doch nicht herkommen wegen meinem Mann!" Sie blickte noch einmal um sich. „Haben Sie die Blutergebnisse?"

„Die Blutwerte sind in Ordnung, kein Diabetes, keine Infektion, nur ein wenig Blutarmut, aber das haben fast alle Mädchen in dem Alter. Frau Sattler, nein, es geht heute um was anderes. Können wir reingehen und könnten Sie bitte auch Ihren Mann dazuholen?"

Frau Sattler war sichtlich nervös. Sie führte die Besucher in die Stube an den Esstisch, wo sie Platz nahmen. Der Raum war gemütlich eingerichtet, mit einer Eckbank und drei Stühlen. An der Wand hing ein Holzkreuz und daneben ein Regal mit mehreren Zinntellern und Bierkrügen. Die Tür zur Küche stand offen und der Duft von frisch gebackenem Kuchen lag in der Luft.

„Ich hol' den Georg, der müsste im Stall sein, bin gleich wieder da." Und flüsternd zum Doktor: „Aber kein Wort über unseren Besuch bei Ihnen zu meinem Mann!"

Zusammen mit ihrem Mann Georg kam sie kurz darauf zurück. Der breitschultrige Bauer begrüßte Wachtmeister Nebler freundlich mit Handschlag, dem Doktor nickte er nur kurz zu.

Als alle vier am Tisch saßen, begann Klein.

„Also, ist bei Ihnen eine Hofhelferin beschäftigt?"

„Ja, also nein, nicht mehr", antwortete Frau Sattler, „bis vor zwei Wochen war bei uns die Alina, Alina Nowak. Aber seit zwei Wochen ist sie weg, hat ihre Sachen gepackt und ist einfach verschwunden, ohne sich zu verabschieden."

Jetzt übernahm ihr Mann das Gespräch.

"Wir haben uns schon gewundert, sie war nett, hat sich auch gut mit der Bettina verstanden. Nur zuletzt war sie seltsam, irgendwie verändert. Am Tag bevor sie verschwand, war ihr Freund Jakub aus Polen da und sie haben gestritten. Er ist dann gegangen und sie hat geweint. Wir haben gehofft, dass es aus ist zwischen den beiden, wo er doch auch noch ein Jud ist und sie katholisch. Ja, aber am Tag danach war Alina weg. Wir haben gedacht, dass sie ihm hinterher ist. Wir haben uns schon auch geärgert, so ohne ein Wort zu verschwinden. Dabei haben wir sie wie eine Tochter behandelt."

Jetzt übernahm der Wachtmeister.

„Also Maria, also Georg, es ist so. Vor zwei Wochen haben wir die Leiche einer jungen Frau bei Brunnen an den Bahngleisen gefunden."

Maria Sattler schlug entsetzt die Hände vor den Mund. "Um Gottes Willen, ist das die Alina gewesen?"

„Wir halten es für möglich, sind aber noch auf der Suche nach der Identität der Toten. Nachdem niemand nach einer vermissten Frau gefragt hat, haben wir letzte Woche ihr Foto im ,Moorbacher Anzeiger' veröffentlicht und eure Nachbarin, die Frau Gseller, hat sie erkannt und gemeint, dass sie die Frau bei euch auf dem Hof gesehen hat."

Er legte die Zeitung mit dem Foto auf den Tisch.

„Herrgott, das ist sie!", rief Maria Sattler und ihr Mann nickte zustimmend. Die Sattlers waren entsetzt.

"Ja, die Alina, gut zwei Wochen ist es jetzt her, dass sie weg ist", erklärte Georg Sattler. „Lassen Sie mich nachdenken. Am Montag haben wir sie noch gesehen, bevor meine Frau auf den Markt gefahren ist, das war dann Montag der 13., in der Früh. Ich bin dann in den Stall und wie ich ein paar Stunden später wieder ins Haus komme, da war sie weg. Gerufen hab' ich nach ihr und nachdem sie sich nicht gemeldet hat, hab' ich in ihr Zimmer geschaut. Aber sie war weg und ihre Sachen auch. Und

am Tag vorher, am Sonntag, ist ihr Freund gegangen. Ich hab'
mich noch gewundert, weil es mittags einen Braten gegeben hat
und den er sich hat entgehen lassen."

Frau Sattler fuhr ergänzend fort. „Ich bin erst spät abends,
gegen elf Uhr zurückgekommen, weil ich am Markttag immer
noch bei meinen Eltern vorbeischaue. Da hat mir der Georg
dann alles erzählt. Ich hab' es nicht verstanden, ohne ein
‚Danke‘, einfach verschwinden. Aber die Tage davor war sie
schon sehr seltsam gewesen. Und irgendwie war es ja auch kein
Wunder. Ihr Freund Jakub war am Vortag abgereist, nachdem
sie furchtbar gestritten hatten. Wir dachten halt, dass sie ihrem
Freund hinterher ist, daher haben wir auch nichts gesagt und
auch keine Vermisstenanzeige gemacht. Sie war seit sechs Monaten bei uns, war nett und fleißig. Vor drei Monaten war ihr
Freund schon einmal da, hat ein paar Wochen auf dem Hof geholfen, dafür durfte er in der Scheune übernachten und mit uns
essen. Da war noch alles in Ordnung mit den Zweien. Diesmal
war es anders, er war ja nur zwei Tage hier, dann ist er wieder
fort, nach dem Streit. Aber dass sie sich deswegen gleich um-
bringt, das hätten wir nicht gedacht. Aber man kann eben nicht
hineinschauen in den Menschen. Vielleicht hätten wir mehr mit
ihr reden sollen, nachdem Jakub weg war."

„Irgendjemand muss doch die Eltern verständigen!", warf
Georg Sattler ein.

Der Wachtmeister nickte. „Das ist natürlich unsere Sache.
Und ich möchte euch bitten, morgen im Bestattungsinstitut vor-
beizuschauen und Alina zu identifizieren. Nur eine Formsache,
aber muss sein."

„Ach je, sie war so ein nettes Mädchen", schüttelte Frau
Sattler den Kopf. „Ja, natürlich kommen wir morgen vorbei."

Jetzt war es an Klein weiter zu erklären. Er zögerte erst und begann dann mit leiser, aber deutlicher Stimme, jedes Wort einzeln betonend.

"Nein, es war kein Selbstmord, sie hat sich nicht umgebracht. Sie wurde umgebracht, um genau zu sein, sie wurde ermordet!"

Entsetzt starrten die Sattlers den Doktor an. Frau Sattler schüttelte ungläubig den Kopf.

„Wir haben sie zwar an der Bahnlinie gefunden, aber sie war schon tot, als sie auf die Gleise gelegt wurde. Es sollte wie ein Selbstmord aussehen."

Frau Sattler sprang auf und schlug die Hände vors Gesicht. „Umgebracht? Das kann doch nicht sein, doch nicht die Alina!"

„Und sie war schwanger", ergänzte Klein.

Ungläubig sahen die Sattlers sich an. Maria war wie erstarrt, setzte sich wieder hin. Ihr Mann brach das laute Schweigen.

„Wir hatten keine Ahnung davon. Sie war etwas launisch in letzter Zeit, aber schwanger? Das hätte sie uns doch erzählt. Sind Sie sicher?"

Der Doktor nickte. „Ganz sicher. Den Verdacht hatte ich schon bei der ersten Untersuchung und die Obduktion durch den Rechtsmediziner hat es bestätigt. Vierter Monat."

Nebler schaltete sich ein. „Könnte der polnische Freund der Vater sein, oder hatte sie andere Männerbekanntschaften?"

Frau Sattler schüttelte den Kopf. „Nein, es kommt nur Jakub in Frage. Sie hatte ein paar Verehrer, aber das war alles nichts Ernstes. Es kann eigentlich nur Jakub sein."

Sie sprang vom Stuhl auf, blieb dann aber unschlüssig stehen. „Wollen Sie einen Tee?"

Klein spürte, dass sie unruhig war und irgendetwas machen wollte, und sei es Tee kochen. Sie wollte Abstand gewinnen. Ohne eine Antwort abzuwarten, ging sie nach nebenan in die Küche, setzte den Wasserkessel auf die Ofenplatte und holte die Teekanne aus dem Schrank.

In der Zwischenzeit befragte der Wachtmeister den Bauern zu Details in Alinas Verhalten in den letzten Wochen.

Georg Sattler beobachtete durch die geöffnete Türe seine Frau beim Teekochen und sah dann zum Wachtmeister.

„Wir können Ihnen nicht weiterhelfen, wir haben nichts bemerkt. Es ist furchtbar! Bitte schnappen Sie den Kerl! Wie ist sie denn ermordet worden?"

„Sie wurde erwürgt, die Verletzungen am Hals sind eindeutig. Aber der Täter hat ein paar Fehler gemacht und sein Manöver, das Ganze wie einen Selbstmord aussehen zu lassen, ist missglückt", erläuterte Klein.

Frau Sattler war mittlerweile mit der Teekanne und vier Tassen aus der Küche zurück und schenkte ein. Es duftete nach Kamillentee. Dann stellte sie vier Teller mit Apfelkuchen neben die Teetassen.

Nebler griff sofort zu. „Vielen Dank, schmeckt sehr gut!", sagte er kauend.

Maria Sattler warf ihm einen dankbaren Blick zu, hatte sich wieder etwas gefasst. Nachdenklich sah sie dann zum Fenster hinaus. „Wenn ich so nachdenke, ihr ist in letzter Zeit häufig übel gewesen und sie hatte öfters Bauchschmerzen. Dann hat sie ohne Anlass geweint und mich dann plötzlich angefahren, richtig frech war sie manchmal. Jetzt versteh ich das besser." Sie wandte sich an ihren Mann. „Oder was meinst du, Georg?"

„Eigentlich war der Jakub ein recht netter Kerl, vor drei Monaten hat er ordentlich mitgearbeitet, auch wenn er ein Jud ist. Er hat Alina sehr gerne gehabt. Geschlafen hat er aber im Stall, die beiden waren ja nicht verheiratet. Mit seinem Glauben hat er es aber nicht so ernst genommen, hat auch am Samstag gearbeitet und beim Schweinebraten ordentlich zugelangt."

„Hatten er oder sie sonst irgendwelche Freunde oder Bekannte?", fragte der Wachtmeister noch kauend.

Frau Sattler setzte ihre Teetasse ab.

„Also Alina nichts Ernstes, soweit ich weiß. Sie hat sich mit dem Fahrer von der Molkerei gut verstanden, dem Uwe, die beiden haben ab und zu geplaudert und gelacht. Er war einmal mit ihr zum Tanzabend in Eberskirchen, aber es blieb bei dem einen Mal. Als er sie wieder gefragt hat, hat sie ihm einen Korb gegeben. Und Jakub?", fragend sah sie zu ihrem Mann, der das Gespräch daraufhin wieder übernahm.

„Der hat sich öfters mit einem polnischen Hofhelfer, der in Moorbach beim Bauern Sedelmeier arbeitet, getroffen. Die beiden haben sich wohl recht gut verstanden. Es kann sein, dass Jakub an dem Sonntag, als er nach dem Streit verschwand, zu ihm gegangen ist. Ich weiß aber nicht, was er weiter vorhatte. Eigentlich wollte er ja länger hierbleiben und mir auf dem Hof helfen. Ich hätte seine Hilfe gebrauchen können. War dann ja wohl nichts."

Nebler notierte die Personalien von Alina Nowak und die Adresse ihrer Eltern in Krakau. Von Alinas Freund kannten die Sattlers nur den vollen Namen, Jakub Krol, hatten aber keine Adresse.

„Wir bezahlen natürlich die Beerdigung, wenn die Eltern einverstanden sind", meinte abschließend Frau Sattler.

Als sie aufbrechen wollten, kam Bettina die Treppe herunter. "Was ist mit Alina? Ich hab' euch gerade über sie reden gehört!"

Frau Sattler erklärte es ihr in kurzen Worten, worauf Bettina in Tränen ausbrach und wieder in ihr Zimmer rannte. Kurz danach kam Martin, Bettinas Bruder, in die Stube. Er erschrak, als er den Wachtmeister bei seinen Eltern sah. Sicher dachte er an die Begegnung mit Nebler im ‚Reichsadler' vor wenigen Tagen und an das lädierte Polizistenfahrrad. Seine Eltern wussten nichts von der Sache und das war, seiner Meinung nach, auch besser so. Sein Vater würde bestimmt wütend werden und seine Mutter weinen, wie immer, wenn er Ärger gemacht hatte. Nur, warum war denn der Arzt dabei?

Der Wachtmeister ließ sich nichts anmerken und erklärte kurz, warum sie da seien.

„Martin, ist dir in der letzten Zeit irgendetwas aufgefallen bei Alina oder ihrem Freund? Alles kann wichtig sein."

Der junge Mann dachte kurz nach.

„Ich bin ja manchmal tagelang nicht da und bekomme daher nicht alles mit. Soviel ich sagen kann, haben sie sich sehr gut verstanden, viel gelacht miteinander. Vor allem, als er vor drei Monaten da war. Aber als Jakub jetzt wieder da war, da war es ganz anders. Sie haben viel gestritten, aber auf Polnisch, deswegen hab' ich nicht verstanden, worum es ging. Einmal wollte Jakub sie umarmen, aber sie hat ihn weggestoßen. Das hab' ich gesehen. Er ist daraufhin wütend geworden und hat sie angeschrien. Und dann ist er ja auch kurz danach abgereist. Am nächsten Tag war auch Alina weg. Ich dachte, sie ist ihm nach."

„Hattest du mehr mit der Alina zu tun?", hakte Nebler nach.

„Sie meinen, ob ich was mit ihr hatte? Nein, nie im Leben, ich hab' eine Freundin, die Klaudia, das reicht mir!"

Danach verabschiedeten sich Nebeler und Klein, nicht ohne sich für den feinen Kuchen und den Tee zu bedanken, auch wenn Klein keinen Kamillentee mochte.

Auf dem Heimweg sprachen sie über die Begegnung mit der Familie Sattler. Jetzt hatten sie schon einige Informationen mehr und die nächsten Schritte waren klar.

Der Wachtmeister würde ein Telegramm an die Eltern von Alina schicken und gleichzeitig die Kollegen in Polen bitten, nach Jakub Krol zu suchen. Er war auf jeden Fall ein möglicher Täter. Außerdem wollte er zum Sedelmeierhof fahren und Jakubs Freund befragen.

Der Wachtmeister fasste seine Überlegungen zusammen.

„Der Streit, der zeitliche Zusammenhang, alles passt zusammen. Die meisten Morde stellen sich am Ende doch als Beziehungstat heraus."

Er war ganz aufgeregt. „Es passt alles, vor drei Monaten war er zu Besuch und offenbar hatte er bei Sattlers nicht nur gearbeitet, sondern sich auch mit seiner Freundin vergnügt. Sie war schwanger geworden. Jetzt war er wieder gekommen, er hat von der Schwangerschaft erfahren, war wütend darüber geworden und es war zum Streit gekommen. Wahrscheinlich will er noch kein Kind. Er ist fortgegangen und sie ihm verzweifelt hinterher. Dann wieder Streit und in der Erregung hat er sie erwürgt. Und dann, um den Mord zu vertuschen, hat er sie auf die Gleise gelegt."

Klein schüttelte den Kopf. „Nein, das ist mir zu einfach. Wo sollen sich denn die beiden getroffen haben? Wie soll er sie zur Bahnlinie transportiert haben? Warum hat sie sich nicht verabschiedet? Warum hat sie die ganze Kleidung mitgenommen? Nein das passt nicht zusammen, da ist mir noch zu vieles ungereimt!"

Aber Nebler war nicht zu bremsen, war ganz beflügelt von seiner Kombinationsschärfe und tat Kleins Bedenken ab.

„Das lässt sich alles erklären. Vielleicht ist Jakub ja wirklich zu dem Freund gegangen, das werde ich gleich morgen klären. Auf jeden Fall haben sie sich nochmal getroffen und da ist es dann passiert. Anschließend hat er überlegt, was zu tun ist und ihm kam die Idee mit dem fingierten Selbstmord. Er kannte sich ja aus in der Gegend von seinem letzten Besuch. Er hat sich ein Fahrzeug besorgt, wahrscheinlich gestohlen. Wir müssen unbedingt nach gestohlenen Fahrzeugen fragen. Naja, und den Rest wissen wir ja."

Zufrieden lehnte sich der Wachtmeister auf dem Beifahrersitz zurück." Jetzt werde ich das den arroganten Freibergern erzählen, die werden staunen!"

„Natürlich könnten Sie rechthaben, so könnte es gewesen sein", erwiderte Klein, aber seine Zweifel blieben. „Der Mörder hätte Alina ja auch zufällig begegnen können und sie war nur zur falschen Zeit am falschen Ort."

Er selbst hatte in diesem Fall erstmal nichts mehr zu tun. Der Wachtmeister würde die Vernehmung beim Bauern Sedelmeier machen und Klein gleich danach davon berichten.

Alinas Eltern taten ihm leid, auch wenn er sie nicht kannte. Den Schmerz, ein Kind zu verlieren, das wünschte er niemandem.

29. Mai 1929

Nebler rief am nächsten Morgen wieder den Kommissar in Freiberg an und informierte ihn über die Identität der Toten. Auch seine Theorie über eine wahrscheinliche Beziehungstat legte er dar. Vergeblich wartete er aber auf anerkennende Worte des Kommissars.

Freitag zeigte wenig Begeisterung. „Gut, wenn das so ist, dann kümmern wir uns ab jetzt auch darum," meinte er nur. Doch nach einer kurzen Pause redete er weiter. „Oder besser noch: Sie forschen weiter und informieren mich sofort, wenn Sie etwas Neues erfahren über diesen Freund oder Verlobten. Und wann die Eltern nach Moorbach kommen. Das Opfer ist nicht von hier, der Täter auch nicht, eigentlich kann uns die ganze Sache ja egal sein. Aber gut, wir kümmern uns."

Klein absolvierte derweil seine normale Mittwochssprechstunde. Elisabeth war sehr interessiert, mehr über die Tote auf dem Bahngleis zu erfahren. Es hatte sich im Ort schon herumgesprochen, dass etwas nicht stimmen würde und es wohl doch kein Selbstmord gewesen sei. Sie war schon beim Bäcker und beim Metzger darauf angesprochen worden. In kurzen Worten erzählte er ihr vom Stand der Dinge und ermahnte sie dann: „Elisabeth, das alles fällt unter das Arztgeheimnis. Und das endet nicht, wenn jemand tot ist!"

Elisabeth schüttelte gleich eilfertig den Kopf.

„Niemals würde ich etwas weitererzählen, das ist doch selbstverständlich, Herr Doktor!"

Allerdings wusste Klein sehr gut, dass das bei Elisabeth nicht immer so selbstverständlich war.

Mastaller war mit seinem verletzten Fuß gekommen. Dieser wurde unter den täglichen Verbandswechseln langsam besser, auch wenn der Bauer keine Ruhe gab und sich natürlich nicht schonte.

Klein freute sich auf einen ruhigen Abend.

Heidrun hatte versucht ihn zu überreden, mit ihr zu einer Veranstaltung im ‚Bayerischen Löwen' zu gehen. Seit Tagen hingen Plakate am Marktplatz:

Informationsveranstaltung! Das Unrecht muss enden!
Heinrich Himmler und Franz Xaver von Epp sprechen in Moorbach.
Die Wahrheit wird siegen!
Mittwoch, den 29.5. um 20.00 im Bayerischen Löwen.

Himmler war von Hitler zum sogenannten Reichsredner ernannt worden, von Epp saß als Abgeordneter der NSDAP für Bayern im Reichstag. Beide fand Klein einfach nur furchtbar. Sie hetzten, schürten Hass, verleumdeten alle, die nicht ihrer Meinung waren, riefen auch zur Gewalt auf. Niemals würde er freiwillig zu dieser Veranstaltung gehen.

„Allein geh ich auch nicht hin. Jetzt ist schon mal etwas los in Moorbach, aber der Herr Doktor will zuhause bleiben", hatte Heidrun spitz auf seine Absage reagiert.

Klein hatte seiner Frau und sich gerade ein Glas Rotwein eingeschenkt, als es an der Haustüre klingelte. Der Feuerwehrhauptmann, Josef Frei, stand aufgeregt vor der Tür. Klein mochte ihn. Frei war immer hilfsbereit und freundlich. Noch dazu war er ein hervorragender Trompeter und spielte beim ‚Moorbacher Blasorchester' mit. Zu Kleins 35. Geburtstag hatte er vor ihrem Haus eine Fanfare geblasen.

„Herr Doktor, kommen Sie schnell mit zum ‚Bayerischen Löwen', da brauchen wir Sie. Ich bin dort bei der Veranstaltung mit ein paar Leuten, um aufzupassen, dass alles ohne Ärger abläuft. Das haben wir dem Grammel versprochen. Und nach der Rede vom Himmler wollte der von Epp zum Rednerpult gehen und da ist er gestolpert und hat sich den Kopf aufgeschlagen. Jetzt blutet der wie ein Schwein. Kommen S' bitte gleich mit."

„Warum holt ihr nicht den Semmlinger?", reagierte der Doktor gereizt. „Ich will mit den Leuten nichts zu tun haben!"

„Der Grammel hat mir gesagt, ich soll Sie holen."

Klein hatte gar keine Lust, aber hatte keine Wahl. Er nahm seine Tasche und folgte Frei zu Fuß die paar Meter zum ‚Bayerischen Löwen'.

Der Saal war übervoll mit Menschen, dichter Zigarettenrauch und lautes Gemurmel empfing die beiden. Es roch nach Schweiß und Bier. Sie gingen den Mittelgang entlang nach vorne zum Rednerpult, wo auf den Stufen von Epp saß und sich ein Geschirrtuch an die Schläfe drückte. Er sah zum Doktor auf.

„Sind Sie der Arzt?"

„Ja, jetzt lassen Sie mich mal sehen."

Klein übernahm das blutige Geschirrtuch und hob es etwas an. Eine drei Zentimeter lange, klaffende, Kopfplatzwunde zog sich vom Haaransatz zur linken Schläfe und begann sofort wieder zu bluten. Das Blut lief dem Verletzten die linke Wange hinunter und tropfte auf den Boden. Im Hintergrund nahm Klein das Geraune der Menge war.

„Das müssen wir nähen, Sie müssen mit mir in die Praxis kommen. Das sind nur ein paar Meter."

Von Epp nickte, drückte sich wieder selbst das Geschirrtuch gegen die Wunde und stand mit Hilfe des Doktors auf. Sie gingen wieder durch den Mittelgang zurück durch die Menge nach draußen. Alle reckten die Hälse und als sie den Saal verließen, brandete Applaus auf.

Klein war froh, dass sie die Veranstaltung verlassen konnten. Dass diese Leute ihm einmal applaudieren würden, das hätte er nie gedacht. Deren Applaus wollte er bestimmt nicht.

Frei kam auch mit und begleitete die beiden bis zur Praxis.

"Kann ich noch helfen?"

„Nein, Sepp, jetzt kommen wir alleine klar. Gehen Sie ruhig zurück und schauen Sie, dass im Saal alles ruhig bleibt."

Klein führte von Epp in das Behandlungszimmer und wies ihn an, sich auf die Liege zu legen. Von Epp folgte den Anordnungen ohne Kommentar, aber mit ängstlichem Blick.

„So, ich werde die Wunde jetzt sauber machen, Ihnen ein Lokalanästhetikum spritzen und sie dann mit einer Naht verschließen. Einen kleinen Piks werden Sie spüren, das Nähen merken Sie dann gar nicht mehr."

Von Epp ließ alles kommentarlos über sich ergehen.

Nach wenigen Minuten war alles erledigt, die Wunde versorgt, unter einem Pflaster verborgen und von Epp konnte sich wieder aufsetzen. Jetzt fand er auch seine Sprache wieder.

„Vielen Dank, Herr Doktor. Es ist doch großartig, zu was unsere deutschen Ärzte in der Lage sind."

Klein war angespannt, er überlegte, was er diesem Nazi sagen könnte. Für eine politische Diskussion war kein Platz. Da rutschte ihm wie automatisch eine Bemerkung heraus. „Und wenn ich Ihnen jetzt sage, dass ich Jude bin?"

Von Epp fuhr herum und starrte den Doktor an. „Das glaube ich nicht, das kann nicht sein, das will ich nicht gehört haben."

„Doch, es könnte aber sein. Es ist nur Zufall, dass ich keiner bin, aber viele meiner besten und fähigsten Kollegen sind Juden und ihr macht ihnen das Leben schwer."

Von Epp erwiderte darauf nichts, stand nur auf und ging zur Tür.

„Ich gehe jetzt zurück zur Veranstaltung, ich finde den Weg alleine. Sie brauchen nicht mitzukommen."

Ohne sich noch einmal zum Doktor umzudrehen verließ er die Praxis.

Klein fühlte sich wie erschlagen, saß noch minutenlang auf der Liege, bevor er aufräumte und zu Heidrun ins Wohnzimmer zurückging. Er erzählte ihr von seiner Begegnung und der unangenehmen Atmosphäre im Wirtshaus. Heidrun hörte aufmerksam zu, schenkte Rotwein in zwei Gläser und reichte eines davon ihrem Mann.

„Jetzt bist du also doch dort gewesen, wenn auch nicht ganz freiwillig. Ich glaube aber, ich bin jetzt froh, dass wir nicht hingegangen sind. Lass uns anstoßen, das hast du gut gemacht."

Bevor sie zu trinken begann, drückte sie ihm noch einen Kuss auf die Wange.

30. Mai 1929

Am nächsten Tag war Klein pünktlich in der Praxis. Elisabeth empfing ihn mit einem Lächeln.

„Guten Morgen, Herr Doktor, das Wartezimmer ist schon voll!"

Der erste Patient war der Kriegler Hannes, zweiter Vorstand des Fischereivereins Moorbach. Elisabeth hatte ihn schon ins Verbandszimmer gesetzt und Kriegler streckte dem Doktor gleich seinen rechten Daumen entgegen, in dem gut sichtbar ein Angelhaken steckte. Der Daumenballen war dick geschwollenen und entzündet. Am Vortag war ihm das Missgeschick passiert und er hatte erst selbst versucht den Haken wieder herauszuziehen, was aber wegen des Widerhakens nicht gelungen war. Es hatte nur sehr weh getan und sich dann noch entzündet. Warum er die ganze Nacht noch abgewartet hatte, konnte er nicht erklären.

„Da hast du aber einen großen Fisch an Land gezogen. Hast du gedacht der Haken fällt über Nacht von selbst heraus?" Klein belehrte ihn mit mahnender Stimme und erhobenem Zeigefinger: „Du darfst einen Widerhaken nicht zurückziehen! Wenn das ginge, könnte der Fisch ihn ja auch wieder ausspucken. Du musst ihn durchschieben und ihn an der neuen Stelle herausziehen. Also bitte merken: Nicht gegen den Widerhaken arbeiten! Ich zeig' s dir."

Klein fixierte das Ende des Angelhakens mit einer Klemme und schob ihn, wie beschrieben, durch den Daumen durch. Dann nahm er mit der Klemme die Spitze des Hakens und zog ihn heraus, was allerdings nicht ohne einen Schmerzschrei des Anglers gelang. Dann Desinfektion mit einer Jodtinktur und

Ruhigstellung mit einer Gipsschiene. „Morgen musst du zum Nachschauen wieder her, verstanden?"

Mehrfach wurde Klein im Laufe der weiteren Sprechstunde von Patientinnen auf die Tote an den Gleisen angesprochen. Aber er antwortete ausweichend.

„Ich kann und darf Ihnen leider nichts dazu sagen, Sie wissen doch, das Arztgeheimnis!"

Interessanterweise waren es ausschließlich Frauen, die nachfragten. Die Männer wollten sicherlich genauso gern mehr erfahren darüber, aber entweder trauten sie sich nicht zu fragen, oder wollten nicht als neugierig gelten. Auf jeden Fall war es Klein aufgefallen.

Am Abend, Wolfgang und Heidrun saßen gerade beim Essen, klingelte es an der Tür. Klein legte das Besteck beiseite, stand seufzend auf und ging schlurfend zum Eingang. Herr Ludolf stand da, im Schein der Hoflampe, zusammen mit seiner Syphilis. Er war sichtlich angespannt.

„Doktor, ich sag's Ihnen, wenn Sie irgendjemandem was erzählen, nur einem Menschen, dann ... „

Der Doktor verstand gleich, was Ludolf meinte und antwortete mit ruhiger Stimme: „Johann, das fällt doch unter das Arztgeheimnis, niemand wird etwas davon erfahren. Es ist gut, dass du dich bei mir meldest. Komm morgen in die Sprechstunde, dann sehen wir weiter. Erzähle, dass du dir den Rücken verzogen hast, dann gebe ich dir die Spritze, keiner erfährt etwas!"

„Also gut, bis morgen!", verabschiedete sich der Patient.

Seufzend ging Klein zu Heidrun zurück, die natürlich wissen wollte, was war.

„Ach, der Ludolf hat einen Hexenschuss und möchte eine Spritze. Aber ich habe ihm gesagt, er soll morgen in die Sprechstunde kommen."

Heidrun empörte sich noch eine Weile, dass die Moorbacher wegen jedem Wehwehchen meinten, sie zu jeder Tages- und Nachtzeit stören zu dürfen.

Klein schwieg und setzte seine Abendbrotzeit fort. Aber ein kleines Lächeln konnte er sich nicht verkneifen.

31. Mai 1929

Am folgenden Tag, einem Freitag, erreichte ein Telegramm von Alinas Eltern die Polizeistation.

Kommen Montag mit dem Zug STOP Wollen Alina sehen STOP Ankunft 15 Uhr in Moorbach STOP Verlobter Jakub auch dabei STOP Elena und Josef Nowak

Mit der Nachricht in der Hand klingelte der Wachtmeister bei Klein an der Wohnungstür.

Heidrun machte ihm auf.

„Herr Nebler, Sie wollen bestimmt meinen Mann sprechen. Ist gut, dass Sie an der Haustür geklingelt haben, er ist noch beim Frühstücken und noch nicht in der Praxis. Kommen Sie mit. Noch eine Tasse Kaffee?"

Nachdem sie sich begrüßt hatten, nahm Nebler am Esstisch gegenüber vom Doktor Platz. Heidrun brachte dem Wachtmeister seinen Kaffee und setzte sich dazu. Nebler sah fragend von Frau Klein zu ihrem Mann.

„Herr Nebler, Sie können offen sprechen, meine Frau ist über alles informiert und macht sich auch Gedanken. Und wenn sie jetzt mithört, muss ich es nachher nicht nochmal erzählen."

Der Wachtmeister nickte, nestelte aus seiner Jackentasche ein zerknülltes Stück Papier, das Telegramm von Alinas Eltern, und reichte es dem Doktor.

„Gut, jetzt sind wir schon einen Schritt weiter", meinte Klein, nachdem er die Nachricht gelesen hatte.

„Ja, finde ich auch", sagte Nebler und nahm einen Schluck Kaffee. „Die Sattlers hab' ich schon informiert. Herr Sattler war schon gestern bei der Schubert und hat die Tote identifiziert. Sie holen Alinas Eltern am Montag vom Bahnhof ab und die können bei ihnen auf dem Hof wohnen, solange sie da sind."

„Das ist ja nett! Erstaunlich, dass Jakub auch mitkommt."

Es wunderte Klein, dass Jakub freiwillig an den Tatort zurückkehren würde. Das konnte natürlich mehreres bedeuten. Er ahnte wahrscheinlich noch nicht, dass der vorgetäuschte Selbstmord aufgeflogen war, oder er ist tatsächlich unschuldig, oder besonders dreist.

„Nebler, dann könnten wir uns doch alle am Dienstagmittag bei der Leiche treffen. Ich informiere die Schubert und Sie den Kommissar. Jetzt muss ich aber in die Sprechstunde, das Wartezimmer ist bestimmt schon wieder voll."

Zwischen zwei Patienten informierte er telefonisch die Bestatterin, dass sie gemeinsam am Dienstag um zwölf Uhr zu ihr kommen würden und die Eltern ihre Tochter nochmal sehen wollten.

Frau Schubert war einverstanden, hatte aber ihre Bedenken.

„Sie wissen aber schon, dass die Leiche nicht mehr gut ausschaut. Unser Leichenkeller ist zwar kühl, aber drei Wochen ist schon arg lang. Gut, dass sie jetzt bald unter die Erde kommt. Wir schauen, was sich noch machen lässt, damit die Eltern sich noch würdevoll verabschieden können. Mit ein wenig Farbe wird es schon gehen, einigermaßen. Die Beerdigung könnte dann ein paar Tage später stattfinden. Alina ist ja katholisch.

Das mache ich mit dem Pfarrer aus und gebe ihnen Bescheid. Ist das so in Ordnung?"

„Ja, sehr gut, so hab' ich mir das auch gedacht."

Maria Schubert fuhr fort. „Ach, übrigens, die Familie Sattler ist sehr großzügig. Sie übernehmen alle Kosten, vorausgesetzt die Eltern der Toten sind damit einverstanden. Aber die wären ja dumm, wenn sie das Angebot ablehnen würden."

Das Gespräch mit Frau Schubert hatte länger gedauert als gedacht. Zwischendurch hatte Elisabeth schon die Türe einen Spalt aufgemacht, durchgeschaut, flüsternd ihrem Chef signalisiert, dass er sich beeilen solle und dabei die Augen verdreht.

Das Wartezimmer war voll, die Patienten ungeduldig und Herr Mastaller hatte sich schon bei Elisabeth beschwert.

„Ich hab' meine Zeit auch nicht gestohlen. Wenn es noch lange dauert, kann ich die Eier für den Doktor ja noch im Wartezimmer ausbrüten."

Elisabeth war der Puffer zwischen den Patienten und dem Doktor. Angemeckert wurde immer nur sie, später im Sprechzimmer waren fast alle lammfromm, trauten sich nichts mehr zu sagen. Elisabeth fand das ungerecht und ließ das Herrn Mastaller spüren.

„Jetzt mosern Sie nicht mich an. Wenn Ihnen etwas nicht passt, sagen Sie es dem Doktor selber, aber da trauen Sie sich ja nicht den Mund aufzumachen!"

Kein Wunder, dass sie öfters einmal ein Stück Schokolade brauchte.

Sie führte Herrn Mastaller als ersten Patienten ins Sprechzimmer zur Verbandsliege.

„Unser erster Patient möchte sich bei Ihnen beschweren, Herr Doktor. Er hat wichtige Geschäftstermine, die er jetzt wegen Ihnen versäumt."

„Nein, nein, Herr Doktor, ich hab' gar nichts gesagt, alles in Ordnung. Ihre Helferin muss mich falsch verstanden haben."

Mit einem ironischen „Soso, nichts gesagt" ging Elisabeth wieder an ihren Arbeitsplatz.

Klein sagte zu alledem gar nichts, wickelte schweigend den Verband ab und untersuchte genau die mittlerweile gut abgeheilte Wunde.

„Das schaut gut aus jetzt, wir können das Bein jetzt offenlassen, aber Sie dürfen auf keinen Fall kratzen, auch wenn es juckt, verstanden?"

Mastaller stand auf und ging zur Tür.

„Danke, Herr Doktor, vielen Dank", drehte sich noch einmal um und schaute Klein kurz an. „Ihre Eier hab' ich schon der Elisabeth gegeben."

„Schon gut, vielen Dank, Ihre Eier sind auch die besten! Jetzt müssen Sie nicht mehr kommen, zumindest so lange, bis Sie wieder einmal einer Kuh im Weg stehen."

Dann kam die Angelhakenverletzung, die auch schon besser aussah. Die Gipsschiene war nicht mehr nötig, nur noch ein Jodverband.

„Das nächste Mal verwenden Sie den Haken bitte für eine schöne Forelle, nicht für Ihren Daumen!"

Als Nächstes kam Frau Scheller, eine ältere vornehme Dame, bei der Klein sich wunderte, dass sie zu ihm kam und nicht zu Dr. Semmlinger. Die Erklärung kam ohne Nachfragen.

„Also der Doktor Semmlinger, der kennt mich schon so lange, sozusagen in- und auswendig, aber in letzter Zeit hat er mir nicht mehr richtig zugehört, naja wie in einer alten Ehe halt. Und da dachte ich, neue Besen kehren gut und ich hab' schon so viel Gutes über Sie gehört, wahre Wunderdinge. Da hab' ich mir gedacht, ich gebe Ihnen eine Chance. Ihr Kollege schiebt immer alles auf mein Alter. Ich weiß schon, der Sechser ist kein Fünfer mehr, aber das kann es doch nicht sein!"

Daraufhin folgte eine sehr ausführliche Schilderung aller Knie-, Rücken- und Magenbeschwerden.

Klein seufzte innerlich. Er hatte gelernt, dass solch überschwängliches Lob oft nicht von Dauer ist. Die hohen Erwartungen wird auch er nicht erfüllen können und dann wird es vorbei sein mit den lobenden Tönen. Und sie wird zum nächsten ‚Wunderheiler' weiterziehen. Diese Patienten nannte Klein ‚Koryphäenkiller'. Also nicht zu sehr freuen über großes Lob. Da waren ihm die Stilleren, Bescheideneren lieber, deren kleines Lächeln mehr Wert war als laute Beweihräucherung.

Und er korrigierte Frau Scheller auch nicht, dass es bei ihr nicht mehr um den Sechser ging, sondern um den Siebener, hatte sie doch erst vor wenigen Tagen ihren vierundsiebzigsten Geburtstag gefeiert.

Er untersuchte sie gründlich und sorgfältig, sah ihr tief in die Augen und sagte abschließend: „Junge Frau, dafür, dass Sie die Fünfzig schon hinter sich haben, sind Sie in prächtiger Verfassung! Sie haben einfach zu viel um die Ohren und sollten mal ausspannen. Ich verordne Ihnen warme Wickel und Massagen, danach werden Sie sich wie neu geboren fühlen. Dazu verschreibe ich Ihnen Melubrin, da nehmen Sie jetzt die nächsten Wochen jeden Morgen zwanzig Tropfen in lauwarmem Wasser. In zwei Wochen kommen Sie wieder, dann sehen wir weiter."

Die Patientin strahlte.

"Ich wusste, dass Sie mich retten würden und wenn es so weiter geht, werde ich Sie noch zum Essen einladen, natürlich nur wenn Ihre Frau einverstanden ist." Dabei zwinkerte sie dem Doktor mit schelmischem Blick zu.

Schließlich hatte aber auch diese Sprechstunde ein Ende.

Gegen vierzehn Uhr gab es Forelle mit Salzkartoffeln, auch eines der Lieblingsgerichte des Doktors und Gerda hatte es perfekt zubereitet. Die Forellen, die der Burger Ludwig täglich aus seinem Fischteich fing, waren auch einfach besonders gut. Freitags gab es immer Fisch oder Mehlspeise bei den Kleins.

Heidrun schien allerdings keinen großen Appetit zu haben und schnitt ohne große Freude an ihrem Fisch herum. Sie war enttäuscht, dass ihr Engagement für das Frauenturnen im Gemeinderat so wenig Anerkennung erfuhr.

„Wolfgang, heute Morgen beim Einkaufen ist der Sandner auf mich zugekommen, du weißt doch, der ist in der NSDAP sehr aktiv. Er hat mir versprochen, dass er das Frauenturnen unterstützen und dafür sorgen will, dass wir mehr Stunden in der Halle bekommen. Von den anderen tut ja keiner was für uns!"

Klein lies das Besteck sinken und sah seine Frau an.

„Glaubst du wirklich, dass du von denen Unterstützung erwarten kannst?"

„Schau doch mal, der Bürgermeister, die anderen alle, keiner vom Gemeinderat hat meinen Antrag unterstützt. Und sogar den Pfarrer und den Bischof haben wir gegen uns."

Klein wusste, was sie meinte.

Vor ein paar Monaten hatte die Deutsche Bischofskonferenz einen Erlass herausgegeben, der sich gegen das öffentliche Frauenturnen aussprach. Danach hatten sich einige Frauen nicht mehr getraut, zum Turnen zu kommen.

Zum Glück war der Vorstand des Turnvereins, Herr Bein-meier, auf ihrer Seite gewesen, und sie hatten eine Stellungname im ‚Moorbacher Anzeiger' veröffentlicht.

Wir wollen in Moorbach darüber aufklären, dass nicht das Frauenturnen an sich verboten ist, und dass die Turnerei stets anstän-dig und sittsam ist. Gezeichnet: Beinmeier und Klein.

Daraufhin lief das Frauenturnen wieder normal weiter, die Moorbacherinnen kamen wieder zu ihr. Aber immer wieder galt es, Widerstände zu überwinden und Heidrun war froh über jede Unterstützung.

Wolfgang schüttelte den Kopf.

„Ich würde dem Sandner und seinen Freunden nicht trauen. Aber mach' was du willst!"

Er stand auf und ging in den Garten.

Heidrun blieb noch einige Minuten sitzen und sah auf den Teller mit der halb gegessenen Forelle.

„Entweder er versteht mich nicht, oder es interessiert ihn nicht", murmelte sie in Richtung der Forelle. „Nie versteht er mich!"

Für das Wochenende hatte sich Besuch angesagt. Heidruns Schulfreundin Nelly Naumann, die in München lebte und dort in einem Büro arbeitete, wollte zu ihnen kommen. Heidrun war zwiegespalten. Sie mochte Nelly schon gerne, aber sie war Jüdin, wofür sie ja natürlich nichts konnte. Aber Juden galten in der letzten Zeit, nicht nur in Moorbach, als schlechter Umgang. Letztendlich fürchtete sie sich auch davor, sich Nelly gegenüber für ihre Mitgliedschaft in der NSDAP rechtfertigen zu müssen.

Wenn sie in sich hineinhörte, war da aber noch etwas.

Wolfgang mochte Nelly sehr gerne, fast schon zu gerne. Einige Male hatten die beiden so viel zusammen gelacht und geplaudert, dass Heidrun eifersüchtig geworden war und sich ausgeschlossen gefühlt hatte. Nelly war hübsch, klug, witzig. Es ärgerte sie, dass ihr Mann das auch entdeckt hatte. Sie wusste, dass Wolfgang ihre Gesellschaft genoss.

Klein war im Garten geblieben, hatte sich unter den Apfelbaum gesetzt und die Frühlingssonne eingeatmet. Viele Blüten waren am Baum.

Es wird ein gutes Apfeljahr werden, dachte er sich.

Ohne Mittagsschlaf ging es zurück in die, zum Glück, ruhige Nachmittagssprechstunde.

Als letzter Patient kam Herr Ludolf in braunem Hemd, erkenntlich als NSDAP Anhänger. Er sah den Doktor durchdringend an.

"Und Sie sind sicher, dass das Dreckszeug hilft?"

„Wenn etwas hilft, dann nur das. Du kannst natürlich auch mit deiner Syphilis langsam krepieren. Demnächst wird das Laufen schwieriger. Alle werden meinen, du bist ständig besoffen. Dann wirst du langsam dement, zum Glück, weil dann merkst du die nächsten Symptome nicht mehr so bis zum Sterben", erklärte ihm Klein bewusst gnadenlos. Er redete sich in Rage. „Du solltest schon wissen, bei all eurer Hetze gegen Juden und Behinderte und alle, die anders denken als ihr, dass wir ohne unsere jüdischen Ärzte und Wissenschaftler noch auf den Bäumen sitzen würden. Viele meiner fähigsten Kollegen und Freunde sind Juden. Sie haben im Krieg als Deutsche für uns gekämpft, und jetzt hetzt ihr gegen sie. Ihr seid solche Volldeppen. Und denk dran, dein Bub ist auch nicht der Hellste, dem könnte man auch eine Behinderung anhängen! Und dein Chef, dieser Hitler, würde die alle am liebsten bei Seite schaffen. So jetzt her mit deinem Hintern, ein paar Tage wirst du etwas schlapp sein, und die Knochen wirst du spüren, aber in vier Wochen bist du wieder fit und die Viecher los."

Dann verabreichte er ihm das Salvarsan.

Beim Einstich zuckte der Patient zusammen und nachdem er die Hose wieder hochgezogen hatte, knurrte er in Kleins Richtung: „Wehe, wenn das nichts bringt, dann komm ich wieder, aber nicht allein."

„Und wie wäre ein freundliches ‚Dankeschön Herr Doktor, sehr freundlich von Ihnen, dass Sie mir das Leben gerettet haben!'"

Ludolf rang sich widerwillig ein „Danke" ab, als er aus dem Sprechzimmer schlich.

Klein schnaufte tief durch, wusch sich die Hände und verabschiedete Elisabeth in den Feierabend. Dann ging er hinüber in den Wohnbereich und schenkte sich ein Bier ein. Er hatte keine Lust jetzt mit Heidrun über das Turnen oder die NSDAP zu sprechen oder zu diskutieren. Er hatte anderes im Kopf.

Wie Nebler wohl in ihrem Fall weitergekommen war?

Das interessierte ihn viel mehr.

Der Wachtmeister informierte Kommissar Freitag über das Telegramm und den Termin bei der Bestatterin. Und über das Eintreffen von Jakub Krol.

„Sehr gut, das erspart uns viel Arbeit!", sagte der Kommissar erfreut. „Wir werden ihn am Montag gleich am Bahnhof festnehmen und zum Verhör nach Freiberg bringen. Er wird bestimmt überrascht sein und vielleicht flüchten wollen, aber ich werde noch zwei Beamte mitbringen, da kann nichts schiefgehen. Und zum Treffen im Bestattungsinstitut am Dienstag werde ich persönlich kommen. Ich möchte mit den Eltern der Toten sprechen. Gute Arbeit Nebler, in Ihnen steckt ja mehr als ich gedacht hatte."

Was für ein vergiftetes Lob, dachte sich der Wachtmeister.

Am Abend hatte Klein schlechte Laune. Heidrun ging ihm auf die Nerven, weil sie wieder von der tollen neuen Bewegung, dem Aufbruch in eine neue Zeit faselte. Er spürte, dass dieses Gesocks der Nationalsozialisten nichts Gutes bringen würde. Auch im Bürgerverein, in dem er Mitglied war, hatten viele Sympathie für Hitler und seine Leute. Selbst der Bürgermeister schwankte zwischen Abgrenzung und Mitmachen. ‚Wir müssen uns die Leute zu Nutzen machen', hatte dieser zuletzt erklärt.

Klein war anderer Ansicht, er hatte das Gefühl, dass es genau andersrum war. Die Nazis kaperten die alten Parteien, um ihren Einfluss auszubauen.

Dann dachte er aber wieder über die Tote nach und an die Ankunft der Eltern. Heidrun und ihm war ja noch kein Kind vergönnt, aber wenn er sich in die Lage der Eltern hineindachte, war der Schmerz kaum auszuhalten.

Er ging früh zu Bett.

1. Juni 1929

Trotz all der Aufregungen hatte Klein gut geschlafen und wachte am Samstagmorgen erholt auf. Heidrun hatte frische Semmeln für das Frühstück besorgt und zusammen mit der selbstgemachten Erdbeermarmelade, die Gerda von ihren Eltern mitgebracht hatte, schmeckten sie wunderbar.

Auf den Besuch von Nelly am Nachmittag freute er sich sehr. Eine willkommene Ablenkung, bevor sie nächste Woche wieder der Mordfall beschäftigen würde.

Aber leider kam es anders.

Nelly rief am Morgen Heidrun an und musste den Termin für den Nachmittag absagen.

„Ich kann heute nicht kommen", sagte sie, „mein jüngerer Bruder Aaron liegt im Schwabinger Krankenhaus auf der Chirurgie. Er wurde gestern vor seinem Bekleidungsgeschäft am Josefsplatz zusammengeschlagen."

„Ja, um Gottes Willen, Nelly, warum denn das?", fragte Heidrun nach. „Was ist passiert? Aaron ist doch so ein netter und freundlicher Mensch, der keiner Fliege etwas zuleide tut!"

„Es war eine Gruppe Braunhemden, die Nazis. Es gab keinen Anlass dafür. Sie haben seine Schaufensterscheibe eingeworfen. Er kam aus dem Laden um sie zur Rede zu stellen, aber sie sind sofort auf ihn losgegangen. Er hatte keine Chance, es waren fünf oder sechs junge Männer, und er war ganz allein. Die umstehenden Leute haben nur zugesehen, niemand hat ihm geholfen. Die Nazis haben ihn zu Boden geschlagen und dann noch mit den Füßen auf ihn eingetreten. Es muss furchtbar gewesen sein. Erst als die Schläger weg waren, kam ihm jemand zu Hilfe und rief die Polizei. Die haben ihn dann ins Krankenhaus gebracht. Unser Vater war schon bei ihm und er hat nochmal Glück gehabt. Das Jochbein ist gebrochen, aber ansonsten nur Prellungen und Schürfwunden."

Heidrun war sichtlich geschockt. Sie kannte Aaron gut und mochte ihn gerne. Oft waren sie nach der Schule bei Nellys Eltern gewesen, hatten dort Hausaufgaben gemacht und Aaron hatte ihnen geholfen, vor allem in Mathematik.

„Nelly, das tut mir so leid, kann ich euch irgendwie helfen?"

„Ich möchte ihn heute besuchen. Ist es euch recht, wenn ich dann erst nächsten Mittwochnachmittag komme, da hat Wolfgang doch frei?"

Nelly sprach immer sehr laut am Telefon, rief in den Hörer hinein. Wolfgang, der in der Nähe saß, verstand auch aus zwei Metern Entfernung fast jedes Wort. Er nickte zustimmend.

„Natürlich kannst du am Mittwoch zu uns kommen, Wolfgang wird auch da sein. Und sag Aaron herzliche Grüße und gute Besserung von uns."

Nelly begann am Telefon zu weinen.

„Es ist so furchtbar, sein Stoffgeschäft geht seit Monaten sowieso nicht gut. Er verkauft kaum noch etwas, und jetzt auch noch das. Ich weiß nicht, ob er das noch lange durchhält. Aber lass uns am Mittwoch darüber reden, da kann ich dann auch erzählen, wie es ihm geht."

Heidrun legte den Telefonhörer auf und drehte sich zu ihrem Mann um: „Meinst du, das ist, weil er ..."

„... Jude ist", fiel ihr Wolfgang ins Wort und wurde jetzt auch richtig laut. „Natürlich deswegen, und es wird immer schlimmer mit denen, du wirst sehen, wenn die nicht aufgehalten und noch mächtiger werden, kommen furchtbare Zeiten auf uns zu. Aber du willst das ja nicht sehen mit deinen Kaffeekränzchen und Turngruppen! Wach doch mal auf, Heidrun!"

Tränen liefen ihr über die Wangen, sie sprang auf und lief zum Wohnzimmer hinaus ins Schlafzimmer, wo sie sich schluchzend auf ihr Bett warf.

Am Wochenende waren sie zunächst beide sehr schweigsam. Heidrun war bedrückt und zog sich zu ihren Scherenschnitten zurück.

Klein war viel in der Praxis und in den freien Stunden ging er spazieren. Einer seiner liebsten Plätze war eine Bank auf einem Hügel, über Moorbach gelegen. Dort saß er und schaute nachdenklich auf seinen Heimatort, der ihm so vertraut war und doch immer fremder wurde.

Einer seiner Patienten kam vorbei, der Wimmer Basti, mit seinem kräftigen Vollbart und seiner tiefen Stimme. Er setzte sich neben ihn.

„Na Herr Doktor, wie geht's? Sie schauen aber nicht gerade sehr glücklich aus. Wollen S' auch eine Zigarette?"

Klein nahm sich eine Roth-Händle aus der Packung, die Wimmer ihm hinhielt. Gemeinsam rauchten sie.

„Ach Basti, ich weiß nicht, wo das alles noch hingeht."

„Wahrscheinlich besser, wenn wir das nicht wissen", antwortete Wimmer.

Schweigend sahen beide auf Moorbach hinunter. Alles sah so friedvoll aus, die Hügellandschaft, die Felder mit den dazwischen gestreuten Büschen und Bäumen, der spitze Kirchturm Moorbachs und links weiter hinten der Zwiebelturm der Kirche von Brunnen.

Und an der Bahnlinie dazwischen hatte die junge Frau gelegen.

2. Juni 1929

Beim Frühstück am Sonntagmorgen spürte Wolfgang, dass seiner Frau etwas auf dem Herzen lag. Heidrun sah gut aus, in ihrer weißen Bluse mit dem Spitzenkragen und dem grauen Rock. Aber ihr Blick war unsicher, traurig, voller Zweifel. Das war ungewöhnlich. Immer wieder sah sie zu ihrem Mann, der ihr gegenübersaß und setzte an zu sprechen, um dann doch wieder auf ihren Stuhl zurückzusinken.

Klein setzte die Brille ab, legte sie neben seinen Teller und sah zu seiner Frau.

„Heidrun, lass uns reden. Ich merke, dass du bedrückt bist, ich bin es auch. Aber wir beide müssen zusammenhalten." Vorsichtig nahm er ihre Hand. „Worüber grübelst du?"

„Die Sache mit Nellys Bruder in München, dass er krankenhausreif geprügelt wurde, dass sein Geschäft demoliert worden ist, das ist kein Zufall? Meinst du wirklich, die Täter wurden aufgehetzt von den Nazis, dass es nur dazu kam, weil er Jude ist? Er ist doch so ein freundlicher Kerl, der niemandem etwas zu Leide tut! Aber hier in Moorbach ist doch nichts, wir turnen doch nur und machen Ausflüge und treffen uns. Die Juden sind doch kaum ein Thema bei uns."

Wolfgang überlegte einen Moment bevor er antwortete. Eine Tür hatte sich bei Heidrun geöffnet und er spürte, dass er vorsichtig beim Hindurchgehen sein musste.

„Heidrun, ich verstehe deine Gedanken. Wir hier in Moorbach bekommen oft wenig mit von dem, was draußen in der Welt passiert. Ein Stück weit ist hier die Welt noch in Ordnung. Das hat mehrere Gründe. Hier sind doch fast alle katholisch, ein paar Evangelische. Hier in Moorbach lebt kein einziger

Jude. Dadurch bekommen wir den zunehmenden Antisemitismus nicht so mit. Aber in den Städten und anderen Regionen Deutschlands sieht es anders aus. Vor zwei Jahren haben wir doch vom Schelle das Buch vom Hitler geschenkt bekommen, hast du da mal reingeschaut?"

Heidrun schüttelte den Kopf.

„Du weißt doch, dass ich mir wenig aus Politik mache!"

„Ja, ich weiß, aber ich zeige dir mal ein paar Passagen, da wird schnell klar worauf er hinauswill, und das ist übel. Sein Ziel ist ein Land, in dem es nur eine Rasse gibt, die Arische. Und in dem nur eine, seine, Meinung zählt. Alle, die anders denken als er oder anderer Hautfarbe sind, wird er vertreiben oder umbringen, wenn er an die Macht kommt. Er unterteilt in würdiges und unwürdiges Leben, will Kranke und Behinderte ausmerzen. Denk doch nur mal an die Karin, die Tochter deiner Schwester. Sie hatte bei der Geburt einen Sauerstoffmangel und ist geistig etwas zurückgeblieben, aber doch so ein liebenswertes Mädchen. All diese Menschen hält er für unwürdig zu leben, möchte er vernichten, damit das deutsche Erbgut keinen Schaden nimmt."

Heidrun schüttelte den Kopf.

„Aber sie würden Karin doch niemals etwas tun, sie kann doch nichts dafür, dass die Geburt so schwierig war."

Einen Moment schwiegen beide. Heidrun atmete dann tief durch und sah ihren Mann fragend an.

„Und das Chaos in Berlin, immer mehr Arbeitslose, immer mehr Armut und Verbrechen, so kann es doch auch nicht weitergehen!"

„Es ist gerade schwierig, das merken wir selbst ja auch, du hast recht. Aber wir müssen Geduld haben und nicht Hitler und den Nationalsozialisten die Macht überlassen. Dann würde es wirklich schlimm werden. Um die Leute für sich zu gewinnen, hat er sich einen Feind ausgesucht, die Juden. Die macht er jetzt für alles verantwortlich. Für die Arbeitslosigkeit, die schwächelnden Wirtschaft, dass wir den Krieg verloren haben, dass wir für unsere Kriegsschuld zahlen müssen, für alles, was gerade nicht gut läuft in Deutschland. Er schreibt es schwarz auf weiß. Er will alle Juden dieser Welt vernichten, Kinder, Alte, Männer, Frauen, auch Nelly und ihre Familie. Aber niemand scheint es gelesen zu haben, oder niemand nimmt es ernst. Ich kann es nicht mehr hören, dieses ,so schlimm wird es schon nicht kommen', oder ,das meint er doch nicht so'. Doch genauso meint er es. Und in den Städten geht die Saat seines Hasses schon auf, und Nellys Bruder ist eines der Opfer. Glaubst du mir?"

Heidrun schluckte und atmete tief durch bevor sie antwortete. „Was meinst du, was ich tun soll? Wenn ich wieder austrete aus der Partei, was wird dann passieren?"

Wolfgang nahm ihre Hand fester zwischen seine Hände und sagte ruhig, aber bestimmt: „Ich weiß, es würde dir manch einer übel nehmen oder es nicht verstehen. Aber du bist jemand, dem die Menschen vertrauen und folgen. Viele bewundern dich, was du in Moorbach schon bewegt hast, im Turnverein und für die Frauen hier überhaupt. Du würdest damit ein Zeichen setzen, dem andere sicher folgen würden. Oder zumindest würdest du viele zum Nachdenken bewegen. Und den Turnverein könntest du ja trotzdem weiterhin leiten, der hängt ja nicht von der Partei ab. Du könntest deine Frauentreffen vom Turnverein aus organisieren, statt unter dem Dach der Partei. Und uns können sie doch nichts anhaben, uns beiden! Vielleicht können wir dazu beitragen, dass die Nazis nicht noch mächtiger werden."

Heidrun stand auf, ging um den Tisch, setzte sich auf Wolfgangs Schoß und umarmte ihn.

„Wahrscheinlich hast du Recht, ich denke darüber nach, in Ordnung?"

Den Rest des Tages nutzten sie das schöne Frühlingswetter für einen ausgedehnten Sonntagsspaziergang und tranken im Garten auf der Terrasse Kaffee mit Bienenstich vom ‚Bilger'.

Schweigend hingen beide ihren jeweiligen Gedanken nach.

3. Juni 1929

Die Sprechstunde am Vormittag war, wie immer montags, sehr voll. Alle Krankheiten, die am Wochenende aufgetreten waren, versammelten sich in der Praxis.

„Nimmt das heute gar kein Ende?", sagte Elisabeth und seufzte. Schnell steckte sie sich zwei Rippchen Nussschokolade in den Mund.

Zum Mittagessen gab es Hackbraten mit Kartoffelbrei, von Gerda wunderbar zubereitet. Gerade als Klein sein letztes Stück Braten in den Mund geschoben hatte, klingelte der Wachtmeister an der Haustür. Heidrun ließ ihn herein und er nahm ihr Angebot mitzuessen dankbar an.

Zwischen zwei Bissen informierte er den Doktor.

„Die Eltern sind heute angekommen, ich bin auch zum Bahnhof, das wollte ich mir nicht entgehen lassen. Das sind einfache und ehrliche Leute. Sie sind so dankbar, dass Sattlers sie zu sich mitgenommen haben. Und der Junge, der Jakub, war völlig überrumpelt, als die beiden Polizisten ihn beim Aussteigen sofort gepackt haben, Handschellen an und ab ins Polizeiauto. Der dicke Freitag hat ihn nur angegrinst und gesagt: ‚So mein Junge, damit hast du wohl nicht gerechnet!'"

„Was hat Jakub denn für einen Eindruck auf Sie gemacht?", warf der Doktor ein.

„Kann ich nicht viel dazu sagen. Eigentlich ein normaler Junge. Er hat sich gewehrt, hat bei Alinas Eltern bleiben wollen und gerufen ‚Was wollen Sie von mir, ich habe nichts getan, lassen Sie mich los'. Die Nowaks waren auch ganz überrascht und wussten gar nicht was los war. Sie haben den Kommissar gefragt, warum Jakub verhaftet würde, aber Freitag hat ihnen nichts erklärt, nur gesagt ‚Wir haben unsere Gründe'. Morgen um zwölf treffen wir uns alle bei der Schubert, das hab' ich mit dem Kommissar und Alinas Eltern vereinbart. Das war doch auch Ihr Vorschlag. Passt das noch? Sind Sie mit Ihrer Vormittagssprechstunde da schon fertig?"

Klein nickte dem Wachtmeister zu. „Gut gemacht, Nebler, das passt. Frau Schubert hab' ich Bescheid gegeben."

Der Wachtmeister aß dankend noch ein Stück Hackbraten, das ihm Heidrun ungefragt auf den Teller gelegt hatte. Dazu gab es für jeden noch eine Flasche Chabeso. Mit halbvollem Mund erzählte der Wachtmeister von einem Radiobericht, den er am Morgen gehört hatte. In Italien sei der Vesuv wieder ausgebrochen und hätte einige Dörfer verschüttet.

„Bin ich froh, dass ich nicht in Italien wohne", meinte Nebler abschließend.

4. Juni 1929

Am Dienstag gegen Mittag ging Klein, nach einer verkürzten Vormittagssprechstunde, zum Bestattungsinstitut. Elisabeth blieb in der Praxis, konnte sie doch mit ihrer Erfahrung auch selbständig leichtere Fälle behandeln und Verbände anlegen.

Frau Schubert war nervös und zeigte Klein, wie sie mit Hilfe der Leichenfrauen Alina hergerichtet hatte, so gut es eben ging. Der Körper der Toten zeigte aber dennoch deutliche Zeichen postmortaler Veränderung. Die Wangen waren eingefallen, die Augen, hinter den geschlossenen Lidern, eingesunken, die Haut hatte eine blass-livide Färbung angenommen, die Leichenflecken sich ausgedehnt.

„Nach drei Wochen tot sieht man eben nicht mehr gut aus", meinte Klein und lobte dennoch das Werk der Bestatterin und ihrer Mitarbeiterinnen.

Sie gingen danach gemeinsam in den Eingangsraum, wo sie nur wenige Minuten warten mussten.

Der Wachtmeister erschien gleichzeitig mit dem Ehepaar Sattler und Alinas Eltern. Kommissar Freitag kam als Letzter, schwer schnaufend. Er hatte ziemliches Übergewicht, ein Doppelkinn, und die kleinen Augen waren über den dicken Backen kaum zu erkennen. Am liebsten saß er in seinem Sessel am Schreibtisch und aß Leberkässemmeln. Vor-Ort-Termine waren ihm eigentlich ein Graus, aber dieser Termin hatte ihn ausnahmsweise interessiert. Sonst hätte er ihn sicherlich, wie meistens, an einen Mitarbeiter delegiert.

Die Eltern, Josef und Elena Nowak, sahen blass aus, bemühten sich, Haltung zu bewahren, was vor allem der Mutter aber sichtlich schwerfiel. Sie kamen aus der Nähe von Krakau, Josef aus einer deutschstämmigen Familie, er sprach daher auch recht gut deutsch. Er war ein großer, breitschultriger Mann, dem man ansah, dass er schwere körperliche Arbeit gewohnt war. Neben ihm übersah man fast seine zierliche, kleine Frau. Ihre Augen huschten ängstlich zwischen dem Kommissar und dem Doktor hin und her.

Klein stellte Frau Schubert und sich vor und begrüßte das Ehepaar Nowak anschließend mit einem festen Händedruck und einem Nicken, das als Beileidsbekundung gemeint war.

Dankbar lächelte Elena Nowak ein wenig.

Dann schaltete sich der Kommissar ein.

"Ich denke das Wichtigste ist jetzt erstmal, dass Sie als Eltern die Tote identifizieren." Er wandte sich an Frau Schubert. „Können wir?"

Gemeinsam gingen sie in den Kellerraum, in dem Alina lag.

Im Halbkreis standen sie um den Tisch. Die Bestatterin hatte die Fenster geöffnet und einen Strauß Duftrosen auf ein Beistelltischchen platziert. Trotzdem roch es nach einer Mischung aus Reinigungsmittel und Verwesung.

Behutsam schlug die Bestatterin das Tuch, das Alina vollständig bedeckte, bis zum Hals zurück. Die Mutter brach in Tränen aus, warf sich auf ihre tote Tochter, zuckte dann aber rasch zurück, als sie die Kälte und den Rigor des toten Körpers spürte. Der Vater stand erstarrt daneben.

„Gehen wir wieder nach oben und sprechen wir dort", dirigierte der Kommissar.

Sie saßen dann um den runden Tisch im Besprechungsraum des Bestattungsinstitutes. Alinas Eltern hielten sich an der Hand.

Der Vater fragte stirnrunzelnd den Kommissar: "Warum haben Sie Jakub verhaftet?"

„Ihre Tochter wurde ermordet und die Tat sollte wie ein Selbstmord aussehen."

Die Mutter sprang auf. „Ermordet? Alina?"

Sie redete aufgeregt auf ihren Mann ein. Da es auf Polnisch war, verstanden Klein und die anderen kein Wort, aber der Sinn war nicht schwer zu erraten. Josef legte seinen Arm um ihre Schulter, redete beruhigend auf sie ein und führte sie wieder zu ihrem Stuhl.

„Sprechen Sie weiter, Herr Kommissar, erklären Sie es uns bitte. Wir können das schwer glauben."

„Wie gesagt, Alina wurde umgebracht und danach erst auf die Bahngleise gelegt. Es sollte wie ein Selbstmord aussehen. Aber wir haben uns nicht täuschen lassen. Nach unseren bisherigen Ermittlungen ist sie möglicherweise von Jakub getötet worden, die beiden haben am Tag vor ihrem Verschwinden heftig gestritten. Worum es ging, das wissen wir noch nicht, das werden wir sicher im Geständnis erfahren. Ihre Tochter war schwanger, wir vermuten von Jakub."

Herr Nowak übersetzte seiner Frau die Worte des Kommissars. Bei Erwähnung der Schwangerschaft schüttelte sie heftig den Kopf.

„Alina schwanger? Das kann nicht sein! Sind Sie sicher?", fragte Alinas Vater ungläubig.

Freitag sah zu den Eltern und nickte.

„Ja, Herr Nowak, der Arzt hat mit Sicherheit festgestellt, dass Alina im dritten bis vierten Monat schwanger war." Freitag stand schwer atmend auf und ging vor dem Tisch auf und ab, die Hände hinter dem Rücken verschränkt. „Wir vermuten, dass Jakub mit ihr nach Polen zurückfahren wollte, sie aber nicht bereit war mitzukommen. Wahrscheinlich wurde er eifersüchtig und wütend. Wir denken, dass er erst hier über die Schwangerschaft informiert wurde. Er hätte ihnen ja sonst sicherlich davon erzählt. Diese Neuigkeit hat ihn vermutlich aufgeregt. Jakub war vor vier Monaten zu Besuch bei Alina. Wir glauben, dass sie in der Zeit schwanger geworden ist. Und jetzt vor drei Wochen war er wieder da, reiste aber überstürzt ab, nachdem sie heftig gestritten hatten. Alina ist ihm wohl gefolgt, da sie einen Tag später auch verschwand. Was dann genau passierte, wo sie sich genau wieder getroffen haben, wissen wir noch nicht. Er könnte sie auch gezwungen haben mitzukommen. Er hat sich jedenfalls nach seiner Tat nach Polen abgesetzt und nicht damit gerechnet, dass wir seine Vertuschungsaktion durchschauen. Daher ist er auch bedenkenlos mit ihnen hierhergekommen. Täter zieht es ja oft an den Ort ihres Verbrechens zurück. Aber wir sind nicht dumm."

Der Kommissar setzte sich wieder hin und stellte Alinas Eltern noch einige Fragen. „Was können Sie mir über die Beziehung zwischen den beiden sagen? Er ist ja Jude haben wir festgestellt. Wissen Sie irgendetwas über frühere Verbrechen, über seinen Charakter?"

Die Eltern sahen den Kommissar fassungslos an. Frau Nowak schlug die Hände vors Gesicht, schüttelte den Kopf und schluchzte. „Alina, moje kochanie!"

Sie verstand einigermaßen Deutsch, fragte aber doch immer wieder bei ihrem Mann auf Polnisch nach, ob sie alles richtig verstanden hatte. Da sie mit dem Sprechen auf Deutsch aber Probleme hatte, überließ sie das Reden ihrem Mann.

Herr Nowak sprach mit ruhiger, fester Stimme zum Kommissar.

"Jakub ist ein guter Junge, er hat Alina sehr geliebt. Er ist kein Mörder, wir können das nicht glauben. Suchen Sie einen anderen Mörder."

„Die meisten Tötungsdelikte sind Beziehungstaten. Für Raubmord oder Vergewaltigung gibt es keinen Anhalt. Die Indizien machen ihn zu unserem Hauptverdächtigen. Es tut mir leid, aber wir werden ihn verhören, und ich verspreche Ihnen, dass wir in ein paar Tagen ein Geständnis auf dem Tisch haben", erklärte der Kommissar und schnaufte schwer. „Wir haben unsere Methoden, die Wahrheit herauszubekommen."

Jetzt richtete Klein das Wort an die Eltern.

"Sie wussten also nichts von der Schwangerschaft?"

„Nein, wir wussten nichts davon. Können wir mit Jakub sprechen?"

Der Kommissar schaltete sich wieder ein. „Nein, das wird nicht möglich sein, er befindet sich in Untersuchungs- und Einzelhaft bis wir das Geständnis haben. Danach können Sie vielleicht mit ihm sprechen. Sie sind ja noch ein paar Tage da, nehme ich an."

Frau Schubert hatte schon mit der Haushälterin des Pfarrers gesprochen. Er selbst war leider nicht erreichbar, da er sich den Arm gebrochen hatte und noch im Krankenhaus lag. Er war auf dem Friedhof über eine herumliegende Schaufel gestolpert. Am Dienstag war der Pfarrer schon bei einer großen Beerdigung im Nachbarort Risting, die Schwiegermutter des Bürgermeisters dort war gestorben. Also blieb nur noch der Mittwoch, der 12.6. als Beerdigungstermin, das war noch eine ganze Woche bis dahin.

Frau Schubert wandte sich an die Sattlers und Alinas Eltern. Sie waren mit dem Termin einverstanden.

Frau Sattler legte behutsam ihre Hand auf Frau Nowaks Schulter. „Bis nach der Beerdigung bleiben Sie selbstverständlich unsere Gäste. Alina war wie eine Tochter für uns."

Dankbar sah Alinas Mutter zu Maria Sattler auf.

Herr Sattler sagte auch zu, die Kosten für die Bestattung und den Grabstein zu übernehmen.

Beim Hinausgehen flüsterte die Bestatterin Klein ins Ohr: „Jetzt ist es auch schon egal, wie lange es noch dauert, aber Alina kommt jetzt in den Sarg."

Da Alina katholisch war, sollte die Messe in der Pfarrkirche St. Johannes in Moorbach gelesen werden, mit anschließender Bestattung auf dem danebengelegenen Friedhof. Der Grabstein würde bis dahin noch nicht fertig sein, vorerst müssten sie sich mit einem schlichten Holzkreuz begnügen.

Nach dem Treffen waren alle mehr als erschöpft.

Die Sattlers fuhren mit Alinas Eltern nach Sachern zurück, Freitag verabschiedete sich nach Freiberg und der Wachtmeister begleitete Klein noch nach Hause. Sie setzten sich mit einem Glas Bier auf die Terrasse und rauchten eine Zigarette.

„Herr Nebler, wie geht es Ihnen mit dem Ganzen? Ich habe ein ungutes Gefühl. Alles läuft so glatt. Für den arroganten Kommissar steht der Schuldige schon fest, der wird aus dem Jungen ein Geständnis herauspressen, mit allen Mitteln."

Nebler nickte zustimmend und nahm einen tiefen Zug aus der Zigarette. „Ich mag den Freitag auch nicht!"

„Und Alinas Eltern mögen den Jungen. Sie trauen ihm nicht zu, dass er sie umgebracht hat. Herr Nebler, wir müssen auch anderen Spuren folgen, es muss auch andere mögliche Täter geben."

Damit verabschiedeten sich die beiden voneinander. Der Wachtmeister ging zu seiner Polizeistation und Klein ins Haus, wo Heidrun schon mit dem Mittagessen auf ihn wartete.

Während sie Gerdas Schinkennudeln aßen, berichtete er seiner Frau über die Geschehnisse des Vormittags und seine Zweifel. Aber Heidrun war unkonzentriert. Der Besuch ihrer Freundin Nelly stand ihr bevor und fast wäre es ihr lieber gewesen, sie hätte ganz abgesagt, so hin und hergerissen war sie mit ihren Gefühlen.

Nelly wird bestimmt meine Mitgliedschaft in der NSDAP kritisieren, dachte sie. Aber sie wollte sich nicht erklären müssen. Und dann war da noch diese die Sache mit der toten Frau, die aufgrund der Übernahme durch die Polizei für Wolfgang jetzt erledigt sein müsste.

„Du siehst schon wieder Gespenster, Wolfgang. Du hast den Mord aufgedeckt, die Polizei hat den Schuldigen, ist doch alles gut. Eine Schweinerei ist nur, dass der Kommissar so tut, als hätte er alles getan. Dabei warst du es doch, das hätte er schon erwähnen können und nicht selbst so eitel herumgockeln!"

Klein seufzte nur und murmelte: „Das ist doch egal, wichtig ist doch vor allem zu klären, ob der Junge wirklich schuldig ist!"

5. Juni 1929

Zum Glück war die Sprechstunde am Mittwochvormittag recht ruhig, so dass Klein noch Zeit hatte zu duschen und sich für Nelly gut anzuziehen.

Da sie kaum Gepäck hatte, lief Nelly die zehn Minuten vom Bahnhof zu Fuß zu Heidrun und Wolfgang. Der Weg war ihr vertraut.

Die Kleins saßen gerade bei strahlender Sonne im Garten, als sie in einem hellblauen Sommerkleid und einem kleinen Lederrucksack, in den Hof einbog. Sie gingen ihr entgegen und Klein umarmte sie.

„Arme Nelly, du musst uns gleich nochmal schildern was da war. Und wie geht es deinem Bruder?"

Dann umarmten sich die beiden Freundinnen. Klein fiel Heidruns Unsicherheit auf, gerade so, als fühle sie sich mitschuldig an dem, was in München am Josefsplatz passiert war.

Sie setzten sich auf die Terrasse und, nachdem Nelly einen Schluck Wasser getrunken hatte, begann sie zu erzählen.

„Ich war gestern und am Sonntag mit Vater bei Aaron im Krankenhaus. Er sieht noch furchtbar aus, sie haben ihm ein paar Zähne ausgeschlagen. Das Gesicht ist ganz blau auf der Seite, wo das Jochbein gebrochen ist, und am ganzen Körper hat er Prellungen und Hämatome. Er kann nur mit dem Strohhalm trinken. Aber anscheinend sind die inneren Organe unverletzt. Morgen darf er wieder nach Hause." Dann schilderte sie nochmals genau wie der Überfall abgelaufen war. „Dass keiner geholfen hat, das ist so schlimm. Alle haben nur zugesehen. Und bis die Polizei kam, das hat auch gedauert."

Klein, der neben ihr saß legte tröstend seinen Arm um ihre Schulter.

„Zum Glück ist Aaron hart im Nehmen, der wird schon wieder. Aber die ganze Sache ist wirklich schrecklich."

Heidrun hatte angespannt zugehört. „Nelly, das ist alles so furchtbar, es tut mir so leid."

Gerda kam auf die Terrasse und unterbrach das Gespräch. „Das Essen ist fertig, es ist drinnen im Esszimmer gedeckt."

Sie standen auf, gingen ins Haus und setzten sich an den gedeckten Tisch. Es gab Rindergulasch mit Kartoffeln.

Nelly schien die vertraute Gesellschaft gutzutun. Beim Essen begannen die beiden alten Freundinnen sogar über alte Zeiten am Luisengymnasium in München und ehemalige Klassenkameradinnen zu plaudern.

Wer hatte inzwischen geheiratet, wer hatte mittlerweile ein oder zwei Kinder bekommen. Dann erinnerten sie sich gemeinsam an lustige Schulerlebnisse und erleichtert bemerkte Klein, dass auch Heidrun zunehmend entspannter wurde. Gerne sah und hörte er den beiden zu und dachte, was für eine schöne und kluge Frau Nelly doch war. Diesen Gedanken behielt er aber für sich, wusste er doch wie empfindlich seine Frau war. Und in Bezug auf Nelly hatte sie ja auch nicht ganz unrecht. Sie gefiel ihm sehr gut, eine Frau, in die man sich verlieben könnte. Klein verscheuchte schnell diese Gedanken und schlug den beiden vor, in den Garten zu gehen.

Nelly und Klein setzten sich in die sonnenbeschienene Laube, Heidrun ging Kuchen holen und Kaffee kochen, also hatten sie ein paar Minuten für sich.

„Nelly, wie geht's dir denn wirklich?"

Sie zögerte kurz, begann dann aber zu erzählen. „Es ist doch furchtbar, wohin sich Deutschland entwickelt, die

Wirtschaftskrise, die Arbeitslosigkeit und die zunehmende Macht der Braunhemden. Der Hass auf alle Juden nimmt jeden Tag zu."

Klein nickte zustimmend.

„Vor ein paar Tagen bin ich von einem kleinen Jungen angespuckt worden, als ich aus der Synagoge kam. Und gestern erst ist ein lieber Freund von uns vor seinem Haus von einer Gruppe Nationalsozialisten zusammengeschlagen worden und sie haben ‚Scheißjude' dabei gerufen. Adolf Hitler hat ja Schriften herausgebracht, in denen er von der Vernichtung des Judentums spricht. Hast du ‚Mein Kampf' gelesen? Das macht mir alles Angst. Was wird, wenn diese Leute an die Macht kommen, was wird dann aus uns?"

„Nelly, ich verstehe deine Sorgen", warf Klein ein.

„Dass Heidrun da mitmacht, bei den Nazis, das ist ganz schlimm für mich, ich verstehe es nicht. Ich habe ihr vor ein paar Wochen geschrieben, was diese Leute tun, aber sie hat mir geantwortet, dass ich doch sicher übertreiben würde. So schlimm seien diese Leute gar nicht und würden ja auch viel Gutes tun, für die Jungen, für die Frauen, für Deutschland. Das Hetzen, das komme doch nur von wenigen und das seien doch alles nur leere Sprüche. Ich kann nicht verstehen, dass Heidrun so denkt. Sie ist doch meine Freundin, sie muss mich doch verstehen!"

Sie redete sich sichtlich in Rage, ihre Verzweiflung war spürbar.

Klein nickte dazu nachdenklich. „Ich sehe das wie du, das wird schlimm, wenn Hitler und seine Leute mehr Einfluss bekommen. Aber es gibt ja noch andere. Herrmann Müller und Brüning sind ja keine schlechten Leute. Ich habe da schon noch Hoffnung. Heidrun und ich sind unterschiedlicher Meinung, das stimmt. Aber ihre Haltung ändert sich gerade, sie ist nicht blind, was die Nazis angeht. Hab' Geduld mit ihr. Du musst auch sehen, Moorbach ist nicht München oder Berlin. Hier in unserem kleinen Dorf geht das Leben seinen normalen Lauf. Es leben hier ja auch fast keine Juden. Die Ortsgruppe der Nationalsozialisten, die machen das ganz geschickt, tun recht unauffällig und bürgerlich. Die vom Bürgerverein, du weißt ja, dass ich da auch dabei bin, sind gespalten. Ein Teil will mit denen zusammenarbeiten, ein Teil nicht. Und der Bürgermeister hält sich noch raus. Heidrun hat große Freude mit ihren Turndamen und Frauentreffen, so dass sie mir nicht mehr ständig in den Ohren liegt, dass Moorbach so langweilig sei und sie öfters nach München will oder am liebsten wieder ganz nach München ziehen würde. Da bin ich froh darüber, denn wegziehen kann und will ich auf keinen Fall! Die Praxis läuft gerade sehr gut. Aber ich verstehe deinen Kummer."

In diesem Moment kam Heidrun mit dem Tablett, auf dem Kirschkuchen vom Bäcker Bilger und drei Tassen Kaffee standen.

„So, habt ihr jetzt Zeit gehabt über mich zu lästern?", spöttelte Heidrun.

„Wir haben nicht gelästert. Nelly ist in einer anderen Situation als wir, sie ist in der Stadt direkt von dem zunehmenden Judenhass betroffen, aber Moorbach ist nicht München, noch nicht", erklärte ihr Wolfgang.

Heidrun schwieg erst und nach längerem Zögern wandte sie sich Nelly zu.

„Ja, ich verstehe, dass das alles furchtbar ist für dich, ich finde es auch nicht schön. Aber, du wirst sehen, das vergeht wieder. So viele Professoren und Lehrer und Ärzte sind Juden, die braucht Deutschland doch. Das werden am Ende auch die

Nationalsozialisten einsehen. Es wird nicht so heiß gegessen wie gekocht wird. Du wirst sehen, alles wird gut. Wenn du dich in München unwohl fühlst, dann kommst du einfach zu uns! Und jetzt lasst uns von etwas Schönerem reden."

Das Gespräch plätscherte danach dahin, bis Klein von der toten jungen Frau zu erzählen begann. Beide hörten jetzt aufmerksam zu und als er berichtete, dass der Verdächtige Jakub Jude sei, meinte Nelly: „Du wirst sehen, der hat keine Chance. Bei der Polizei sind so viele mit Sympathie für die Braunhemden, der ist schuldig allein schon, weil er Jude ist. Er kann froh sein, wenn er die Untersuchungshaft überlebt, und die werden ihm zusetzen, bis er gesteht, ob schuldig oder nicht. Du musst ihm helfen!"

„Wolfgang muss gar nichts", unterbrach sie Heidrun, „das ist jetzt Sache der Polizei und des Gerichtes. Er soll sich raushalten!"

Klein hob den Finger wie ein Schuljunge. „Darf ich auch was dazu sagen? Da stimmt was nicht und zu gerne würde ich den arroganten Kommissar ärgern. Ich möchte zumindest mal mit dem Jungen reden und mir selbst ein Bild machen. Dann spür' ich schon, ob er schuldig ist oder nicht. Und davon hängt dann ab, ob ich was unternehme oder nicht!"

Eine Weile saßen sie noch im Garten und als es kühler wurde brach Nelly zurück nach München auf. Klein brachte sie mit dem Auto zum Bahnhof, begleitete sie zum Bahnsteig und wartete bis zum Eintreffen des Zuges. Bevor Nelly einstieg, umarmten sie sich und sie flüsterte ihm noch ins Ohr. „Danke, das hat mir gutgetan, der Nachmittag bei euch!"

Bei Abfahrt des Zuges winkte Nelly noch aus dem Fenster und warf Klein eine Kusshand zu.

Auf dem Rückweg dachte er nach. Einen offiziellen Antrag zu stellen, um den Verhafteten besuchen zu dürfen, würde Wochen dauern und dann wäre es immer noch zweifelhaft, ob er genehmigt würde. Also musste er einen anderen Weg finden um mit Jakub zu sprechen.

6. Juni 1929

In der Mittagspause des nächsten Tages machte sich Klein mit seinem Laubfrosch auf den Weg nach Freiberg. Er wollte mit Jakub sprechen, ihn persönlich kennenlernen. Heidrun hatte er erzählt, dass er nach Allersbergen zu einem Hausbesuch fahren müsse, weil es der Schneider Maria, einer langjährigen und betagten Patientin nicht gut ginge. Er wollte keine Diskussion um seinen Besuch bei Jakub, und vor allem nicht, dass Heidrun sich Sorgen machte.

Sein Auto stellte er auf dem Parkplatz vor dem Untersuchungsgefängnis ab, nahm seine Arzttasche und ging zur Pforte. Die Polizisten kannten ihn von früheren Besuchen. Mehrmals schon hatte er Krankenbesuche bei Inhaftierten machen müssen, oder auch Leichenschau bei in der Haft Verstorbenen.

Der Wachmann an der Pforte schob das kleine Schiebefenster auf und begrüßte Klein. "Herr Doktor, Grüß Gott, was verschafft uns die Ehre?"

„Ich wurde informiert, dass es einem Inhaftierten nicht gut gehen soll, einem Jakub Krol. Ich soll ihn mir anschauen, ob man was unternehmen muss."

Der Polizist reagierte erstaunt. "Seltsam, da hat uns gar niemand etwas gesagt. Aber schadet ja nichts, kommen Sie rein."

Er kam aus seiner Pförtnerloge und führte den Doktor ins Untergeschoss zum Gefängnistrakt, schloss die Tür auf und ließ ihn hinein in die kleine, enge Zelle. Eine schmale Pritsche, ein Stuhl, ein Toiletteneimer, das war die ganze Einrichtung. Oben an der Rückwand, unter der Decke war ein kleines vergittertes Fenster, das den Raum mühsam erhellte. Es roch nach abgestandenem Urin.

„Krol, Besuch für dich!", rief der Wärter schroff, gerade so als ob Jakub schwerhörig wäre. Und zum Doktor gewandt in normaler Lautstärke: „Rufen Sie einfach laut, dann komm' ich Sie abholen. Und wenn er Sperenzchen macht, auch einfach laut rufen! Wir sind in der Nähe."

Der junge Mann saß zusammengesunken auf der Pritsche, blickte fragend, ängstlich, zu Klein hoch. Er war schmal, fast zartgliedrig, sicher nicht viel größer als Alina. Das rechte Auge war blutunterlaufen, die linke Wange geschwollen. Das Hemd war verschwitzt und fleckig, sicherlich hatte er in den drei Tagen, die er hier eingesperrt war, noch keine Gelegenheit bekommen sich zu Waschen. Klein setzte sich auf den Hocker, Jakub gegenüber.

„Jakub, verstehen Sie mich, sprechen Sie deutsch?"

Jakub nickte. „Meine Mutter war Deutsche, sie ist zu meinem Vater nach Polen gezogen und wir lebten bei Krakau in einem kleinen Ort. Ich bin zweisprachig aufgewachsen. Sie sind leider schon gestorben."

Einen leichten polnischen Akzent konnte Klein dennoch heraushören.

"Ich bin Arzt und kenne die Geschichte. Ich habe mit Alinas Eltern gesprochen, die ja eine hohe Meinung von Ihnen haben. Ich möchte Ihnen helfen. Sie werden beschuldigt, Alina umgebracht zu haben und leider ist die Polizei der festen Überzeugung, dass Sie der Täter sind. Es spricht leider auch einiges gegen Sie."

Jakub schüttelte energisch den Kopf.

"Ich habe Alina nichts getan, ich liebe sie doch, wir wollten heiraten, sie wollte nach Hause kommen. Ich bin unschuldig, aber niemand glaubt mir! Sie verhören mich ständig und schlagen mich, sie beschimpfen mich als ‚Scheißjuden‘ und sagen, dass sie mich auf jeden Fall zum Gestehen bringen werden. Aber ich habe doch nichts getan. Sie sagen, dass ich im Falle eines Geständnisses vielleicht um die Todesstrafe herumkomme. Aber ich bin doch unschuldig und der sie umgebracht hat, läuft frei herum!“

„Weshalb haben Sie mit Alina vor Ihrer Abreise gestritten?“

„Ich wollte eigentlich länger bleiben und dann mit ihr zusammen zurück nach Polen fahren. Ich habe jetzt feste Arbeit in Aussicht, wir könnten davon leben. Wir hatten alles geplant, als ich vor ein paar Monaten da war. Wir hatten uns auf die gemeinsame Zukunft gefreut. Aber jetzt wollte sie plötzlich nichts mehr davon wissen. Sie war so kalt zu mir, meinte, dass sie mich nicht mehr liebt, dass sie hier in Deutschland bleiben will, dass sie hier eine bessere Zukunft hätte als in Krakau.“

„Was haben Sie dann gemacht?“

„Ich habe sie angefleht, sie gebettelt, sie gefragt warum, wollte sie umarmen. Aber sie hat mich weggestoßen und gesagt, dass ich verschwinden soll, es sei aus. Dann bin ich gegangen. Ich habe ihr noch gesagt, dass ich zu meinem Freund Michal auf den Sedelmeierhof gehen würde. Dass sie es sich doch bitte überlegen soll, dass sie mich dort findet. Dann bin ich zu Michal gelaufen. Ich brauchte jemanden zum Reden und durfte dort im Stall übernachten.“

„Haben Sie gewusst, dass sie schwanger ist?“

„Ich habe es vermutet, sie hatte so ein kleines Bäuchlein, das konnte man sehen. Ich habe sie auch gefragt. Sie hat es aber abgestritten und gemeint, dass mich das auch gar nichts anginge.“

„Haben Sie beim letzten Mal, als Sie da waren, vor drei bis vier Monaten, miteinander geschlafen?"

„Ja, einmal, wir haben aber aufgepasst. Wir waren der Meinung, dass es für ein Kind noch zu früh ist. Andererseits weiß ich ja auch, dass das nicht sicher ist. Also, bestimmt bin ich der Vater des Kindes. Es ist so furchtbar, es wäre unser Kind gewesen. Ich verstehe das alles nicht! Warum hat sie mich abgewiesen?"

Viel Verzweiflung klang in Jakubs Stimme.

„Haben Sie Alina noch einmal gesehen, bevor Sie zurück nach Polen sind? Ist sie zu Ihnen auf den Sedelmeierhof gekommen?"

„Nein, drei Tage habe ich gewartet und nachdem sie nicht gekommen ist, bin nach Hause gefahren, mit dem Zug. Mit Michal habe ich besprochen, was er sagen soll, wenn sie doch noch kommt und nach mir fragt. Auch einen Brief für sie habe ich dagelassen und geschrieben, dass ich in Krakau auf sie warte."

„Haben Sie Alina umgebracht?"

Jetzt sprang Jakub auf. "Nein, nein und nochmals nein, warum glaubt mir denn keiner?", schrie er. „Ich hätte Alina niemals etwas antun können, ich liebe sie, mehr als alles andere auf der Welt. Warum glaubt ihr das alle? Ich habe das nicht getan, aber ihr Mörder läuft unbehelligt draußen herum."

Der Wärter kam, aufgeschreckt von Jakubs Lautstärke, und öffnete die Tür.

„Was ist denn hier los? Doktor, brauchen Sie Hilfe? Wenn er so schreien kann, ist er sicher nicht sehr krank!"

„Nein, vielen Dank, alles in Ordnung, ich bin auch in fünf Minuten fertig und rufe Sie dann."

Der Wärter schlurfte wieder zurück in sein Büro.

„Jakub, ich glaube Ihnen. Aber die Polizei ist überzeugt, dass Sie der Täter sind und es wird schwierig, Ihre Unschuld zu beweisen. Es ist wichtig zu überprüfen, ob Sie wirklich der Vater von Alinas Kind sind, oder nicht. Dafür muss ich Ihnen jetzt Blut abnehmen!"

Jakub sah Klein fragend an. „Wer soll denn sonst der Vater sein, wenn nicht ich? Und das können Sie im Blut erkennen?"

„Ja, das können wir mit ziemlicher Sicherheit. Wir müssen der Möglichkeit nachgehen. Alinas Verhalten Ihnen gegenüber ist doch seltsam, vor allem, wenn Sie wirklich der Vater des Kindes sind. Könnte es noch einen anderen Mann geben?"

Jakub schüttelte den Kopf. „Das glaube ich nicht, das kann ich mir nicht vorstellen."

Klein nickte nachdenklich.

„Hat Alina irgendetwas erzählt, von einem anderen Mann oder von einem Verehrer, irgendetwas?"

„Nur einmal, aber das war nichts Ernstes. Der Sohn des Bauern, Martin, ist einmal von einem Fest nachhause gekommen und war betrunken. Er ist zu Alina ins Zimmer gekommen und wollte zu ihr ins Bett, wurde zudringlich. Aber Alina hat ihn rausgeschmissen und er ist dann auch wieder gegangen. Am nächsten Tag war er wohl recht verlegen und hat sich gar nicht getraut Alina anzuschauen. Eine Woche später hat er es nochmal versucht, aber sie hat sich auf nichts eingelassen. Sie mochte ihn nicht und hatte ja mich! Danach hat er sie in Ruhe gelassen, hat sie mir gesagt."

„Sind Sie ganz sicher, dass da nicht mehr war zwischen den beiden?"

„Ja, denn das hätte Alina mir gesagt!"

„Und sonst, gab es noch andere Männer?"

„Ach ja, da ist noch der junge Mann, der immer die Milch abholt, den Namen kenne ich nicht. Er wollte sich mit Alina treffen und mit ihr aufs Dorffest gehen. Er hat immer wieder gefragt, nicht lockergelassen. Alina ist wohl einmal mitgegangen, aber sie hat mir gesagt, da war sonst nichts mit ihm."

„Gut, Jakub, das kann alles wichtig sein, wir werden dem nachgehen. Geben Sie mir jetzt bitte Ihren Arm für die Blutabnahme!"

Jakub krempelte den Ärmel hoch und hielt Klein die Ellenbeuge hin. „Jetzt ist sowieso schon alles egal. Hier nehmen Sie mir ruhig Blut ab, wenn Sie meinen, das nützt etwas."

Klein holte Stauschlauch und Spritze aus seiner Tasche, spannte den Stauschlauch um Jakubs linken Oberarm, nahm ihm eine volle Spritze Blut ab und füllte es dann gleich um in eines der Röhrchen, die ihm Dr. Schmidt gegeben hatte. Danach legte er alles vorsichtig zurück in seine Tasche.

„Jakub, vertrauen Sie mir. Ich werde alles tun, was in meiner Macht steht, um Ihre Unschuld zu beweisen!"

Klein hatte Mitleid mit dem Jungen und glaubte ihm.

Er rief nach dem Wachmann, der ihn auch gleich abholte und die Zellentür wieder hinter ihm zusperrte.

„Der Junge ist verletzt, woher kommt das denn?", sah Klein den Wachmann fragend an.

„Ach, der ist unglücklich auf der Treppe gestürzt, aber ist ja nichts Schlimmes."

Klein glaubte ihm kein Wort und konnte sich zum Abschied eine Bemerkung nicht verkneifen. „Das muss ein seltsamer Sturz gewesen sein, der ähnliche Verletzungen auf beiden Seiten des Gesichts verursacht!"

Der Wachmann reagierte nicht darauf und entließ den Doktor wortlos.

Zurück in der Praxis verpackte Klein das Blutröhrchen sorgfältig und telefonierte mit Dr. Schmidt, um ihn über die Blutentnahme bei dem Freund der Toten zu informieren. Er erzählte ihm auch in kurzen Worten die Umstände der Blutentnahme und die schwierige Situation des jungen Juden.

„Ich glaube, er ist unschuldig, wenn er allerdings der Vater ist, wird es schwierig, ihm zu helfen. Und falls nicht, heißt es, dass wir auf jeden Fall noch nach einem anderen Mann suchen müssen."

„Herr Kollege Klein, wir werden das klären. Am besten schicken Sie mir das Röhrchen gleich heute noch. Haben Sie jemanden, der es hier vorbeibringen kann? Bis nächste Woche ist dann das Ergebnis fertig. Ihr Bote soll es mir persönlich übergeben. Wissen Sie, ich bin selbst Jude und ich weiß, dass die Polizei ihn sicherlich gerne als Täter sieht. Wir haben gerade keine guten Karten. Aber ich kümmere mich, sobald die Blutprobe bei mir ist."

Klein schickte Gerda noch am selben Tag mit dem Zug nach München. Genau erklärte er ihr den Weg zur Rechtsmedizin.

„Und du gibst den Umschlag mit dem Röhrchen nur Dr. Schmidt persönlich!"

Gerda war ganz aufgeregt. Sie freute sich aber über die Abwechslung und fühlte sich wie auf wichtiger Mission. Erst spät abends kam sie nach Moorbach zurück. Sie ging zum Doktor, der mit Heidrun im Wohnzimmer saß.

„Auftrag erledigt!", sagte sie mit Stolz in der Stimme.

Darauf verschwand sie in ihrem Zimmer.

„Wo war sie denn, ich habe sie schon vermisst!", fragte Heidrun. Der Ärger in ihrer Stimme war nicht zu überhören.

„Einfach weggehen, das ist nicht in Ordnung. Oder wie findest du das?"

„Gerda musste eine wichtige Probe für mich nach München in die Pathologie bringen", antwortete Klein wahrheitsgemäß. Auf genauere Erklärungen hatte er jetzt keine Lust.

Auf die Ermahnung seiner Frau, dass Gerda für die Hausarbeit da sei und nicht für die Praxis, reagierte er nur kurz angebunden.

„Ich weiß, kommt nicht wieder vor!"

7. Juni 1929

Am Freitagvormittag war Klein in der Sprechstunde wieder unkonzentriert, was Elisabeth natürlich sofort auffiel.

„Herr Doktor, geht es Ihnen nicht gut? Kann ich etwas für Sie tun?"

„Nein danke, Elisabeth, mir geht nur zu viel durch den Kopf. Wissen Sie, die Tote vom Gleis beschäftigt mich sehr. Aber, es geht schon, die Freitagssprechstunde werde ich schon schaffen. Außer Herr Langmann hat mal wieder einen neuen Krebs, das pack ich heute nicht mehr."

„Nein, den lass ich heute nicht zur Tür herein. Sie schaffen das schon. Wollen Sie ein Stück Schokolade?", fragte ihn Elisabeth mit einem verschmitzten Lächeln.

Jetzt musste sogar Klein schmunzeln. „Danke Elisabeth, das ist zu gütig von Ihnen, aber da will ich Ihnen nichts wegessen."

Er riss sich zusammen und es gelang ihm, routiniert die Sprechstunde zu Ende zu bringen.

Am Nachmittag suchte er den Wachtmeister in seiner Amtsstube auf. Er brauchte einen Vertrauten und wollte die Neuigkeiten mit dem Wachtmeister teilen.

Nebler war aber gar nicht begeistert.

„Sie waren ohne Rücksprache mit dem Kommissar bei dem Jungen? Und haben ihm auch noch Blut abgenommen? Das können Sie doch nicht machen, das gibt ja so einen Ärger!" Schließlich beruhigte er sich aber wieder und hatte Verständnis für die Motive des Doktors. „Das ist aber schon mutig von Ihnen, sich mit dem Kommissar anzulegen, denn der wird mit Ihrer Aktion sicherlich nicht einverstanden sein."

„Nebler, ich will mich mit niemandem anlegen, aber ich glaube dem Jungen und wir können doch nicht zusehen, wie er unschuldig im Gefängnis sitzt! Und wenn alles so weiterläuft, endet er am Galgen. Sie müssen jetzt nur weiter Ihre Arbeit machen."

Der Wachtmeister nickte eifrig.

Klein fuhr fort. „Zwei wichtige Dinge habe ich von dem Jungen erfahren. Zum einen ist der Martin Sattler mehrmals zudringlich geworden, im Suff. Also hat er sich mehr für die Alina interessiert, als er gesagt hat. Wir müssen herausbekommen, wo er in der Nacht vom 13. auf den 14. Mai war. Es wäre auch gut, mit seiner angeblichen Freundin zu sprechen. Wie hieß die gleich nochmal?"

„Klaudia", erinnerte sich Nebler. „Zu der fahr' ich hin und kläre das mit ihr."

„Zum anderen müssen wir uns diesen Uwe aus der Molkerei genauer ansehen und überprüfen, ob er ein Alibi hat. Dann müssen Sie in Erfahrung bringen, ob ein Fahrzeug als gestohlen gemeldet ist und den Michal vom Sedelmeierhof befragen. Da haben Sie über das Wochenende genug zu tun, Herr Nebler. Erzählen Sie nichts dem Kommissar von unseren Zweifeln. Und von meinem Besuch im Gefängnis wissen Sie auch nichts, verstanden? Ich will erstmal die Blutergebnisse abwarten."

Der Wachtmeister lehnte sich auf seinem Stuhl zurück und fuhr sich mit den Händen durch die Haare. „Eigentlich wollte ich am Wochenende mit meiner Frau einen Ausflug machen, aber das wird wohl nichts. Da wird sie wenig begeistert sein."

Auf dem Heimweg traf Klein Frau Sattler auf der Straße. Sie sah blass und müde aus.

„Ist es anstrengend mit Alinas Eltern?"

„Nein, das ist es nicht. Die sind gut zu haben und dankbar, dass sie bis zur Beerdigung bei uns sein dürfen." Sie machte eine kurze Pause. „Die Einzige, die uns große Sorgen macht, ist unsere Bettina. Sie hat seit Tagen nichts mehr gegessen, kaum getrunken und übergibt sich ständig. Mein Mann hat Dr. Semmlinger geholt und jetzt liegt sie im Krankenhaus in Freiberg. Es geht ihr so schlecht. Sie können sich nicht vorstellen, was ich für eine Angst um Bettina habe."

Klein verstand ihre Sorge, aber es gelang ihm nicht, sie zu beruhigen. Er konnte ihr nichts vorspielen, er teilte ihre Angst.

Zu Hause wartete der Ärger schon auf ihn.

Kommissar Freitag ging ungeduldig rauchend auf der Terrasse auf und ab und stürzte sich sofort auf den Doktor, als der die Einfahrt heraufkam. Mit seiner mächtigen Körperfülle erdrückte er ihn fast.

„Was fällt Ihnen ein, ohne meine Einwilligung zu dem Verdächtigen zu gehen! Das wird Konsequenzen haben, das sage ich Ihnen! Was wollten Sie überhaupt dort? Überlassen Sie gefälligst die Arbeit uns, ich komme ja auch nicht in Ihre Praxis und behandle Ihre Patienten!" Die Zigarette schnippte er ärgerlich ins Blumenbeet.

Klein versuchte, ruhig zu bleiben.

„Aber Herr Kommissar, jetzt setzen Sie sich erstmal hin, rauchen mit mir eine Zigarre. Wir trinken einen Cognac zusammen und dann ist gut!"

Auf der Terrasse hatte er eine kleine Bar, mit einer Flasche Cognac und ein paar Gläsern. Daneben ein Kästchen mit kubanischen Zigarren, für besondere Gelegenheiten.

Der Kommissar zündete sich die Zigarre an, nahm das gut gefüllte Cognacglas und trank einen kräftigen Schluck. Sein

Ton wurde jetzt schon etwas gemäßigter. „Glauben Sie nur nicht, dass das etwas an der Tatsache ändert, dass Ihr Verhalten nicht in Ordnung ist."

Klein zündete sich ebenfalls eine Zigarre an.

„Ich war einfach neugierig, wollte den jungen Mann kennenlernen, kein Grund zur Beunruhigung. Ich will Ihnen doch nicht in Ihre exzellente Arbeit hineinpfuschen. Ich wollte mir einfach persönlich von ihm ein Bild machen."

„Das entschuldigt Ihr eigenmächtiges Verhalten aber auch nicht!"

Der Kommissar schnaufte schwer und nahm einen tiefen Zug aus seiner Zigarre. Nach einem weiteren Schluck aus dem Cognacglas klang er noch versöhnlicher.

„Also gut, aber ab jetzt halten Sie sich raus, verstanden? So etwas will ich nicht nochmal erleben!"

„Ich habe aber einiges Interessantes erfahren. Der junge Sattler, Martin, hat sich wohl mehrmals an Alina herangemacht und sie bedrängt. Sie hat ihn aber zurückgewiesen. Und er ist für sein aufbrausendes Temperament bekannt. Da könnten ihm schon die Nerven durchgegangen sein. Wollen Sie sich nicht einmal mit ihm unterhalten?"

Freitags Stimme wurde wieder lauter. „Jetzt hören Sie aber auf! Sie verdächtigen hier unschuldige, rechtschaffene Bürger. Das ist eine ehrbare Familie, die Sattlers. Wir haben unseren Täter, basta!"

Mit einem Zug trank seinen Cognac aus, stand abrupt auf und verließ den Doktor ohne sich zu verabschieden, mit der brennenden Zigarre in der Hand.

Klein ließ sich erschöpft in den Gartenstuhl sinken. Heidrun kam besorgt aus dem Haus.

„Was war denn mit dem los? Der war ja sowas von geladen als er hier ankam. Was hast du dem denn angetan?" Sie schüttelte den Kopf und setzte sich neben ihn. „Ich habe mich lieber ins Haus verzogen und gesagt, er soll im Garten auf dich warten."

Klein spürte, dass es an der Zeit war Heidrun ins Vertrauen zu ziehen und er brachte sie auf den aktuellen Stand der Ermittlungen.

Heidrun war verärgert. „Ich mag es nicht, wenn du mir nicht die Wahrheit sagst. Ich habe mehr Verständnis für dein Engagement, was den Jungen angeht, als du denkst. Ich will aber nicht, dass du dich in Gefahr bringst, uns in Gefahr bringst. Ab jetzt erzählst du mir alles, ja?"

Klein nickte. „Einverstanden, Heidrun, mach ich."

8. Juni 1929

Das Wochenende begann zunächst ruhig. Es regnete und nach einem ausführlichen Frühstück widmete sich Klein dem ‚Moorbacher Anzeiger'. Über die junge Tote fand er eine kurze Notiz.

Tatverdächtiger in Haft. Nach Informationen durch die Freiberger Polizei konnte die junge Frau, die am vierzehnten Mai tot auf den Bahngleisen bei Brunnen gefunden worden war, als Alina Nowak aus Krakau (Polen) identifiziert werden. Dank des kriminalistischen Spürsinns von Kriminalkommissar Freitag wurde aufgedeckt, dass es sich um einen als Selbstmord getarnten Mord handelte. Der konsequenten Ermittlungsarbeit unserer Polizei ist es zu verdanken, dass schon nach wenigen Tagen der jüdische Saisonarbeiter Jakub K. als Tatverdächtiger festgenommen werden konnte. Er wurde in Untersuchungshaft genommen. Wir werden weiter berichten.

Wolfgang zeigte Heidrun den Artikel.

„Da siehst du, wie die Stimmung ist in Deutschland. Wenn er katholisch wäre, würden sie es nicht schreiben, aber ein Jude, was ist denn von dem anderes zu erwarten, als ein gemeiner Mörder zu sein. Er ist auch gar kein Saisonarbeiter, er ist Elektriker und war Alinas Verlobter. Und Freitags kriminalistischer Spürsinn ist ungefähr so ausgeprägt wie meine Kochkünste."

Heidrun musste lachen, gelang es Wolfgang in der Küche doch kaum Wasser zum Kochen zu bringen. Ohne sie und Gerda würde er wahrscheinlich verhungern oder täglich in den ‚Bayerischen Löwen' zum Essen gehen. Nach einem kurzen

Zögern widersprach sie ihrem Mann dann doch noch: „Du siehst jetzt aber wirklich überall Feindseligkeit gegen Juden, finde ich. Die Zeitung hat doch nur geschrieben, wie es ist, nichts weiter."

„Ja, aber siehst du denn nicht, wie Stimmung gemacht wird gegen die Juden und alles Jüdische? Welche Religion er hat spielt in dem Fall doch keine Rolle!"

Es regnete mittlerweile in Strömen, im Hof bildeten sich große Pfützen. Es roch nach nassem Gras. Klein war froh im Trockenen zu sein.

Am späten Nachmittag, Klein hatte es sich gerade am Kaminofen gemütlich gemacht, klingelte es.

Mit einem Regenschirm in der Hand stand mit sorgenvollem Gesicht Helmut Wiebmer vor der Tür. Er war ein Großbauer aus Megling, etwa 15 km östlich von Moorbach. Klein mochte ihn nicht besonders, hielt ihn für einen Wichtigtuer, der ständig andere belehrte.

„Herr Doktor, kommen S' doch bitte gleich zu meiner Frau. Die hat so Bauchweh und kann nicht selbst kommen, ich fahr gleich mit, dann kann ich Ihnen den Weg zeigen."

Klein hatte keine Lust auf den Hausbesuch, war müde und froh gewesen zuhause im Warmen und Trockenen zu sitzen. Aber es könnte ja etwas Gefährliches, Ernstes sein. Er wusste nur zu gut, wie der Dorftratsch ging. Ein Kollege von ihm hatte vor sechs Monaten einen Hausbesuch abgelehnt, da es für ihn, nach der Schilderung der Ehefrau des Patienten, nicht nach einem Notfall ausgesehen hatte. Der Mann hatte aber einen Blinddarmdurchbruch und starb wenige Tage später im Krankenhaus. Dadurch hatte der Ruf des Arztes sehr Schaden genommen, was sogar seine Kinder in der Schule zu spüren bekommen hatten. Außerdem kannte sich Klein. Er wusste, dass er die Patienten persönlich sehen und untersuchen musste um die Schwere einer Erkrankung einschätzen zu können. Auf die Schilderungen der Angehörigen war oft kein Verlass. Also hatte Klein für sich entschieden, Hausbesuchswünsche nie abzulehnen.

Und so bat er Herrn Wiebmer einen Moment zu warten, sie könnten gleich losfahren. Er nahm seine Arzttasche, sagte kurz Heidrun Bescheid und sie brachen auf. Er verschwendete keinen Gedanken an die Überlegung, wie der Bauer zu ihm gekommen war.

Der Regen wurde noch stärker, der Scheibenwischer schaffte es kaum, das Wasser zur Seite zu schieben. Die Straße war matschig, die Sicht schlecht, er musste sich sehr konzentrieren. Herr Wiebmer begann während der Fahrt von dem Mord zu reden. Er hatte den Zeitungsartikel auch gelesen und wollte mehr darüber vom Doktor erfahren. Klein hatte aber keine Lust, die Neugier des Bauern zu befriedigen und begann seinerseits nach den Beschwerden von Frau Wiebmer zu fragen. „Seit wann hat Ihre Frau denn die Bauchschmerzen? Sind sie dauernd oder krampfartig? Hat sie Durchfall dabei? Hat sie ihren Blinddarm noch? Hat sie gerade ihre Periode?"

Wiebmer blieb recht vage, sprach von Schmerzen, die ganz akut aufgetreten seien, ohne Vorwarnung. Dann wechselte er das Thema.

„Was kostet eigentlich so ein Hausbesuch von Ihnen, wenn ich ihn privat zahle? Ich habe gehört so fünfzehn bis zwanzig Rentenmark, stimmt das?"

„Jetzt schauen wir erstmal was Ihrer Frau fehlt." Klein ging nicht auf die Frage ein. Außerdem musste er sich konzentrieren, denn der Regen ließ nicht nach und er musste sehr langsam fahren.

Jetzt begann sein Mitfahrer auch noch zu politisieren.

„Wenn die NSDAP an die Macht kommt, dann wird es anders, dann werden Sie und Ihre Kollegen wieder vernünftig bezahlt. Dann können die Juden nicht mehr das ganze Geld einsacken."

Klein biss sich auf die Lippen und schwieg. Er wollte jetzt nicht über Politik diskutieren, er wollte zu der Patientin und dann wieder nach Hause.

Zum Glück waren sie jetzt endlich in Megling angekommen. Der Doktor fuhr vor die Haustür des Bauernhofes und wollte gerade aussteigen, als der Bauer ihn am Arm festhielt.

„So, Herr Doktor, da haben Sie dreißig Mark, das ist mehr als für einen Hausbesuch normalerweise. Meine Frau ist gar nicht da. Sie ist bei ihrer Schwester in München, aber ich wusste nicht, wie ich bei dem Sauwetter sonst heimgekommen sollte. War ja auch schön einmal miteinander zu reden, find ich. Vielen Dank!"

Und bevor Klein noch etwas sagen konnte, war er schon ausgestiegen, nachdem er die Geldscheine auf das Armaturenbrett gelegt hatte.

Klein blieb erstmal fassungslos sitzen, der Regen prasselte aufs Dach. Er hatte gute Lust auszusteigen und dem Wiebmer Helmut die Meinung zu sagen und fluchte laut: „Arschloch!" Aber was würde denn schon dabei herauskommen? Wahrscheinlich würde er ihn in der ganzen Gegend ausrichten. Also schimpfte er die ganze Rückfahrt über nur laut vor sich hin. Bei seiner Ankunft zuhause hatte sich sein Ärger weitgehend schon wieder gelegt und auch der Regen ließ nach.

Als er Heidrun davon erzählte, war sie empört und überlegte, was man unternehmen könnte gegen diese Unverschämtheit. Aber Klein war nach einem guten Abendessen, aufgewärmtem Schnitzel und einem Bier, schon wieder gelassener.

„Ach Heidrun, das lohnt sich doch nicht!"

Er musste an seine Lieblingspatientin denken, Frau Hellenberger. Eine ältere Dame, die er manchmal zwischendurch besuchte, in ihrem kleinen Haus am Waldrand. Sie war die klügste und warmherzigste Frau, die er kannte. Sie las viel Puschkin und Dostojewski, setzte sich mit den Schriften Freuds und der Psychoanalyse auseinander und hatte ein unendlich großes Herz. Sie teilten auch das Misstrauen gegenüber den Braunhemden und ihrer Hetze. Ihr hatte er einmal sein Leid geklagt über einen Patienten, der recht frech zu ihm gewesen war und Lügen über eine vermeintliche Fehlbehandlung herumerzählt hatte.

Nachdenklich hatte sie ihm zugehört und ihm dann in die Augen gesehen.

„Ach Wolfgang, gräm dich nicht. Du ärgerst dich, aber seine Seele hat Schaden genommen. Lügen vergiften das Herz."

Wenn er an sie dachte, konnte er gar nicht länger ärgerlich sein. Er nahm sich vor, sie bald wieder zu besuchen und ihr von dem Mord und dem Verdächtigen zu erzählen. Er schätzte ihre Meinung. Wenn er bei ihr war, saßen sie immer am Küchentisch, umgeben von vielen Zeitungsstapeln, Töpfen und Gewürzdöschen und diskutierten stundenlang über Gott und die Welt.

Sie hatte vier Kinder, zwei von Ihnen waren schon aus dem Haus. Mit zwölf Jahren Abstand hatte sie dann noch Zwillings-Mädchen bekommen, die, obwohl inzwischen schon erwachsen, noch bei ihr wohnten. Beide waren bei den Sozialdemokraten aktiv, verteidigten mit viel Engagement die Republik gegen

Anfeindungen von Links und Rechts. Auch sie mochte er recht gerne und freute sich, wenn sie sich bei der Mutter trafen. Sie konnten gut zusammen lachen und ernste Dinge besprechen. Oft ging es dann auch um Liebesdinge der beiden attraktiven jungen Damen, um die sich zahlreiche Verehrer bemühten.

Heidrun hatte sich mittlerweile auch wieder beruhigt und strich ihrem Mann über die Haare, die schon ziemlich große Geheimratsecken aufwiesen. Auch am Hinterkopf konnte man schon die Kopfhaut durchscheinen sehen.

„Du hast ja Recht, aber der Wiebmer ist schon echt gemein. Und du machst das alles sehr gut, ich bin stolz auf dich. Lass uns bald mal wieder eine kleine Reise unternehmen, Bozen war so schön!"

9. Juni 1929

Für Sonntagnachmittag hatte sich Nebler bei Klein angekündigt.

„Ich hoffe, dass ich Ihre Sonntagsruhe nicht störe, aber es
gibt doch einige Neuigkeiten."

Sie saßen bei Kaffee und Kuchen und auch Heidrun hörte
aufmerksam zu. Der Wachtmeister blickte etwas unsicher zwischen dem Doktor und seiner Frau hin und her, aber Klein beruhigte ihn.

„Vor meiner Frau können Sie ganz offen sprechen, sie ist
über alles informiert."

„Vorgestern war ich bei der Molkerei in Freiberg. Der
Milchfahrer war da, Uwe Tandler heißt er. Ein junger Mann,
vielleicht Mitte zwanzig. Er macht einen netten Eindruck, war
geschockt über die ganzen Nachrichten. Er hat Alina öfters getroffen, wenn er bei Sattlers Milch abgeholt hat. Sie hat ihm gefallen und sie sind auch tatsächlich miteinander ausgegangen,
aber nur einmal. Aber da war nichts weiter, Alina ist nach einer
Stunde schon wieder heimgegangen, allein. Das Ganze ist schon
Wochen her. Für die Zeit des Mordes hat er ein Alibi. Er war
bei seiner Oma in Würzburg. Er hat mir die Zugfahrkarte gezeigt, die hatte er noch im Geldbeutel. Außerdem hat er jetzt
seit kurzem eine Freundin. Also ich glaube, den können wir ausschließen."

Klein nickte.

„In Freiberg habe ich nach gestohlenen Fahrzeugen gefragt. Es gibt nur einen gestohlenen Bulldog in Roding, aber der
kommt nicht in Frage.

Bei Sattlers bin ich auch noch vorbeigefahren. Da ist alles soweit in Ordnung. Herr und Frau Nowak machen sich ein bisschen auf dem Hof nützlich. Bettinas Eltern sind sehr besorgt wegen ihrer Tochter. Sie liegt ja im Krankenhaus und da haben die Eltern sie jeden Tag besucht. Da passt es, dass Nowaks in der Zeit auf dem Hof aufpassen können."

„Und Martin Sattler?"

„Ich hab' beiläufig gefragt, wie denn die Klaudia mit Nachnamen heißt, ob es die Klaudia Hofmeister aus Ambach ist. Nein, die sei es nicht, es sei die Klaudia Brenner aus Moorbach, die Tochter vom Schuster."

„Und haben Sie schon mit ihr gesprochen?"

„Nein, da wollte ich jetzt dann vorbeischauen."

„Und haben Sie gefragt, wo der Martin am Abend des 13. Mai war?"

„Ja, aber der Vater wurde laut und meinte, dass mich das ja wohl nichts anginge. Aber wenn ich es unbedingt wissen wolle, an dem Abend hätte er mit Martin lange im Stall gearbeitet und danach hätten sie noch ein Bier getrunken, bevor sie ins Bett sind."

„Glauben Sie, dass das stimmt, denn dann hat er ja ein Alibi für den Abend?"

„Der Martin ist in dem Moment dazugekommen und hat es bestätigt."

„Vielleicht deckt der Georg Sattler ja nur seinen Sohn und weiß etwas", meinte Klein, „für möglich halte ich das."

Danach erzählte er dem Wachtmeister von dem Auftritt des Kommissars und seiner Wutrede.

Nebler schüttelte den Kopf.

„Ich mag ihn nicht! So ein aufgeblasener Lackaffe!"

10. Juni 1929

Wie üblich war die Montagssprechstunde sehr gut besucht. In einer kurzen Pause nutzte Elisabeth die Gelegenheit, den Doktor zu fragen: „Stimmt das, was in der Zeitung steht? Ist der Fall schon gelöst? Die Leute reden so viel."

„Nein, Elisabeth, ich glaube nicht, dass der Fall gelöst ist. Ich glaube, dass der Junge unschuldig ist, dass da eine ganz große Ungerechtigkeit im Gange ist. Zusammen mit Nebler möchte ich dem Jungen helfen, ich weiß nur noch nicht wie. Aber bitte, Elisabeth, kein Wort darüber erzählen, das muss unter uns bleiben."

Am Mittag bekam er einen Anruf von der Rechtsmedizin in München, Dr. Schmidt war selbst am Apparat.

„Die Blutprobe, die Sie uns geschickt haben, ist A, die kann also nicht vom Vater des Kindes stammen."

Dem Doktor runzelte die Stirn. „Sicher?"

„Ja, ganz sicher. Wir haben die Mutter mit 0, das Kind mit B, der Vater müsste AB oder B haben, das sind nur etwa 10% der Bevölkerung. Sie müssen einen anderen Vater finden!"

Nachdenklich schaute der Doktor auf seinen Notizblock, auf dem er die Informationen des Pathologen und Rechtsmediziners gekritzelt hatte. Das änderte das Ganze. Zwar war Jakub immer noch nicht vollständig entlastet, konnte der Täter sein, eventuell aus Eifersucht, aber es kam noch ein zweiter möglicher Täter in Frage, der Vater des Kindes.

Sie mussten herausfinden, wer das sein könnte. Kam Martin Sattler nicht doch in Frage? Irgendjemandem müsste doch aufgefallen sein, wenn Alina ein Verhältnis hatte. Würde es Sinn machen dem jungen Martin Sattler nochmal auf den Zahn zu fühlen? Hatte er doch mit Alina geschlafen? Sie eventuell vergewaltigt? Dass er kein Interesse an der attraktiven Alina hatte, stimmte ja nicht. Da hatte er gelogen. Jeder Möglichkeit mussten sie nachgehen.

Klein fiel Freuds Bemerkung ein: ‚Das Mädchen hat irgendetwas Furchtbares erlebt.‘ Hatte Bettina etwas gesehen?

Er dachte fieberhaft nach. Vieleicht hatte sie etwas zwischen ihrem Bruder und Alina beobachtet, konnte oder wollte aber nicht darüber sprechen. An sie war allerdings kein Herankommen, sie lag im Krankenhaus. An wen könnte er sich wenden? Der Kommissar kam nicht in Frage, Wachtmeister Nebler eventuell, aber was konnte der schon ausrichten. Nein, er musste selbst etwas unternehmen. Vielleicht hatte ja Frau Sattler etwas bemerkt, sie war doch sicherlich am häufigsten in der Nähe von Alina gewesen. Konnte eine Affäre Alinas wirklich von ihr unbemerkt geblieben sein?

„Ich muss nochmal zu Frau Sattler", murmelte Klein vor sich hin.

Er hatte noch Zeit vor der Nachmittagssprechstunde und fuhr zum Hof der Sattlers. Als Maria Sattler das Auto hörte kam sie vor die Tür und begrüßte ihn mit fragendem Blick. Alinas Eltern waren im Haus, was Klein ganz recht war. Er wollte mit ihr alleine sprechen. Sie setzten sich auf die Bank vorm Haus.

„Frau Sattler, ich weiß, dass gerade alles sehr schwierig für Sie ist, aber ich muss Sie etwas sehr Wichtiges fragen. Ich kann es Ihnen schwer erklären, aber wir haben herausgefunden, dass Jakub nicht der Vater des Kindes sein kann. Es muss einen anderen Mann gegeben haben. Haben Sie irgendetwas beobachtet, einen Besucher, einen Bekannten, der öfter vorbeikam und mit Alina Kontakt hatte. Oder war Alina öfters unterwegs, irgendetwas in der Richtung?"

Frau Sattler dachte nach und schüttelte dann den Kopf. „Ich weiß es nicht. Naja, der Fahrer, der die Milch alle zwei Tage abholt, hat recht gern mit ihr geredet. Die beiden haben sich gut verstanden. Aber der war nie länger da. Sonst fällt mir niemand ein."

Dass sie den Molkereifahrer schon als möglichen Täter ausgeschlossen hatten, erzählte Klein nicht.

„Entschuldigen Sie bitte die Frage", Klein zögerte, „aber wie hat sich Martin denn mit Alina verstanden?"

„Gut. Sie haben öfters zusammen herumgealbert und bestimmt hat er Alina gefallen. Er fand sie nett, denke ich, aber mehr war da nicht. Er hat schon nach etwas Besserem gesucht." Sie zögerte kurz, richtete sich auf und sah Klein scharf an. „Sie wollen doch wohl nicht etwa behaupten, dass Martin etwas mit ihrem Tod zu tun haben könnte?"

In dem Moment kam der Sattlerbauer vom Feld zurück, sah den Doktor auf der Bank sitzen und baute sich vor ihm auf.

„Was wollen Sie denn schon wieder hier?"

„Grüß Gott, Herr Sattler, ich wollte mich nur erkundigen, wie es Ihren Besuchern geht und ich habe Zweifel, ob Jakub wirklich der Täter ist. Ich wollte wissen, ob Ihnen noch etwas eingefallen ist. Hat Alina etwas gesagt, war jemand Verdächtiges auf dem Hof, ist Ihnen sonst irgendetwas Ungewöhnliches aufgefallen?"

„Und er hat gefragt, ob zwischen Martin und Alina etwas gewesen ist", warf Frau Sattler ein.

Der Bauer rückte noch näher und bedrohlicher an Klein heran.

„Was unterstehen Sie sich! Das ist ja wohl das Allerletzte! Können Sie meine Frau und meine Familie nicht in Ruhe lassen? Wir haben so große Sorgen wegen Bettina, kümmern uns um die Eltern von Alina, müssen ja auch unsere normale Arbeit tun und jetzt kommen Sie auch noch daher. Die Polizei hat doch den Täter. Am Donnerstag ist die Beerdigung. Der Täter bekommt seine gerechte Strafe und dann fahren Alinas Eltern wieder. Dann kehrt hoffentlich wieder Ruhe ein! Aber Sie müssen nachbohren, am Ende noch unseren Sohn verdächtigen! Es ist sowieso schon alles schwer genug. Ich will, dass Sie meine Familie in Ruhe lassen! Und jetzt verlassen Sie den Hof. Sie brauchen auch nicht wiederzukommen. Ich kann nämlich auch anders und Ihnen gewaltigen Ärger machen!"

Klein war klar, was und wen der Bauer meinte. Er wusste, dass Sattler einer der führenden Köpfe der NSDAP in der Region Freiberg war und gute Kontakte zum Moorbacher Bürgermeister hatte.

Er fuhr angespannt nach Hause, wütend, weil er sich nicht gern bedrohen ließ. Die Reaktion des Bauern fand er auch auffallend heftig, unverhältnismäßig. Der Verdacht, dass Martin Sattler etwas mit Alinas Tod zu tun haben könnte, ließ ihn nicht mehr los. Deckten seine Eltern ihn? Er musste an eine Blutprobe von ihm kommen, eine mögliche Vaterschaft klären.

Ihm würden die Eltern niemals eine Blutabnahme erlauben. Wenn jemand Zugang zur Familie haben könnte, war es Dr. Semmlinger. Er musste mit ins Boot.

Jetzt gleich hatte er allerdings keine Zeit, die Nachmittagssprechstunde wartete, außerdem hatte er Hunger.

Es gab Kassler mit Sauerkraut und Kartoffeln und beim Essen erzählte er Heidrun von der Begegnung mit den Sattlers und seinen Plänen.

„Denkst du, mit dem Semmlinger zu reden, ist eine gute Idee?", zweifelte sie. „Glaubst du, der wird dir helfen?"

„Wir haben nichts in der Hand, um zur Polizei zu gehen. Ich muss es versuchen!"

Die Sprechstunde lief gut. Frau Maier war von ihrem eigenen Hund, einem Dobermann, in die linke Hand gebissen worden.

„Herr Doktor, eigentlich ist unser Dobbi ein ganz Braver, er würde mich nie beißen, aber als ich vorhin mit ihm unterwegs war, kam der Schäferhund vom Ernst auf uns zu und ging auf mich los, da hat Dobbi mich verteidigt. Ich bin dazwischengegangen und da hat er mich aus Versehen erwischt. So geschrien hab' ich, dass der Schäferhund gleich erschrocken ist und das Weite gesucht hat."

Um die Hand war ein Geschirrtuch gewickelt, das schon durchgeblutet war. Am Verbandstisch entfernte Klein vorsichtig den improvisierten Verband. Die Bisswunde am Daumenballen klaffte weit auseinander, auf der Handrückseite waren zusätzlich oberflächliche Verletzungen. Er spülte die tiefe Wunde gründlich mit Wasser und einer Jodlösung aus, bevor er einen leicht adaptierenden Verband anlegte mit einer Stoffdrainage zum Wundgrund.

„Ich darf die Wunde nicht zunähen, denn dicht geschlossen ist die Gefahr einer Wundinfektion noch größer. Aber wissen Sie, welche Bisse eine noch größere Gefahr darstellen als Hundebisse? Sie werden es nicht glauben, es sind Menschenbisse. Durch unsere Zahnhygiene überleben nur besonders hartnäckige Keime in unserem Mund."

Inzwischen war der Verband fertig und Klein betrachtete zufrieden sein Werk.

„Sie müssen die Hand jetzt sehr schonen, die Wunde braucht absolute Ruhe, um zu heilen. Und morgen kommen Sie zum Verbandswechsel und zur Entfernung der Drainage. Einige Tage wird es schon brauchen."

Die Patientin nickte folgsam.

„Dobbi kann wirklich nichts dafür. Was lässt der Ernst seinen blöden Hund auch frei herumlaufen, der ist richtig gefährlich."

Klein war gegen achtzehn Uhr mit der Sprechstunde fertig und ging zu Fuß zum Haus der Semmlingers. In Moorbach ist keine Entfernung wirklich weit.

Es war eine schöne, rot angestrichene Villa mit großem Garten, ganz in der Nähe der Krankenanstalt. Im vorderen Teil war die Praxis, im hinteren und ersten Stock die Wohnräume.

Er ging erst durch die offenstehende Praxistüre. Die Sprechstundenhilfe sah ihn verwundert an, war er doch ein sehr seltener Besucher. Ihr Chef hatte aber schon Feierabend und so ging er um das schöne, rote Haus herum zur Rückseite, wo der Eingang zu den Privaträumen lag. Er klingelte und nach wenigen Sekunden öffnete Frau Semmlinger die Türe. Sie war eine schon ältere Dame, Mitte fünfzig, etwas rundlich, sehr gut angezogen mit einem dunkelblauen Kleid, das über einem gewaltigen Busen spannte. Sie lächelte Klein an.

„Ja, Herr Doktor Klein, was führt Sie denn zu uns? Das ist aber eine Überraschung."

„Grüß Gott, Frau Dr. Semmlinger, ich müsste dringend mit Ihrem Mann sprechen, geht das? Es ist sehr wichtig."

Sie ging Klein ins Wohnzimmer voraus, wo der Kollege an seinem Lieblingsplatz saß, in einem kleinen Erker, von dem aus er, vor allem bei Föhn, bis zu den Bergen sehen konnte. Er stand schwerfällig auf, ging Klein ein paar Schritte entgegen und reichte ihm die Hand.

„Junger Kollege, was verschafft mir die Ehre?" Und an seine Frau gerichtet: „Wally, machst du uns einen Tee bitte, mit einem Schuss Rum dazu!"

Es roch angenehm nach Holz und den Frühlingsblumen, die auf dem Wohnzimmertisch standen. Sie setzten sich in den Erker und Semmlinger sah Klein fragend an.

„Ich möchte nicht viel drumherum reden, ich brauche Ihre Hilfe. Ich", er unterbrach sich. „Wir … müssen verhindern, dass ein großes Unrecht geschieht."

Er schilderte detailliert die Fakten, die er zusammen mit Wachtmeister Nebler zusammengetragen hatte. Er erzählte von den Erkenntnissen des Rechtsmediziners und von dem Gespräch mit dem jungen Jakub, einschließlich dessen Bericht über die Zudringlichkeiten von Martin Sattler Alina gegenüber. Dann von Alinas Eltern und ihrer Überzeugung, dass Jakub Alina niemals etwas antun könnte. Und von seiner unerfreulichen Begegnung mit dem Bauern Sattler und seiner Frau.

„Da verdächtigen Sie den Martin Sattler und wundern sich noch, dass Sie von den Eltern rausgeschmissen werden?", warf Semmlinger ein. „Kennen Sie denn die Familie?"

„Bettina war einmal mit ihrer Mutter bei mir, der Vater weiß nichts von dem Besuch."

„Sie behandeln also meine Patientinnen?", unterbrach ihn Semmlinger mit vorwurfsvoller Stimme.

„Ja, keine Sorge, sie bleibt auch Ihre Patientin. Die Mutter wollte einfach noch eine Meinung einholen, sie macht sich große Sorgen. Bettinas Zustand ist ja auch nicht gut. Wie ich erfahren habe, haben Sie das Mädchen mittlerweile ja sogar ins Krankenhaus eingewiesen."

Semmlinger hörte, nach der kurzen Empörung, wieder aufmerksam zu und nickte immer wieder nachdenklich.

„Und was wollen Sie jetzt von mir?"

„Ich möchte, dass Sie Martin Sattler, Bettinas Bruder, Blut abnehmen, damit wir überprüfen können, ob er als Kindsvater in Frage kommt. Am besten unter irgendeinem Vorwand, denn direkt ansprechen, das wird nicht funktionieren."

„Das wollen Sie von mir? Wollen Sie wirklich alles nochmal aufwühlen? Die Eltern sind doch schon genug gestraft und jetzt geht doch alles seinen Gang. Und mit den Sattlers will ich mich nicht anlegen."

„Wir wollen doch nicht, dass ein junger Mann unschuldig aufgehängt wird. Ich will die Wahrheit."

„Die Wahrheit, ist die denn immer so wichtig? Und ganz sicher sind wir dann immer noch nicht, ob er der Vater ist."

„Ich verspreche Ihnen, wenn wir die Blutprobe haben und es stellt sich heraus, dass er nicht der Vater sein kann, dann gebe ich Ruhe und unternehme nichts mehr. Er wird dann auch nie erfahren, dass Sie mir geholfen haben. Wenn er als Vater in Frage kommt - und nur fünfzehn Prozent der Männer kommen in Frage - dann sehen wir weiter. Bitte besorgen Sie mir eine Blutprobe."

Nachdenklich wiegte Semmlinger den Kopf hin und her, nippte am Tee und goss einen Schuss Rum nach.

„Ich könnte ihm Blut abnehmen mit dem Argument, dass uns die Analyseergebnisse helfen könnten bei der Diagnostik von Bettinas Krankheit. Dann wäre es aber sinnvoll allen aus der Familie Blut abzunehmen, nicht nur dem Martin. Ich würde behaupten, dass ich versteckte Infektionen in der Familie ausschließen will. Das werden sie kaum ablehnen und auch keinen Verdacht schöpfen. Schwierig wird es, wenn Martin als Vater in Frage kommt, dann Gnade uns Gott."

Zum Glück hatte Klein alle Blutröhrchen des Rechtsmediziners mitgenommen. Er nahm drei davon aus der Tüte und übergab sie an Semmlinger.

„Hier müssten Sie die Blutproben reintun. Vielen Dank, Herr Kollege, Sie haben bei mir etwas gut."

„Ich verspreche Ihnen noch gar nichts, ich sage nur, dass ich darüber nachdenken werde!"

Ernst standen die beiden Ärzte auf und Klein verabschiedete sich.

Wally Semmlinger brachte ihn zur Haustür.

„Der Tee war wirklich ausgezeichnet!", sagte Klein an der Türe noch höflich zu ihr, gab ihr die Hand und verbeugte sich leicht.

„Vielen Dank!"

11. Juni 1929

Während der Sprechstunde am Dienstagvormittag besuchte Heidrun den Doktor in seinem Sprechzimmer. Sie hatte ein kleines Päckchen in der Hand, eingewickelt in Geschenkpapier.

„Das hier hat das Hausmädchen von Semmlingers gerade abgegeben für dich, mit besten Glückwünschen zum Geburtstag. Aber, so ein Unsinn, du hast doch gar nicht Geburtstag."

Sie legte das Päckchen auf den Schreibtisch.

„Das ist ein sehr wichtiges und wertvolles Geschenk, das der Semmlinger mir damit macht."

Vorsichtig öffnete er es und betrachtete die drei gefüllten Blutröhrchen. Sie waren beschriftet mit den jeweiligen Vornamen: Georg, Maria und Martin. Klein packte sie wieder ein. Er erklärte seiner Frau, worum es dabei ging.

Heidrun war wenig begeistert. „Wolfgang, das ist nicht gut, dass du den Semmlinger da mithineinziehst. Kannst du dem überhaupt vertrauen?"

„Meine Liebe, ich muss jede Möglichkeit in Betracht ziehen, bitte versteh mich!"

Heidrun seufzte. „Na gut, wenn du unbedingt meinst. Du machst ja sowieso, was du willst!"

Klein machte auf seinem Briefpapier ein paar Notizen für Dr. Schmidt, erklärte, warum es drei Blutröhrchen seien und dass es vor allem um Martins Analyse gehe. Dann gab er den Brief Heidrun, gemeinsam mit dem Päckchen.

„Bitte tu mir den Gefallen und schicke Gerda damit wieder nach München. Sie kennt den Weg und soll die Blutprobe wieder persönlich Dr. Schmidt übergeben."

„Du bist wirklich unmöglich", sagte Heidrun und musste dabei sogar ein wenig lächeln.

Telefonisch informierte Klein den Rechtsmediziner über das ‚Geschenkpaket'.

In der Mittagspause kam der Wachtmeister beim Doktor vorbei.

„In zwei Wochen ist Jakubs Gerichtsverhandlung. Die Kollegen aus Freiberg haben mich informiert. Er hat immer noch nicht gestanden. Sein Pflichtverteidiger hat ihn zu einem Geständnis geraten, dann würde er wohl um den Galgen herumkommen, aber er weigert sich etwas zu gestehen, was er nicht gemacht hat. Er hat sich wohl ziemlich aufgeführt und sie haben ihn fesseln müssen."

„Haben Sie mit dieser Klaudia gesprochen?"

„Ja, sie hat sich über meine Frage gewundert. So richtig bestätigen wollte sie nicht, dass sie mit dem Martin zusammen ist. Es sei eher eine lockere Beziehung. Martin will wohl mehr, aber er ist ihr zu aufbrausend."

Klein nickte. „So ganz genau nimmt der junge Sattler es mit der Wahrheit wohl nicht."

Beide schwiegen nachdenklich und nippten an dem Kaffee, den Heidrun ihnen gebracht hatte.

„Ach Herr Nebler, Jakub tut mir leid. Er weiß gar nicht, wie ihm geschieht. Treffen wir uns morgen bei der Beerdigung?"

Der Wachtmeister nickte und sie verabredeten sich für den nächsten Tag am Friedhof.

In der Nachmittagssprechstunde kam der Hundebiss vorbei zum Verbandswechsel. Der Verband war stark verschmutzt und teilweise verrutscht.

„Frau Maier, ich habe Ihnen doch gesagt, dass Sie die Hand schonen müssen."

Die Wunde sah nicht gut aus, sie stank und die Hand war dick geschwollen.

„Aber ich muss doch meine Hausarbeit machen, das kann mein Walter doch nicht, der arbeitet sowieso schon so viel."

„Ist der Walter im Wartezimmer?"

„Ja, er hat mich hergebracht."

„Dann holen Sie ihn jetzt hierher ins Sprechzimmer, ich will mit ihm reden."

Während Klein die Wunde sorgfältig erneut reinigte, redete er eindringlich mit dem Ehemann.

„Die Hand braucht absolute Ruhe, sonst könnte Ihre Frau die Hand verlieren, das meine ich ganz ernst."

„Ich erschieß' den Hund!"

„Nein, den brauchen Sie nicht erschießen, das hilft der Hand auch nicht. Sie müssen aufpassen, dass Ihre Frau nicht arbeitet, die Hand zu hundert Prozent schont, verstanden?"

Herr Maier nickte zustimmend.

„Ich verspreche es."

„Morgen Vormittag bin ich nicht da, da versorgt Elisabeth die Wunde."

„Ach ja, da wird ja die Tote von der Bahn beerdigt. Da haben Sie gut aufgepasst, Doktor. Ganz Moorbach spricht davon", meinte Herr Maier anerkennend.

Damit verließen die Maiers die Praxis.

Am Abend kam der Anruf von Dr. Schmidt.

„Hallo Doktor Klein. Ich habe mich sehr beeilt mit der Bestimmung. Die Probe von Martin Sattler ist Blutgruppe B. Sie passt zu dem toten Kind, der ist möglicherweise der Vater."

Klein war hin und hergerissen. Erleichtert, weil sie einen Schritt weiter waren, um Jakub zu entlasten, besorgt, weil sie sich jetzt, noch dringlicher, mit Martin Sattler auseinandersetzen mussten.

„Allerdings muss ich noch etwas dazu sagen. Wir haben die anderen beiden Proben auch ausgewertet. Und der Vater, Georg, hat auch Blutgruppe B. Ist ja bei Vater und Sohn nicht so ungewöhnlich."

„Vielen Dank Herr Kollege, jetzt geht für uns die Arbeit erst richtig los. Wir müssen jetzt überlegen, wie wir weiter vorgehen. Ich habe noch keine Idee."

12. Juni 1929

Elisabeth war ab halb zehn allein in der Praxis, aber das war sie mittlerweile schon gewohnt.

Klein zog seinen schwarzen Anzug an, Heidrun ihr ,Beerdigungskostüm', wie sie es nannte. Sie sah sehr elegant aus.

Alle waren da, die Sattlers, allerdings ohne Bettina, Alinas Eltern, Dr. Semmlinger mit seiner Frau, der Johann Ludolf, der nach der Salvarsanspritze bereits viel besser aussah, Frau Gseller, die Nachbarin, mit ihrem Mann und einige Moorbacher, die entweder mit Sattlers befreundet oder einfach nur neugierig waren.

Die Messe in der Kirche hatte der Pfarrer recht würdevoll gestaltet, auf dem Sarg lag reichlich Blumenschmuck. Sattlers hatten einiges ausgegeben für Pfarrer, Bestattungsinstitut und Blumenhändler.

In der Predigt sprach Pfarrer Schindler zunächst ausführlich über Alina. Sie sei doch so ein nettes und fleißiges Mädchen gewesen, deren Tod alle mit großer Trauer erfülle.

Dann kam er zu dem Verbrechen, dem niederträchtigen Mord durch den jüdischen Unmenschen und dass das Verbrechen, mit Gottes Hilfe, schnell aufgeklärt worden sei.

Ja, dachte Klein, so breitet sich der Antisemitismus in der Gesellschaft aus, kriecht in alle Winkel. Selbst der Pfarrer betont den Glauben des Tatverdächtigen, also dass er Jude ist. Hätte er das auch getan, wenn Jakub Katholik wäre? Sicherlich nicht! Die Kirche arrangiert sich auch gerne mit den Mächtigen.

Nach der Messe gingen sie, hinter dem Pferdegespann des Bestattungsinstitutes, zum Friedhof, wo die Sattlers ein kleines

Grab für Alina gekauft hatten. Dort noch ein paar Worte des Pfarrers, dann bedankte sich Alinas Vater Josef bei ihren Gastgebern für die Hilfe und konnte nicht mehr weitersprechen, als er von Alina zu erzählen begann. Er drehte sich mitten im Satz um und begann bitterlich zu weinen. Georg Sattler ging zu ihm und legte mitfühlend die Hand auf seine Schulter.

Die Besucher gingen einzeln zum Grab, warfen mit einer kleinen Schaufel ein wenig Erde hinein, bekreuzigten sich und gaben abschließend Alinas Eltern die Hand.

Nach der Beerdigung versuchte Klein noch einmal, mit Frau Sattler zu sprechen. Sie drehte sich aber weg.

„Ich soll nicht mehr mit Ihnen sprechen, hat mein Mann gesagt!"

„Ich wollte mich doch nur nach Bettina erkundigen, wie geht es ihr denn?"

Frau Sattler wandte sich ihm zu.

„Schlecht, sie ist immer noch im Krankenhaus, isst nichts und spricht nichts, sie wird immer weniger. Ich habe so Angst um sie! Die Ärzte sind ratlos."

„Meinen Sie, ich darf sie in den nächsten Tagen mal besuchen und versuchen mit ihr zu sprechen?"

„Nein, tun Sie das nicht, mein Mann würde wütend, wenn er das erfahren würde!"

„Gut, dann fragen sie aber bitte Ihre Tochter, ob sie mit mir reden möchte. Und wenn sie das verneint, dann fragen Sie sie selbst bitte, was sie so bedrückt, dass sie nichts mehr essen kann!"

Frau Sattler sah den Doktor mit großen Augen an.

„Meinen Sie, dass Bettina gar nicht krank ist?"

„Doch schon, aber ich halte es für möglich, dass die Krankheit ihre Ursache in der Seele hat. Bettina könnte etwas

Furchtbares erlebt oder gesehen hat, was sie sehr bedrückt! Fragen Sie Bettina!"

Klein hatte gar nicht bemerkt, dass Georg Sattler mittlerweile hinter ihm stand.

„Doktor, ich habe Sie gewarnt, Sie sollen meine Frau und meine Familie in Ruhe lassen. Ich verbiete Ihnen zum letzten Mal, mit meiner Frau zu sprechen. Ich warne Sie!"

Drohend baute er sich vor Klein auf, war er doch deutlich größer und kräftiger als er. Wären sie nicht noch auf dem Friedhof gewesen, Klein war sich nicht sicher, ob es dann bei dem verbalen Angriff geblieben wäre, so verärgert wirkte Sattler.

Klein verließ den Friedhof wortlos. Er war verzweifelt. Was konnte er jetzt noch tun?

Er sprach mit Heidrun über seinen Kummer und spürte, wie sie mit ihm fühlte.

„Wolfgang, willst du nicht mit der Polizei sprechen? Die müssten doch dann der Sache nachgehen! Dass Martin Sattler möglicherweise der Vater ist und damit auch ein Mordmotiv hätte, das sind doch neue Fakten. Vor allem, da Jakub ja als Vater nicht in Frage kommt", sie hielt kurz inne, „aber Martin hat ja ein Alibi!"

Klein schüttelte den Kopf.

„Er könnte trotzdem der Mörder sein. Vielleicht wollte sie das Kind und setzte ihn unter Druck, dass er sie heiraten sollte. Martin könnte wütend geworden sein und Alina im Affekt erwürgt haben. Ich könnte mir vorstellen, dass der Vater ihm nicht nur ein Alibi gegeben, sondern bei der Vertuschungsaktion sogar geholfen hat. Wer würde das nicht für seinen Sohn tun? Für mich ist der Schlüssel die Bettina. Sie weiß etwas, da bin ich mir sicher. Wenn sie nur mit mir sprechen würde. Aber ich komme nicht an sie ran."

„Aber ich könnte doch einen Krankenbesuch bei ihr machen", schlug Heidrun vor.

Klein schaute sie erstaunt an.

„Das würdest du wirklich machen?"

„Immerhin", erwiderte Heidrun, „wäre es doch einen Versuch wert. Es geht um zwei junge Menschen, die beide ihr ganzes Leben noch vor sich haben!"

13. Juni 1929

Heidrun zog ein schickes, aber unauffälliges Kostüm an, packte eine Schachtel Pralinen ein und machte sich mit dem Bus auf nach Freiberg ins Krankenhaus.

Besuchszeit war von vierzehn bis sechzehn Uhr. Um kurz vor zwei war sie an der Pforte, wo eine junge Klosterfrau Dienst hatte.

„Ich möchte gerne Bettina Sattler besuchen, wo liegt sie denn?"

„Zimmer 114 im ersten Stock, auf der Kinderstation."

Heidrun ging die Treppe hinauf, war nervös. Es roch nach Bohnerwachs und Desinfektionsmittel. Sie mochte den Krankenhausgeruch nicht.

Sie klopfte an der Tür und, obwohl keine Antwort kam, drückte sie vorsichtig die Türklinke herunter und ging ins Patientenzimmer. Drei Betten standen hintereinander, aber nur das Bett am Fenster war belegt. Die anderen waren mit weißen Laken abgedeckt. Bettina war allein. Sie lag auf der Seite, mit dem Gesicht zum Fenster. Sie setzte sich auf und sah Heidrun fragend an.

„Wer sind Sie?"

„Hallo Bettina, ich bin Heidrun, die Frau von Doktor Klein, den kennst du doch."

Bettina nickte nur leise.

„Ich wollte dich gerne kennenlernen, mein Mann hat mir schon viel von dir erzählt. Hier, ich habe dir etwas mitgebracht, ich hoffe du magst Pralinen."

Das Mädchen nahm zögernd und vorsichtig das Geschenk in ihre Hände und legte es kraftlos auf die Bettdecke.

„Danke. Warum sind Sie da?"

„Deine Eltern und auch mein Mann, alle machen sich große Sorgen um dich. Du wirst immer weniger und wir haben das Gefühl, dass du sehr traurig bist über irgendetwas und dass du deswegen nichts mehr essen magst. Man sagt ja auch ‚etwas hat mir den Appetit verdorben'. Bist du traurig?"

Bettina kaute heftig an ihrer Unterlippe. Heidrun spürte, dass sie mit sich rang.

„Du kannst darüber reden, ich höre dir gerne zu. Oder du sprichst darüber mit deinen Eltern, oder mit einem der Ärzte. Ganz gleich, was es ist, du solltest es nicht für dich behalten. Glaub' mir, über Sorgen zu sprechen hilft. Niemand wird dir böse sein. Ganz bestimmt!"

Heidrun nahm Bettinas Hand, aber das Mädchen zog sie zurück, drehte ihr den Rücken zu und begann heftig zu weinen. „Nein, ich kann nicht, gehen Sie jetzt!"

Heidrun blieb noch einige Minuten schweigend sitzen.

„Sprich mit jemandem, bitte", sagte sie noch, strich Bettina über den Rücken, stand dann auf und flüsterte ihr noch zu: „Auf Wiedersehen Bettina, mach's gut. Du bist ein wunderbares Mädchen."

Leise ging sie aus dem Zimmer, schloss die Tür hinter sich und verließ traurig das Krankenhaus. Während der ganzen Zugfahrt nach Moorbach zurück überlegte sie, welches Geheimnis Bettina wohl so sehr quälte. Dass da etwas war, das war mit den Händen zu greifen.

Zuhause war der Doktor mit der Sprechstunde fertig. Heidrun erzählte ihm von der Begegnung mit Bettina.

„Vielen Dank, du hast alles getan, was möglich ist. Ich finde es sehr gut zu hören, dass du auch das Gefühl hast, dass das Mädchen etwas bedrückt. Vielleicht fasst sie noch den Mut und spricht mit jemandem. Hoffentlich."

Klein dachte nach. Martin könnte der Vater von Alinas Kind sein, aber das war kein Beweis. Was hatten sie noch? Ihm fiel der Schuh ein und der Fingerabdruck darauf. Wenn dies der Daumenabdruck von Martin Sattler wäre, dann hätten sie Beweise genug, um zur Polizei zu gehen. Dann müssten die den Fall erneut aufrollen. Sie brauchten einen Fingerabdruck von Martin Sattler.

Klein erreichte Wachtmeister Nebler noch telefonisch auf der Wache und erklärte ihm die Sachlage.

„Herr Nebler, Sie haben mir doch einmal von einem Kollegen erzählt, der sich in München mit Daktyloskopie beschäftigt. Wenn wir dem den Schuh mit dem Fingerabdruck schicken würden, zusammen mit einem Abdruck von Martin Sattler und die beiden wären identisch, dann hätten wir den Beweis, oder zumindest einen Verdacht, dass der junge Sattler der Täter ist und nicht Jakub."

„Ja, das stimmt möglicherweise", meinte Nebler zögerlich. „Und wie sollen wir an seine Fingerabdrücke kommen?"

„Heute ist Donnerstag. Es war doch ein Mittwochabend, an dem Sie die Braunhemden, mit Martin Sattler dabei, beim ‚Reichsadler' getroffen haben. Vielleicht waren die gestern auch dort und möglicherweise hat der Wirt noch nicht aufgeräumt. Und wenn wir Glück haben kann er uns ein Glas oder ein Messer geben, das der Martin angefasst hat. Bitte Nebler, versuchen Sie es."

„Kann ich mir kaum vorstellen, aber gut, ich geh' hin."

Eine Stunde später stand der Wachtmeister bei den Kleins vor der Tür und klingelte. Heidrun führte ihn ins Wohnzimmer, wo Klein aufgeregt aufsprang. „Und, haben Sie was?"

Nebler grinste und hob eine Papiertüte hoch.

„Die Braunhemden waren tatsächlich gestern im ‚Reichsadler‘, auch der Sattler Martin. Der Wirt hat schon alles aufgeräumt und abgespült, aber er hat sich erinnert, dass Martin einen Maßkrug von einem Regal ganz oben herunterholen wollte und dafür auf die Bank steigen musste. Der Wirt hat ihm aber verboten mit seinen Schuhen die Bank dreckig zu machen und Sattler hat tatsächlich die Schuhe ausgezogen. Und danach hat er den Schuhlöffel benutzt, der immer an der Garderobe hängt, um die Schuhe wieder anzuziehen. Den hab' ich jetzt mitgenommen. Der Wirt hat ganz komisch geschaut."

„Sehr gut Nebler!"

Klein ging in die Praxis und holte das Paket mit dem Schuh. Den Schuhlöffel und den Schuh legten sie vorsichtig in einen Korb.

„Nebler, könnten Sie Ihren Freund bitten, die Abdrücke auf den beiden Gegenständen zu vergleichen? Können Sie beide nach München bringen oder soll ich Gerda schicken? Sie dürften auch mein Auto benutzen!"

Der Wachtmeister strahlte.

„Also, das Angebot kann ich nicht ablehnen. Gleich morgen früh fahr ich los. Ich hol mir gleich um sechs Ihren Laubfrosch, in Ordnung? Den Korb lasse ich hier stehen und nehm' ihn morgen mit."

Tatsächlich hatte der Wachtmeister erst vor wenigen Wochen die Fahrerlaubnis erhalten, aber bisher noch keine Gelegenheit gehabt, sie zu nutzen.

Freudig verabschiedete er sich von Klein und seiner Frau.

14. Juni 1929

Am Freitagmorgen holte Nebler in bester Laune das Automobil und den Korb ab und machte sich auf den Weg nach München. Er hatte bereits telefonisch bei dem Kollegen in München angefragt und der hatte zugesagt, sich die Fingerabdrücke am Wochenende anzusehen und zu vergleichen. Unsicher sei er aber gewesen, ob die Qualität der Abdrücke ausreichen würde.

Jakub saß zwar in Freiberg in Untersuchungshaft, die Gerichtsverhandlung sollte aber in München stattfinden.

Über einen alten Bekannten, den Anwalt Doktor Pürg, der ihm noch einen Freundschaftsdienst schuldete, erfuhr Klein, dass in der Verhandlung gegen Jakub Krol der Richter Ramsauer hieß. Der sei ein ziemlich scharfer Hund, der gern und schnell harte Urteile fällen würde, auch die Todesstrafe.

Der Doktor ließ sich telefonisch mit der Vorzimmerdame des Richters verbinden und bat um einen dringenden Termin in der Sache Jakub Krol.

„Tut mir sehr leid, aber Richter Ramsauer ist ein sehr beschäftigter Mann. Ich kann Ihnen einen Termin in sechs Wochen geben."

„Aber die Verhandlung ist doch schon in elf Tagen!"

„Bedaure, vorher kann ich Ihnen keinen Termin geben. Sie können versuchen nächste Woche um die Mittagszeit vorbeizukommen, um vierzehn Uhr geht der Herr Richter immer zu Tisch, da können Sie vielleicht kurz mit ihm sprechen. Aber Versprechen kann ich Ihnen nichts."

Klein nahm sich vor, am Montag nach München zu fahren.

Nach der Sprechstunde ging Klein zu Dr. Semmlinger. Seine Frau Wally zupfte gerade im Garten Unkraut, als er ankam.

„Das freut mich aber, dass Sie wieder vorbeikommen. Ihr beide werdet ja noch richtige Freunde. Gibt es etwas Neues?"

„Ja, deswegen muss ich dringend Ihren Mann sprechen."

Sie führte Klein auf die kleine Terrasse, wo Semmlinger gerade den gestrigen ‚Moorbacher Anzeiger' las. Nachdem er die Zeitung zusammengefaltet und auf den Tisch gelegt hatte, stand er auf und begrüßte den Doktor.

„Gibt es Neuigkeiten, Herr Kollege?"

„Erstmal vielen Dank für Ihr Geburtstagsgeschenk. Es war sicherlich nicht einfach es zu besorgen!"

„Naja, etwas verwundert war die Familie Sattler schon, aber da es um das Wohl von Bettina ging, ließen sie es über sich ergehen. Da ich allen drei Blut abgenommen habe, schöpften sie auch keinen Verdacht. Ich hoffe Sie bringen gute Neuigkeiten und die Sache ist jetzt erledigt."

„Leider nein, Martin könnte der Vater von Alinas Kind sein, mit neunzigprozentiger Wahrscheinlichkeit. Ich halte das für möglich und damit hätte er ein Mordmotiv. Der Junge Pole sitzt unschuldig im Gefängnis."

Semmlinger stöhnte auf und fasste sich an die Stirn.

„Himmelherrgott, das darf nicht wahr sein, und ich Idiot habe mich darauf eingelassen. Sie wissen schon, mit wem wir es zu tun haben? Der Vater ist einer der Anführer der NSDAP und will sich in den nächsten Gemeinderat wählen lassen. Der kann keinen Skandal brauchen und wird sicherlich nicht kooperativ sein, wenn Sie ankommen und mit seinem Sohn sprechen wollen." Semmlinger drehte den Kopf zur Seite. „Jetzt brauch ich erst einmal einen Schnaps."

Er holte aus dem Haus eine Flasche Obstler und zwei Schnapsgläser. Randvoll schenkte er beide Gläser ein und nachdem die beiden Ärzte sie mit einem Schluck ausgetrunken hatten, schenkte er gleich wieder nach.

Klein sah nachdenklich auf das Glas.

„Der Vater hat die gleiche Blutgruppe, also theoretisch kommt er auch in Frage."

„Jetzt machen Sie aber mal einen Punkt! Wollen Sie den jetzt auch noch verdächtigen? Das wird ja immer schöner!"

„Nein, ich denke schon in erster Linie an Martin. Aber der Vater könnte ja etwas davon mitbekommen haben und um einen Skandal zu vermeiden, könnten die beiden Alina bei Seite geschafft haben."

Semmlinger wurde ärgerlich.

„Und, Herr Kollege, hat die Mutter vielleicht auch noch mitgeholfen? Wollen Sie jetzt alle verhaften lassen? Oder gleich das ganze Dorf?"

„Nein, natürlich nicht, aber man müsste der Möglichkeit zumindest nachgehen! So einen Skandal, wie ein Verhältnis seines Sohnes mit einer polnischen Hofhelferin, das kann der gar nicht gebrauchen. Und dann bekommt die auch noch ein Kind von ihm!"

Klein kippte auch den zweiten Obstler mit einem Schluck hinunter.

Dr. Semmlinger war wenig begeistert über die neue Situation und zeigte das sehr deutlich. „Wenn Sie jetzt weiterbohren, werden Sie viel Ärger bekommen. Und mich haben Sie jetzt auch mit hineingezogen."

„Wir haben noch eine andere Untersuchung am Laufen, auf deren Ergebnis ich sehr gespannt bin. Wir hoffen, dass es klappt. Wir haben am Schuh der Leiche einen Fingerabdruck gefunden, den wir jetzt mit dem von Martin Sattler vergleichen."

Semmlinger schüttelte den Kopf. „Ich möchte besser gar nicht wissen, wie Sie sich den besorgt haben und wen Sie noch mit in die Sache hineingezogen haben."

Am Nachmittag brachte der Wachtmeister das Auto zurück und parkte es im Hof. Nur Heidrun war zu Hause und er bat sie, Klein etwas auszurichten.

„Vielen Dank für die schöne Fahrt. Alles übergeben und ihr Automobil unbeschadet abgeliefert. Es ist wirklich ein tolles Fahrzeug. Ich könnte mir vorstellen, dass es irgendwann gar keine Pferdewagen mehr geben wird."

„Na, da warten wir nochmal ab. Ich glaube ja, dass Pferdewagen doch zuverlässiger sind", erwiderte Heidrun.

„Und sagen Sie Ihrem Mann noch, dass mein Bekannter, der mit den Fingerabdrücken, sich beeilen wird mit der Untersuchung. Einen Fingerabdruck auf einem Schuh hatte er bisher noch nie."

„Vielen Dank Herr Nebler, das wird meinen Mann freuen. Aber warten Sie noch, Gerda hat Apfelkuchen gemacht, ich geb' Ihnen drei Stück mit, dann muss Ihre Frau nichts backen. Und sie muss ja jetzt für zwei essen."

Heidrun wusste über die Schwangerschaft von Frau Nebler Bescheid. Sie beneidete sie, versuchte aber dieses Gefühl nicht zu zeigen. Sie ging in die Küche und kam kurz darauf mit einem Teller und drei großen Stücken Apfelkuchen wieder heraus. Sie reichte den Teller dem Wachtmeister. „Viele Grüße an Ihre Frau!"

Freudig und ein wenig stolz über den gelungenen Ausflug ging der Wachtmeister nach Hause.

15. Juni 1929

Am Samstag war strahlendes, schon sommerliches Wetter. Nach dem Frühstück bummelte Klein durch sein Moorbach, plauderte am Marktplatz mit ein paar Bekannten. Sein Weg führte ihn schließlich zur Polizeistation.

Der Wachtmeister saß an seinem Schreibtisch und füllte Formulare aus.

„Diese Bürokratie mag ich gar nicht. Für jeden Schmarrn muss man einen Zettel ausfüllen und kein Mensch interessiert sich später dafür. Aber wehe, wenn ein Zettel fehlt, das merkt dann irgendjemand und es gibt Ärger."

Klein nickte nur und wartete darauf, dass Nebler weitersprach.

„Also, der Kollege aus München hat versprochen, mich am Montag anzurufen. Er hat sich den Schuh und den Schuhlöffel angesehen und gemeint, dass das etwas werden könnte mit dem Vergleichen. Wir müssen abwarten."

Er stand auf und füllte sich Wasser aus einer Karaffe in ein Glas. „Wollen Sie auch einen Schluck?"

Nachdem Klein kopfschüttelnd abgelehnt hatte, fuhr Nebler fort.

„Gestern Nachmittag war ich noch auf dem Sedelmeierhof und hab den Michal gesprochen, den Freund vom Jakub. Ein netter Kerl. Er hat bestätigt, dass Jakub zu ihm gekommen ist, nach seinem Aufbruch vom Sattlerhof. Er sei ganz fertig gewesen, weil er nicht verstanden hat, warum Alina nichts mehr von ihm wissen wollte. Sie hat ihm gesagt, dass er verschwinden soll und dass sie ein besseres Leben haben will, eines, welches er ihr niemals bieten könne. Den ganzen nächsten Tag hat er noch gewartet, ob Alina kommt, aber nachdem sie sich nicht gemeldet hat ist er, nach zwei Nächten bei Michal, mit dem Zug nach Krakau zurück. Er hat Michal einen Brief für Alina dagelassen. Aber Alina ist ja nicht gekommen. Ich habe Michal gefragt, ob er den Brief noch hat. Er hat ihn daraufhin geholt und wir haben ihn zusammen aufgemacht. Da er auf Polnisch geschrieben war, hat Michal ihn für mich übersetzt. Ich habe mitgeschrieben."

Liebste Alina, ich kann das alles nicht verstehen. Wir waren doch glücklich miteinander und wollten das ganze Leben zusammenbleiben. Was ist passiert? Was habe ich dir getan? Du bist die Frau, die ich heiraten möchte, mit der ich eine Familie gründen möchte. Vielleicht brauchst du Zeit zum Nachdenken. Ich werde auf dich warten, wenn es sein muss, mein ganzes Leben. Ich fahre jetzt nach Polen zurück und warte dort auf eine Nachricht von dir. Ich liebe dich, mehr als alles andere auf der Welt.

Dein Jakub

Nachdem der Wachtmeister zu Ende gelesen hatte, schwiegen sie beide eine Weile. Klein schüttelte den Kopf.

„So klingt kein Mörder! Geben Sie mir den Brief und die Übersetzung bitte, ich gehe am Montag zum Richter Ramsauer und möchte mit ihm reden."

Er erläuterte dem Wachtmeister seinen Plan, den Richter zum Fortsetzen der Untersuchung zu bewegen. Denn alle, außer ihnen beiden, hielten den Fall für geklärt.

16. Juni 1929

Am Sonntagvormittag gingen die Kleins um zehn Uhr in die Kirche. Die linke Seite war für die Männer, die Rechte für die Frauen. Sie hatten ihre Stammplätze jeweils in der ersten Reihe nach dem Mittelgang. Ganz hinten im Gang stand das Ehepaar Nowak. Müde sahen sie beide aus. Als Frau Nowak zur Kommunion, den Mittelgang nach vorne zum Altar ging, entdeckte sie den Doktor und nickte ihm zu.

Nach der Messe warteten Alinas Eltern im Kirchhof auf Klein. Herr Nowak gab ihm die Hand und hielt sie lange fest.

„Wir möchten uns bei Ihnen bedanken. Sie haben herausgefunden, dass Alina sich nicht selbst umgebracht hat. Wir hätten das auch nicht glauben können, sie war so ein fröhliches Mädchen. Niemals hätte sie das getan. Wir wollten noch Jakub besuchen und mit ihm sprechen, aber er ist in Einzelhaft und darf keinen Besuch empfangen. Der Kommissar meinte, dass er erst wieder jemanden sprechen darf, wenn er die Tat zugegeben hat. Also hat er offensichtlich noch nicht gestanden. Wir können es auch immer noch nicht glauben. Der Kommissar wird uns über das Ergebnis der Gerichtsverhandlung informieren. Wir können nicht so lange hierbleiben und fahren morgen nach Polen zurück. Können Sie nicht noch etwas für den Jungen tun?"

Der Doktor schüttelte den Kopf.

„Es ist sehr schwierig. Ich habe auch große Zweifel an seiner Schuld. Aber ich weiß nicht, ob wir noch etwas ausrichten können."

Er zeigte Alinas Eltern Jakubs Brief, den er noch in der Jackentasche hatte.

„Ja, so ist Jakub, so kennen wir ihn," sagte Frau Nowak und sah dem Doktor in die Augen, „bitte helfen Sie ihm!"

„Ich werde alles versuchen, aber kann nicht versprechen, dass ich etwas erreiche."

Den Verdacht gegenüber Martin Sattler erwähnte er nicht.

Elena und Josef Nowak verabschiedeten sich vom Doktor und seiner Frau. Heidrun hatte schweigend zugehört.

Am Nachmittag machten die Kleins einen Spaziergang um den Auensee, saßen eine ganze Weile auf einer Bank in der Sonne und er erzählte ihr von seinem Plan, am nächsten Tag den Richter aufzusuchen.

Heidrun umschlang mit beiden Armen seinen linken Arm und hielt ihn ganz fest.

„Wolfgang, ich verstehe dich, aber ich habe Angst. Vor ein paar Wochen hätte ich alles getan, um es dir auszureden, aber nach allem was ich jetzt mitbekommen habe und vor allem nachdem ich mit Bettina gesprochen habe, will ich dir helfen, so gut ich kann. Aber ich habe Angst."

„Danke, Heidrun. Ich habe auch Angst."

17. Juni 1929

Die Sprechstunde am Montagvormittag lief gut, die Hand von Frau Meier war deutlich besser geworden und der Verband noch sauber.

„Oh, sehr gut, Sie haben die Hand ja wirklich geschont."

„Ja, mein Mann ist sogar mit Dobbi spazieren gegangen. Das will etwas heißen", antwortete sie nicht ohne Stolz.

Nach kurzer Mittagsmahlzeit machte Klein sich mit dem Zug auf den Weg nach München zum Landgericht. Um die Praxis würde sich Elisabeth kümmern. Das Auto ließ er zuhause stehen, er wollte Zeit zum Nachdenken haben. Im zweiten Stock hatte Richter Ramsauer sein Büro. Die Vorzimmerdame erinnerte sich an das Telefongespräch mit Klein und bat ihn einen Moment zu warten.

„Der Herr Richter müsste gleich aus seinem Büro kommen. Wenn Sie Glück haben, können Sie ihn kurz sprechen."

„Es ist wirklich sehr, sehr wichtig!"

Der Richter kam aus seinem Büro, zog sich dabei gerade seinen Mantel an. Er war etwas größer als sein Besucher, hatte einen exakt geschnittenen Kinnbart und kleine Augen, deren Blick einen zu durchbohren schien.

Klein hielt dem Blick stand, als er sich dem Richter in den Weg stellte.

„Guten Tag, Herr Richter Ramsauer. Ich bin Dr. Wolfgang Klein, Arzt in Moorbach, ich muss Sie dringend kurz sprechen. Es ist außerordentlich wichtig."

Der Richter zögerte, die Störung kam ihm sichtlich ungelegen, wollte er doch gerade mit einem Kollegen zum Essen gehen. „Ein Doktor? Also gut, eine Minute, aber das muss reichen!"

Er hängte seinen Mantel und Stock wieder an die Garderobe und ging mit dem Doktor in sein Büro.

In möglichst kurzen Worten schilderte ihm Klein den Fall, besondere Betonung legte er auf den Vaterschaftstest und auf das noch ausstehende Ergebnis des Fingerabdrucks. Der Richter machte sich Notizen, notierte sich den Namen des Angeklagten, den Namen und die Adresse des Doktors.

„Bitte, verschieben Sie den Gerichtstermin, warten unsere neuen Ergebnisse ab und veranlassen Sie dann weitere Untersuchungen. Am 25. Juni steht ein Unschuldiger vor Ihnen. Es gibt einen weiteren Verdächtigen, der müsste vernommen werden. Es handelt sich um den Sohn des Bauern, auf dessen Hof die Tote gearbeitet hat. Aber die Polizei in Freiberg hat sich auf Jakub Krol, den Freund der Toten, als Täter festgelegt. In den nächsten Tagen können wir Ihnen mehr Beweise vorlegen."

„Ja, ich verstehe", antwortete Ramsauer. „Ich werde mir Gedanken machen. Vielen Dank für Ihren Besuch, ich muss jetzt aber wirklich weiter!"

Ramsauer stand auf, holte Mantel und Stock wieder aus dem Schrank und schob Klein zur Tür hinaus.

Auf der Heimfahrt war Klein niedergeschlagen. Er hatte nicht das Gefühl, im Richter einen Verbündeten auf der Suche nach der Wahrheit gewonnen zu haben.

Dieser Richter wollte vor allem seine Ruhe und sein Mittagessen, dachte er sich. Er war so in seine Gedanken versunken, dass er fast verpasst hätte in Moorbach auszusteigen.

Am Abend kam der Wachtmeister vorbei. Sie setzten sich auf die Terrasse mit einem Glas Bier.

„Herr Doktor, ich habe leider keine guten Nachrichten. Der Kollege aus München hat mich angerufen. Die Fingerabdrücke auf dem Schuh und auf dem Schuhlöffel sind nicht identisch, das kann er mit größter Wahrscheinlichkeit sagen."

Enttäuscht und niedergeschlagen schaute Klein ins Nichts. „Dann weiß ich jetzt wirklich nicht mehr, was wir noch tun können."

18. Juni 1929

Am Dienstag, während der Vormittagssprechstunde, kam Elisabeth zu Klein ins Sprechzimmer.

„Herr Doktor, draußen ist der Bürgermeister Wohlrab, er will Sie sofort sprechen."

Während sie das sagte, drängte der Bürgermeister Elisabeth zur Seite, stürmte ins Sprechzimmer und baute sich mit der imposanten Figur seiner hundertdreißig Kilo vor dem Schreibtisch auf.

„Was fällt Ihnen ein, und was bilden Sie sich eigentlich ein, wer Sie sind? Richter Ramsauer hat mich angerufen und von Ihrem Besuch bei ihm erzählt. Was heißt erzählt, er hat sich beschwert. Wir kennen uns von früher, waren in der gleichen Burschenschaft. Wissen Sie, wie er Sie genannt hat? Einen ‚komischen Vogel' und ‚aufgeblasenen Wichtigtuer'. Außerdem haben Sie ihm sein Mittagessen versaut. Ich konnte ihm nicht widersprechen. Sie mischen sich in Dinge ein, die Sie nichts angehen. Der Erfolg, dass Sie den Mord entdeckt haben, ist Ihnen wohl zu Kopf gestiegen! Ramsauer hat mir erzählt, dass Sie die Gerichtsverhandlung stoppen wollten, wegen neuer Indizien. Sind Sie wahnsinnig? Detektiv spielen und ehrbare Mitbürger beschuldigen? Das ist das Allerletzte! Und den Martin Sattler verdächtigen, sind Sie verrückt geworden? Der Mörder ist gefasst und wird seine gerechte Strafe bekommen. Halten Sie sich gefälligst raus aus der Sache! Mit Dr. Semmlinger habe ich auch schon gesprochen. Der ist auch verärgert und bedauert, dass er sich von Ihnen zu der Aktion mit der Blutentnahme hat überreden lassen. Sie sind von allen guten Geistern verlassen! Wieviel Unfrieden wollen Sie denn noch stiften?"

Der Doktor wollte gerade zu einer Erklärung ansetzen, aber der Bürgermeister ließ ihn gar nicht zu Wort kommen.

„Ich will nichts hören, Sie halten Sich ab sofort raus, verstanden! Die Sattlers wissen auch schon davon, Sie können sich vorstellen, wie die sich gefreut haben. Die sind sowas von wütend."

Wohlrab drehte sich grußlos um und knallte die Tür hinter sich zu.

Elisabeth kam besorgt ins Sprechzimmer, um nach Klein zu sehen. Der saß wie erschlagen auf seinem Sessel und schüttelte nur noch den Kopf.

„Elisabeth, lassen Sie nur, alles gut, machen wir einfach mit der Sprechstunde weiter."

„Die drei letzten Patienten sind alle wieder gegangen, nachdem sie den Bürgermeister vom Wartezimmer aus, gehört haben. Es ist keiner mehr da."

„Auch gut, dann geh ich jetzt zu meiner Frau. Vielen Dank Elisabeth, dass Sie wenigstens hiergeblieben sind."

Heidrun wartete mit dem Mittagessen auf ihn. Gerda hatte Kaiserschmarrn mit Apfelmus gemacht. Aber Wolfgang war der Appetit vergangen.

Zur Nachmittagssprechstunde kamen gerade einmal zwei Patienten. Das war die schwerhörige Frau Niedermeier und ein Herr Mühlbacher, der gerade erst nach Moorbach zugezogen war und den Klatsch noch nicht so mitbekam. Offenbar war Klein über Nacht zur Unperson geworden.

Heidrun versuchte am Abend ihren Mann zu trösten, aber das war heute kaum möglich.

„Dieser Idiot von Richter, gar nichts hat er getan, auflaufen hat er mich lassen, sich gleich beim Bürgermeister beschwert", meinte Wolfgang resigniert.

Zu guter Letzt kam noch der Wachtmeister zu Kleins nach Hause, blieb aber vor der Tür stehen.

„Es tut mir leid, Herr Doktor, ich kann Ihnen nicht mehr helfen. Der Bürgermeister war bei mir ..."

„Ist schon gut, Nebler", unterbrach ihn Klein, „ich weiß schon, was Sie jetzt sagen wollen. Aber vielen Dank, für Ihre Hilfe, Sie müssen jetzt an sich denken."

Er verabschiedete den Wachtmeister und erschöpft ging er früh zu Bett. Heidrun blieb noch allein im Wohnzimmer und stickte.

Kurz vor Mitternacht klingelte es Sturm bei den Kleins. Heidrun war noch auf und öffnete die Tür. Dieter Kolloch, ein Patient, der schon seit einem Jahr nicht mehr beim Doktor gewesen war, stand da im Licht der Hoflaterne.

„Können Sie bitte Ihren Mann schnell holen, ein Notfall. Am Volksfestplatz ist einer umgefallen und schnauft so seltsam, ist gar nicht ansprechbar."

Heidrun informierte sofort ihren Mann.

Klein zog sich rasch an, nahm seine Tasche und da es nicht weit war, gingen sie zu Fuß. Auf halber Strecke verabschiedete sich Kolloch und bog Richtung Bahnhof ab. Er müsse dringend nach Hause und der Doktor wisse ja den Weg. Der Volksfestplatz war recht groß, lag am Rande eines kleinen Wäldchens.

Fünf Männer standen im Halbkreis um eine Person, die auf dem Rücken am Boden lag. Klein grüßte alle Umstehenden kurz mit einem Nicken und kniete sich neben den am Boden liegenden Mann. Als er sich über ihn beugte, schoss dieser plötzlich hoch und knallte seine Stirn mit voller Wucht gegen das Kinn des Doktors. Dieser taumelte nach hinten und fiel auf den Rücken, worauf ihm einer der Männer mit voller Wucht mit dem Stiefel in den Bauch trat. Klein krümmte sich vor Schmerz, da traf ihn der nächste Tritt ins Gesicht. Er verlor kurz das Bewusstsein, kam wieder zu sich und spielte intuitiv weiter den Bewusstlosen, blieb reglos liegen. Im Mund hatte er den Geschmack von Blut und Erde. Aus den Augenwinkeln sah er die Männer, es waren Braunhemden und sie diskutierten.

„Schlagen wir ihn doch am besten gleich tot, dann brauchen wir nicht mehr zu diskutieren!"

Die Stimme des nächsten Redners erkannte er, es war der Johann Ludolf, der mit der Syphilis. "Nein, lasst ihn doch, der hat genug, der macht nichts mehr und als Arzt ist er gar nicht so schlecht!"

Eine Weile diskutierten sie noch, vielleicht sei er ja schon tot. Klein erkannte noch die Stimme von Martin Sattler. Alle waren sichtlich angetrunken, klackerten mit den Bierflaschen. Einer übergoss Klein noch mit Bier, dann verzogen sie sich laut lachend und redend. Sie ließen ihn am Boden liegend zurück.

Langsam rollte Klein auf den Rücken, Blut lief ihm aus der Nase, er spürte einen tiefen Schmerz im Oberbauch. Dann drehte er sich mit großer Kraftanstrengung auf die Seite und stand langsam auf. Das Gesicht brannte, er lehnte sich an einen Baum. Wie durch einen Nebel hörte er Schritte von einem einzelnen Mann näherkommen. Wahrscheinlich kommt einer von denen zurück und gibt mir den Rest, dachte Klein.

Aber es war der Makler Hans, einer von den Bestattern, der gerade aus der Wirtschaft kam und auf dem Heimweg war.

"Um Gottes Willen Doktor, was ist denn mit Ihnen passiert? Kommen S', ich helfe Ihnen!"

Er nahm die Arzttasche in die linke Hand, legte Klein den rechten Arm um die Schulter und führte ihn langsam nach Hause. „Soll ich Sie nicht besser in die Krankenanstalt bringen?"

„Nein, bringen Sie mich nur nach Hause, ich kann mich selbst behandeln!"

Langsam erreichten sie das Haus der Kleins, mussten aber immer wieder kurze Pausen machen. Nachdem Makler geklingelt hatte, öffnete Heidrun die Tür und ihr kamen die Tränen, als sie ihren Mann in diesem Zustand sah.

„Um Gottes Willen, was ist passiert?"

Rasch übernahm sie dann aber das Kommando. Sie konnte sehr pragmatisch sein, wenn es ernst wurde.

„Herr Makler, Sie helfen mir jetzt Wolfgang nach oben ins Bett zu bringen, danach gehen Sie gleich zu Dr. Semmlinger und holen ihn hierher, verstanden?"

„Ja, mach ich, Frau Doktor."

Nachdem Wolfgang im Bett lag, machte sich der Bestatter auf den Weg. Heidrun zog ihren Mann vorsichtig aus, tupfte behutsam das Blut aus seinem Gesicht. „Wolfgang, was ist passiert? Wer war das?"

Aber Klein konnte nichts sagen, hörte alles nur durch einen Schleier und verlor schließlich das Bewusstsein. Die Ankunft von Dr. Semmlinger bekam er schon nicht mehr mit.

19. Juni 1929

Als er am nächsten Tag aufwachte, war es hell im Zimmer. Er fühlte sich furchtbar, konnte sich kaum bewegen, so schmerzten sein Kopf und sein Bauch.

Heidrun saß am Bett und hatte vom Weinen gerötete Augen. „Wolfgang, was war los?"

Klein versuchte sich aufzurichten.

„Ich muss in die Praxis, es ist doch gleich Sprechstunde!"

Heidrun drückte ihn ins Kissen zurück.

„Du bleibst schön liegen! Die Praxis ist wegen akuter Erkrankung geschlossen. Ich hab' mit Doktor Semmlinger gestern schon gesprochen. Er vertritt dich die nächsten Tage. Er war gestern noch hier bei dir und hat nach dir gesehen. Er hat dich untersucht und deine Wunden verbunden Er weiß, wie du beieinander bist, hat sich gestern richtig Sorgen gemacht um dich. Ich war froh, dass er da war. Er hat gemeint, dass du dich mit den falschen Leuten anlegen würdest."

In dem Moment klopfte der Wachtmeister an die Schlafzimmertür.

„Ich habe Herrn Nebler gebeten vorbeizukommen, und dass er gleich, ohne zu klingeln, nach oben kommen soll", erklärte Heidrun ihrem Mann und wandte sich dann an den Wachtmeister. „Hallo Herr Nebler, setzten Sie sich doch auf den Stuhl neben dem Bett. Gerade versuchen wir herauszufinden, was passiert ist."

Vorsichtig setzte sich Nebler und betrachtete den Doktor. Das rechte Auge war komplett zugeschwollen, das linke blutunterlaufen. Eine Schürfwunde zog sich über die ganze linke

Wange. Der Rest war unter der weißen Bettdecke verborgen, außer der linken Hand, die der Doktor auf die Stirn gelegt hatte.

„Wer war das?", fragte Nebler.

Der Doktor versuchte sich zu erinnern, aber alles war wie hinter dickem Nebel verborgen. Er konzentrierte sich.

„Ich wurde zu einem Notfall gerufen, am Volksfestplatz, Heidrun hat ihm doch aufgemacht."

„Ja", sagte Heidrun, „das war der Jürgen Kolloch, der hat nach Wolfgang gefragt. Und mit ihm bist du dann zu Fuß los zum Volksfestplatz."

„Als wir ankamen, lag da einer am Boden, zu dem bin ich hin, danach weiß ich nichts mehr."

„Haben Sie jemanden erkannt?", hakte Nebler nach.

„Ja, ich erinnere mich an die Stimmen, um Gesichter zu erkennen war es zu dunkel. Da war einmal der Ludolf Johann und dann der Sattler Martin. An die anderen kann ich mich nicht erinnern oder hab' sie nicht erkannt. Alles ging so schnell, ich hab' gedacht, die schlagen mich tot."

„Die werde ich mir vorknöpfen", meinte Nebler entschlossen.

„Das wird nicht viel bringen, Nebler. Das ist nett von Ihnen, aber die werden sich gegenseitig ein Alibi geben."

Heidrun nahm seine linke Hand und streichelte sie. „Und du wirst jetzt erstmal wieder schlafen."

„Ich hab' so großen Durst."

Heidrun führte die Schnabeltasse mit Pfefferminztee an seinen Mund. Er trank begierig.

20.–23. Juni 1929

Die nächsten vier Tage schlief Klein viel. Heidrun kümmerte sich liebevoll und hielt jede Aufregung von ihm fern. Die Schmerzen ließen langsam nach, die Schwellungen im Gesicht wurden besser.

Bald schoben sich wieder Gedanken über Jakub und die anstehende Gerichtsverhandlung in den Vordergrund. Er konnte doch nicht hier herumliegen und zusehen, wie ein Unschuldiger verurteilt wird.

Er sah zu seiner Frau, die wie die meiste Zeit, an seinem Bett saß.

„Heidrun, was können wir noch tun, an wen könnten wir uns noch wenden? Die Kripo, der Richter, alle wollen den Fall doch nur schnell abschließen. Und der Martin Sattler, der wird davonkommen. Ich bin inzwischen ziemlich sicher, dass er der wirkliche Täter ist, auch wenn wir keine Übereinstimmung bei den Fingerabdrücken haben, Und ich glaube, dass auch der Vater Bescheid weiß. Der will mich mit allen Mitteln von seiner Familie fernhalten. Die wollen mich einschüchtern und daran hindern, unangenehme Fragen zu stellen."

„Wolfgang, hör auf, du riskierst Kopf und Kragen und ich will dich nicht verlieren! Die Leute schauen mich auf der Straße schon ganz komisch an, ich mag gar nicht rausgehen."

Kleins Gedanken drehten sich weiter im Kreis und eine unbändige Wut überkam ihn bei dem Bild, wie der Sattlerbauer und sein Sohn auch noch freundlich mit Alinas Eltern umgingen und sich als Wohltäter aufspielten.

„Was für eine Infamie!"

Dennoch war er sich sicher, dass die Sattlers auch Angst hatten. Angst doch noch enttarnt zu werden. Die Zeit arbeitete allerdings gegen Jakub, bald war die Gerichtsverhandlung.

Am Sonntag, zwei Tage vor dem Termin, stand Klein vorsichtig auf und ging mit kleinen Schritten ins Wohnzimmer. Er nahm Briefpapier aus dem Sekretär und setzte sich an den Tisch. Er konnte und wollte sich nicht vorstellen, dass Maria Sattler auch Bescheid wusste, und wenn doch, würde sie zusehen, wie ein Unschuldiger verurteilt wird?

Sehr geehrte Frau Sattler, leider bin ich momentan noch nicht in der Lage, persönlich zu Ihnen zu kommen. Daher wäre ich Ihnen sehr dankbar, wenn Sie mich zu Hause aufsuchen würden. Am Dienstag wird ein Unschuldiger vermutlich zum Tode verurteilt. Gerne würde ich ein paar Dinge mit Ihnen besprechen, die auch Ihren Mann, Ihren Sohn und Bettina angehen. Es ist außerordentlich wichtig.

Mit herzlichen Grüßen, Dr. Wolfgang Klein

Er zeigte Heidrun den Brief, sie zögerte. Dann schüttelte sie den Kopf. „Glaubst du, das bringt etwas? Glaubst du, sie würde sich gegen ihre Familie stellen?"

„Ich will es wenigstens versuchen."

Am Ende willigte Heidrun ein und übergab Gerda den Brief. „Du musst ihn aber unbedingt Frau Sattler persönlich in die Hand drücken, ohne dass ihr Mann oder Sohn davon etwas mitbekommen."

Gerda machte sich mit dem Fahrrad auf den Weg zum Sattlerhof. Besondere Botengänge war sie mittlerweile schon gewohnt.

Sonntagmittag kam Dr. Semmlinger noch bei seinem neuen Patienten vorbei. „Wie geht's uns denn, junger Kollege? Sie schauen ja schon wieder einigermaßen lebendig aus."

Klein seufzte. „Vielen Dank, dass Sie sich um mich gekümmert haben, ich dachte zwischendurch, dass ich das nicht überlebe. Hatten Sie denn auch Ärger?"

„Naja, nicht so viel wie Sie. Aber es hat einige besänftigende Worte gebraucht, den Georg Sattler wieder zu beruhigen. Er war ganz schön geladen, wegen dem Blut. Erst als ich das Thema wechselte, wir auf Bettina kamen und ich ihm versichert habe, dass bei ihnen Dreien keine Infektion vorliegt, die auf Bettina übergesprungen sein könnte, da hat er sich beruhigt."

„Schieben Sie ruhig alles auf mich, schlimmer kann es nicht mehr kommen."

„Und, was haben Sie jetzt vor?"

Klein erzählte ihm von dem Brief an Frau Sattler.

„Sie geben wohl nie auf, oder? Alles Gute und passen Sie künftig besser auf sich auf!", verabschiedete sich Semmlinger und verließ das Haus mit einem besorgten Gesicht.

Am Abend sah der Wachtmeister nach Klein.

Er hatte mit den drei Männern gesprochen, an die Klein sich bei dem Überfall erinnerte. Und so berichtete Nebler, dass Kolloch angab, dass er von einem fremden Mann gebeten worden sei, den Doktor zu holen und selbst gar nicht am Volksfestplatz gewesen sei. Der Ludolf hätte den ganzen Abend mit seiner Frau verbracht, was diese auch noch bestätigte. Und der Martin Sattler hätte den ganzen Abend mit seinem Vater zu Hause an einer kaputten Egge gearbeitet. Das hätte der Vater dann auch bezeugt.

„Vor allem der Georg Sattler hat mich ziemlich angeschrien und mir gedroht, dass ich mir überlegen soll, auf welcher Seite ich stehe."

„So habe ich mir das gedacht", seufzte Klein, „aber vielen Dank Nebler, dass Sie es versucht haben."

24. Juni 1929

Klein hatte keine gute Nacht. Unruhig wälzte er sich hin und her. Wenn er schlief, stöhnte er, wenn er wach war, grübelte er. Er malte sich die Reaktion vom Sattlerbauer aus, wenn er den Brief des Doktors an seine Frau in die Finger bekommen würde. Ob sie ihm den Brief zeigt? Hatte sie wirklich keine Zweifel an ihm und ihrem Sohn? War das möglich?

Heidrun schlief auch unruhig, stand auf brachte ihrem Mann Tee ans Bett. Sie hatte entschieden, dass ihr Mann die kommende Woche noch nicht arbeiten dürfte und hatte Semmlinger gebeten, die Vertretung noch eine weitere Woche zu übernehmen.

Natürlich hatte sich der Überfall auf den Arzt in Moorbach herumgesprochen. Aber es war auch bekannt geworden, dass Dr. Klein Martin Sattler, den Sohn des Kandidaten zur Gemeinderatswahl, sogar beim Richter in München beschuldigt hatte, in den Mordfall an der polnischen Hofhelferin verwickelt zu sein. Dass Martin Sattler möglicherweise ein Verhältnis mit ihr gehabt hätte. Diese Information war sicherlich über das Vorzimmer des Bürgermeisters nach draußen gesickert. Frau Möllmann, die Sekretärin des Bürgermeisters, war nicht gerade als verschwiegen bekannt. Über sie gab es in Moorbach ein geflügeltes Wort: ‚Sollen alle Menschen es erfahren, musst du es nur Frau Möllmann sagen!'

Die Moorbacher waren gespalten in zwei Meinungen.

Die Mehrheit fand Kleins Verhalten unmöglich und anmaßend. Einige mochten den aufbrausenden Martin Sattler aber nicht und trauten ihm die Tat durchaus zu. Allen gemeinsam war die Überzeugung, dass der Überfall auf den Doktor damit in Zusammenhang stand. Immerhin waren sich alle einig, dass seine Kritiker mit dieser Aktion doch zu weit gegangen seien.

Beim Frühstück waren Wolfgang und seine Frau sehr schweigsam. Mit dem Kauen hatte er noch Probleme, so dass er die ‚Bilger'-Semmel in den Kaffee einbrockte.

Er rief Wachtmeister Nebler an und der schaute daraufhin bei ihm vorbei.

Nebler wusste wenig Neues zu berichten, trank aber gerne auch eine Tasse Kaffee und griff bei Gerdas Nusskuchen zu.

„Morgen wird Jakub nach München zum Gericht überführt. Ein Geständnis hat er immer noch nicht abgelegt. Kommissar Freitag ist vom Gericht als Zeuge geladen und fühlt sich wie Sherlock Holmes persönlich. Der ‚Freiberger Allgemeinen' hat er ein Interview gegeben, indem er beschreibt, wie scharfsinnig er das Verbrechen aufgeklärt und den Täter überführt hat. Was für ein aufgeblasener Angeber! Aber immerhin hat er mir zugesagt, mich über das Ergebnis der Gerichtsverhandlung zu informieren."

„Und der Verteidiger?"

„Ist eine Flasche. Hat wohl keines seiner letzten zwanzig Verfahren gewonnen."

„Oh je, armer Jakub. Und seine Familie?"

„Er hat keine, seine Eltern sind schon gestorben, sonst gibt es niemanden, auch keine Geschwister. Alina und ihre Eltern waren seine Familie."

Und Kleins Warten auf Frau Sattler war vergeblich.

25. Juni 1929

Es war der Tag der Gerichtsverhandlung.

Mittags kam Dr. Semmlinger zum Haus der Kleins. Gemeinsam setzten sie sich an den Wohnzimmertisch, Heidrun brachte Kaffee und sah Semmlingers betrübtes Gesicht.

„Bettina Sattler geht es sehr schlecht. Ich war bei ihr und sie besteht nur noch aus Haut und Knochen. Die Ärzte haben alles versucht, aber sie hat seit Tagen nichts mehr gegessen oder getrunken, gar nichts. Sie haben es auch mit Zwangsernährung versucht, aber das hat sie alles wieder herausgewürgt. Ich wollte mit ihr reden, aber sie hat sich weggedreht. Ihre Mutter ist die ganze Zeit bei ihr, sie leidet furchtbar. Bettina spricht mit ihr auch nicht, liegt nur da und schaut wie versteinert an die Decke. Ich habe das Gefühl, sie möchte sterben. Den Klinikärzten ist das Ganze ein Rätsel. Die Nieren und die Leber arbeiten schon nicht mehr richtig, sie steht kurz vorm Multiorganversagen. Warum nur? Wie können wir es herausfinden, wenn sie nicht spricht? Sie haben mir einmal von psychosomatischen Ursachen erzählt, von verdrängten Schuldgefühlen und Ängsten. Glauben Sie, dass Bettina so ein Fall ist?"

„Ja, ich bin mir mittlerweile sicher, dass Bettinas Zustand mit Alinas Tod in Zusammenhang steht. Und bin mir sicher, dass ihr Bruder und vielleicht auch der Vater dabei eine Rolle spielen."

Klein musste an Professor Freuds Worte denken. Die Kollegen tranken beide einen Schluck Kaffee und schwiegen nachdenklich.

Dann begann Semmlinger wieder zu sprechen. „Ich kann mir nicht vorstellen, dass Bettinas Vater seine Tochter sterben lassen würde, wenn er sie retten könnte. Seinen Sohn wird er nicht verraten, da habe ich auch keinen Zweifel. Wenn Sie recht haben, ist Georg Sattler in einer schwierigen Zwickmühle. Aber wenn er nicht redet, können wir jetzt nichts mehr machen, junger Herr Kollege. Die Dinge gehen ihren Lauf. Und jetzt schauen Sie mal, dass Sie selbst wieder auf die Beine kommen."

„Heute ist die Gerichtsverhandlung", warf Klein ein.

„Hören Sie auf, darüber nachzugrübeln. Wir können nicht jedes Problem lösen, so ist das nun mal. Jetzt lassen Sie los, die Sache ist gelaufen. Punkt!"

Damit verabschiedete sich Dr. Semmlinger.

„Vielen Dank, dass Sie meinem Mann geholfen haben", sagte Heidrun als sie ihn zur Tür brachte, „er weiß das sehr zu schätzen. Und ich auch."

Am Abend kam der Wachtmeister vorbei, um Klein und seiner Frau von der Gerichtsverhandlung zu berichten. Sie saßen um den Wohnzimmertisch und Heidrun brachte eine Flasche Rotwein und drei Gläser.

Nebler nahm dankend einen Schluck und begann zu berichten. „Freitag hat am Telefon alles genauestens beschrieben, vor allem seinen eigenen Auftritt. Der Staatsanwalt hat keinen Zweifel an der Schuld von Jakub aufkommen lassen. Er hat den zeitlichen Ablauf auf einem großen Kalender aufgezeichnet. Der erste und zweite Besuch von Jakub auf dem Sattlerhof, die Schwangerschaft, der Streit, seine Abfahrt, Alinas Verschwinden. Herr Sattler wurde als Zeuge gehört, um über den Streit der beiden zu berichten. Er hat Jakub in keinem guten Licht erscheinen lassen. Freitag selbst hatte auch einen Auftritt als Zeuge und hat seine großartige Leistung bei der Lösung des Verbrechens betont. Was für ein eitler Kerl! Der Staatsanwalt beschrieb eine

Tat im Affekt, im Streit. Weil Alina ihn verlassen wollte. Das hätte noch als Totschlag gelten können. Da die weiteren Handlungen aber geplante Vertuschungsversuche gewesen seien ist die Tat als Mord einzustufen. Wörtlich hat er wohl gesagt: ‚Die genauen Gedankengänge in diesem kranken jüdischen Hirn werden wir wohl niemals nachvollziehen können. Wir wissen nur, dass hier auf der Anklagebank das personifizierte Böse sitzt‘. Tja, was soll man dazu noch sagen?“

"Die lassen keine Zweifel zu.“ Klein schüttelte den Kopf.

Nebler trank einen Schluck, berichtete weiter und genoss die Aufmerksamkeit von Klein und seiner Frau.

„Der Verteidiger hat eine jämmerliche Figur abgegeben, hat von Impulstat gesprochen, von schwierigen Familienverhältnissen des Angeklagten. Er hat gar nicht versucht, Jakub als unschuldig zu verteidigen. Freitag meinte, dass der Verteidiger wohl eingesehen hat, dass er damit sowieso keine Chance gehabt hätte. Jakub selbst wurde am Ende der Beweisaufnahme auch zu einer Aussage aufgefordert. Er hat gerufen, dass er unschuldig ist, dass er Alina doch liebt, dass er nicht weiß, was mit Alina passiert ist, aber er selbst hat nichts mit ihrem Tod zu tun. Ramsauer hat ihm dann das Wort entzogen. Der Richter hat sich noch besonders bei Herrn Sattler bedankt für sein Kommen, wo doch seine Tochter schwer krank im Krankenhaus liegt.“

Nebler holte tief Luft, trank einen Schluck Rotwein, dann erzählte er weiter. „Nur kurz haben sich der Richter und die Geschworenen zurückgezogen. Das Urteil war einstimmig“, er schaute die Kleins an, „Jakub ist schuldig und wird in drei Tagen, am 28. Juni, aufgehängt.“

Nebler zuckte mit den Schultern und lehnte sich seufzend zurück. Dann trank er das Glas aus und fragte Klein nach einer Zigarette. Heidrun holte einen Aschenbecher und eine Weile saßen sie nachdenklich da. Die Männer rauchten und schwiegen eine Weile.

Klein hatte der Schilderung des Wachtmeisters ruhig zugehört. Dann sagte er resignierend zu Nebler: „Und wir können nichts tun. Fast bereue ich, dass ich Sie vor sechs Wochen auf den Mord aufmerksam gemacht habe. Jetzt stirbt ein zweiter Mensch unschuldig." Immer wieder schüttelte er den Kopf. "Es ist furchtbar! Und Bettina liegt im Sterben. Ihre Mutter ist die ganze Zeit bei ihr, das hat uns der Semmlinger erzählt."

„Die armen Eltern", meinte der Wachtmeister. „Glauben Sie immer noch, dass der Bruder etwas mit Alinas Krankheit zu tun hat?"

„Ja, Nebler, das denke ich, habe aber keine Möglichkeit es zu beweisen. Und ich denke, der einzige Mensch, der das Ganze aufklären könnte, ist Bettina selbst."

Und in drei Tagen, dachte Klein, würde Jakub Krol sterben. Unschuldig.

Während in München die Gerichtsverhandlung lief, saß Frau Sattler am Bett ihrer Tochter und streichelte ihr über die Stirn.

„Mein armer Liebling. Der Papa wäre auch gerne mitgekommen, aber er muss als Zeuge zu einer Gerichtsverhandlung nach München."

Bettina drehte den Kopf zu ihrer Mutter. Ihre Lippen waren trocken und aufgesprungen. Ihre Stimme leise.

„Welche Gerichtsverhandlung?"

„Es geht um Alinas Tod. Ihr Freund Jakub steht vor Gericht, weil er sie umgebracht hat. Und da muss der Papa als Zeuge aussagen."

Bettina krallte ihre Finger in den Arm ihrer Mutter, mit großer Kraft zog sie sich hoch, umklammerte ihre Mutter und begann bitterlich zu weinen. Minutenlang konnte sie nichts sagen, Tränen flossen, als ob sich ein Ventil geöffnet hätte, kein Wort kam über ihre Lippen. Maria Sattler hielt sie minutenlang fest.

Dann begann Bettina zu sprechen.

„Mama, ich muss dir was erzählen, verrat es aber niemandem. Der Papa hat gesagt, wenn ich was erzähle, muss die ganze Familie sterben und ich bin schuld."

Maria Sattler war irritiert, aber nickte zustimmend. Bettina ließ sich ins Kissen sinken und atmete ein paar Mal schwer ein. Dann hob sie wieder den Kopf und schaute dabei ihre Mutter an.

„Mama", sagte sie mit leiser Stimme, „ich habe den Papa gesehen, öfters gesehen, wie er aus Alinas Zimmer gekommen ist. Ich habe mich versteckt, damit er mich nicht bemerkt. Immer wieder, wenn du nicht da warst, ist er zu ihr ins Zimmer. Ich habe mich an die Tür geschlichen und gelauscht. Sie haben so komische Geräusche gemacht und gestöhnt und ich hab' den Papa gehört, wie er zur Alina gesagt hat, dass sie ihm gehört und sie solle nur Geduld haben, eines Tages würde er sie heiraten. Du seist sowieso krank und hättest nicht mehr lange zu leben, das müssten sie nur noch abwarten. Da musste ich fast schreien, bin schnell weggelaufen. Bist du so krank, Mama? Musst du bald sterben?"

Maria Sattler war wie vom Donner gerührt. „Aber, Bettina, mein Schatz, was redest du, ich bin ganz gesund, mir fehlt nichts, wirklich."

Bettina lachte jetzt sogar zwischen den Tränen, wenn auch lautlos. Sie atmete schwer ein und redete weiter. „Wirklich, du musst nicht sterben?"

„Nein, mein Schatz, das ist Unsinn. Und das alles hat der Papa behauptet?"

Bettina holte noch einmal tief Luft. „Ja, ich habe es ganz genau gehört. Das hat er zu Alina gesagt. Als du wieder einmal auf dem Markt gewesen bist, bin ich dem Papa nachgeschlichen. Er ist wieder zu Alina ins Zimmer und die beiden haben gelacht. Da hab' ich aus Versehen einen Eimer umgestoßen, Papa hat es gehört, ist herausgekommen und hat mich erwischt. Er hat mich an der Hand genommen, ist mit mir ins Wohnzimmer und hat ganz lang mit mir geredet. Meine Hand hat er dabei gehalten und mir gesagt, dass er mich ganz liebhat. Um Alina müsse er sich nur ab und zu kümmern, weil sie so alleine ist, das hätte aber gar keine Bedeutung, für ihn seien nur du, Martin und ich wichtig. Alina hat an der angelehnten Tür zugehört, das hab' ich gesehen, aber der Papa nicht. Dann hat der Papa mich ganz doll gebeten, dir nichts zu sagen, das sei jetzt unser Geheimnis und dass du furchtbar traurig würdest, wenn ich dir davon erzählen würde. Ich habe das alles erst nicht verstanden, den Papa gefragt, ob es stimmt, dass du so krank bist. Da hat er gemeint, dass das stimmt, aber du bestimmt wieder gesund werden würdest. Aber du darfst dich auf keinen Fall aufregen, das könnte tödlich sein. Ich hätte so gerne mit dir geredet Mama, aber das durfte ich ja nicht, weil du dich doch nicht aufregen sollst."

Die Worte sprudelten jetzt aus Bettina heraus, so froh war sie, dass sie endlich reden konnte, und dass die Mama nicht todkrank ist. Sie trank sogar einen Schluck Tee. Tränen liefen ihr über die Wangen. Dann sank sie aber erschöpft in ihr Kissen zurück und schlief ein.

Maria Sattler war durcheinander. Was erzählte Bettina da? Konnte es stimmen, dass ihr Mann sie monatelang betrog und ein Verhältnis mit Alina hatte? Aber warum sollte Bettina das erfinden? Sie glaubte ihr, war voller Wut auf ihren Mann, aber noch viel größer war die Angst um Alina. In ihrem Kopf kreisten die Gedanken. Maria Sattler streichelte Bettinas Gesicht. Sie holte einen kühlen, feuchten Lappen und wischte ihr über die Stirn. Sie cremte die rissigen Lippen mit Vaseline ein und sagte immer wieder leise, flehend: „Bettina, mein Schatz, bitte werd' wieder gesund, dann wird alles gut."

Eine Stunde dauerte es, bis Bettina endlich wieder wach wurde. Liebevoll und voller Wärme sah sie ihre Mutter an.

„Mama, das war so schlimm. Wochenlang ging das so, ich hab' immer genau auf dich geschaut, ob ich etwas von deiner Krankheit erkennen kann. Und du hast dir ja auch manchmal so den Bauch gehalten. Da hab' ich gedacht, das ist die Krankheit. Bald musst du sterben.

Vor ein paar Wochen warst du wieder einmal, zusammen mit Martin, auf dem Markt. Da bin ich dem Papa nachgeschlichen, wie er zu Alina in den Stall gegangen ist. Am Tag vorher war der Freund von Alina, der Jakub, plötzlich abgereist. Ich hab' mich im Geräteschuppen, neben dem Stall versteckt und konnte die beiden gut hören und durch einen Spalt auch sehen.

Alina hat zu Papa gesagt, dass sie ein Kind von ihm bekommt und dass es jetzt an der Zeit ist, dass er sich zu ihr bekennt. Er hätte ihr geschworen, dass er sie liebt und versprochen, dass sie bald Bäuerin auf dem Sattlerhof werden würde.

Ich hätte schreien mögen, zu ihnen hinlaufen und fragen, was das alles soll, aber ich hab' mich nicht getraut.

Papa hat dann ganz ruhig auf sie eingeredet. Man dürfe jetzt nichts überstürzen. Es gäbe doch auch andere

Möglichkeiten. Alina solle sagen, dass Jakub der Vater des Kindes sei, sie könne ja trotzdem bei uns auf dem Hof bleiben und dann könnte sie das Kind hier bei uns aufziehen. Und du würdest bestimmt einverstanden sein. Papa wollte sie sogar in den Arm nehmen, aber Alina hat ihn weggestoßen und angeschrien", Bettina wischte sich mit dem Handrücken kurz über die schweißnasse Stirn, „sie hat ganz schlimme Sachen gesagt. Dass Papa sie angelogen hat, dass er ihr versprochen hat, dass er sie heiraten will, dass sie ein glückliches Leben haben würden. ‚Du bist ein Schwein!', hat sie ihn angeschrien. Dann hat sie gesagt, dass sie Jakub weggeschickt hat, weil sie Papa liebt, aber dass sie jetzt zu Jakub auf den Sedelmeierhof gehen und mit ihm zurückkommen würde. Und dann würden sie alles dir sagen. Jakub würde ihr verzeihen und sie würde allen erzählen, dass Papa sie vergewaltigt hätte", sie machte eine kurze Pause, „Mama, was ist denn vergewaltigen?"

Maria konnte gar nichts sagen, in ihrem Kopf war Chaos, alles brach über sie herein. Sie nahm Bettina fest in den Arm, spürte wie sehr ihre Tochter das Gespräch angestrengt hatte.

„Jetzt ruh dich erstmal aus, mein Liebes. Alles wird gut, du musst nur erstmal wieder gesund werden. Und trink einen Schluck!" Sie führte die Schnabeltasse an Bettinas Mund. Hastig schluckte ihre Tochter den Tee. Danach sank sie erschöpft in das Kissen und schloss die Augen. Maria streichelte ihre Hand. „Ich hab' dich so lieb, mein armer Schatz", flüsterte sie.

Bettina war wieder eingeschlafen. Sie atmete ruhig und regelmäßig. Sie schien sogar ein klein wenig zu lächeln. In Maria Sattlers Kopf arbeitete es fieberhaft. Und doch wurde alles überlagert von der Sorge um ihre Tochter.

Als Bettina die Augen wieder öffnete, sah sie ihre Mutter dankbar an. Sie holte tief Luft, klammerte sich wieder an den Arm ihrer Mutter: „Mama bleib bei mir, ich hab' solche Angst!"

„Natürlich bleib ich bei dir, ich lass dich nie mehr allein, das verspreche ich dir. Du musst auch nichts mehr sagen, ruh dich nur aus!"

„Doch Mama, ich bin so froh, dass ich es dir erzählen kann und du nicht krank bist!"

Bettina schluckte, ihre Stimme war jetzt noch leiser als zuvor, kaum hörbar. „Dann hat Alina noch gesagt, dass sie Geld vom Papa will, viel Geld. Und Papa hat versucht sie zu beruhigen, dass sie gemeinsam schon eine Lösung finden würden und dass er ihr Geld geben würde, aber er müsse Zeit haben, es zu besorgen. Und, dass sie auf keinen Fall zu dir gehen darf und du auf keinen Fall etwas erfahren darfst.

Dann ist Alina ins Haus gelaufen, hat Papa gar nicht mehr zugehört. Sie hat ihm zugerufen, dass sie jetzt packen und zu Jakub gehen würde. Papa ist ihr nachgelaufen.

Mama, ich hab' geglaubt, die Alina ist lieb, aber sie war so gemein, sie hat den Papa so angeschrien. Und sie darf uns nicht das ganze Geld wegnehmen, das ist doch gemein. Und du und der Papa, ihr habt euch doch lieb. Und den Martin und mich auch. Und ich hab' gedacht, du bist so krank und da brauchen wir doch das Geld."

„Bettina, ich bin nicht krank, ich bin ganz gesund!"

Maria betonte jedes einzelne Wort.

Bettina drückte Marias Hand an ihre rechte Wange, Tränen liefen ihr übers Gesicht.

„Warum erzählt der Papa das denn dann?"

Maria konnte nicht antworten. Ihr hatte es die Sprache verschlagen.

„Mama, ich verstehe das alles nicht. Ich bin dann ganz leise in mein Zimmer und hab mich versteckt. Papa hat ja sowieso gedacht, dass ich bei meiner Freundin Susanne bin. Wollte ich ja eigentlich auch, aber die hat doch Masern, deswegen bin ich daheim geblieben. Und ich hab' gedacht, dass ich den Papa fragen muss und er mir alles erklären wird. Aber dann bin ich eingeschlafen. Und erst am nächsten Tag aufgewacht. Und da war Alina weg. Und ich hab' gedacht, sie ist zu ihrem Freund, und nachdem sie die nächsten Tage auch nicht zurückgekommen ist, dachte ich, alles ist gut. Wir sind wieder zu viert und alles ist wie früher. Aber Papa war so komisch, gar nicht wie früher. Und dann ist die Polizei hier aufgetaucht und der andere Doktor und haben so seltsame Fragen gestellt und erzählt, dass Alina tot ist." Bettina musste wieder eine kurze Pause machen und trank gierig aus der Teetasse, die Maria ihr hinhielt. „Ich hab' den Papa genau beobachtet. Hab' gewartet, dass er mit dir redet. Aber er hat gar nicht mehr über Alina gesprochen. Die Woche drauf warst du mit Martin wieder auf dem Markt. Papa hat wieder gedacht, dass ich weg bin. Ich hab' ihn gesehen. Er ist in den Stall, hat einen Sack aus dem Heu geholt und ihn hinter dem Teich, bei der Linde, in einem Loch vergraben. Dann ist er auf die Wiese zu den Kühen. Ich bin zu dem Loch hin und hab mit den Händen die Erde weggeschoben, bis ich an den Sack gekommen bin. Da waren Alinas Sachen drin, ihre Lieblingsbluse hab' ich erkannt, die lag ganz oben. Aber die Sachen, die hat sie doch mitgenommen, warum hat der Papa sie dann vergraben? Mama, ich versteh das nicht ..."

Ohne jede Kraft schloss Bettina wieder ihre Augen.

Maria saß still weinend an dem Bett ihres Kindes, hielt dessen Hand und streichelte sie.

Sie war so blind gewesen, hatte die Zeichen nicht sehen wollen, die Blicke zwischen Georg und Alina. Jetzt verstand sie. Alina war so pampig zu ihr gewesen in letzter Zeit, ja, weil sie sich schon als künftige Sattlerbäuerin sah. Die Kälte ihres Mannes zu ihr, die abschätzigen Blicke.

Dieses elendige Schwein!, dachte sie. Bettina liebt ihren Vater und vertraut ihm, trotz allem, was sie gesehen und gehört hat. Nein, das Kind konnte das nicht verstehen, nicht einordnen.

Maria Sattler beugte sich über ihre jetzt erschöpft schlafende Tochter und flüsterte ihr ins Ohr. „Mein Liebling, alles wird gut, alles wird gut. Du musst nur wieder zu Kräften kommen. Das ist alles, was wichtig ist. Ich werde mit Papa reden und wir finden einen Weg. Ich bin immer bei dir, werde immer für dich da sein, du musst nur wieder gesund werden. Ich liebe dich."

Bettina schien tief und fest zu schlafen. Erst als ihre Atemzüge unregelmäßig wurden, bekam Maria Angst. Sie schüttelte Bettina an den Schultern, erst zart, dann immer fester. Bettina wachte nicht auf. Maria sprang auf, lief auf den Gang, „Hilfe, Hilfe, schnell einen Arzt, Schwester, Bettina, es ist etwas mit ihr!", rief sie in Panik.

Rasch war ein Arzt bei Bettina, versuchte ebenfalls, sie zu wecken. Aber Bettina reagierte nicht. Der Arzt hörte mit dem Stethoskop auf ihr Herz und ihre Lunge, begann dann hektisch mit der Herzdruckmassage und rief nach einer Schwester. Gemeinsam versuchten sie Bettina zu reanimieren. Die Schwester übernahm die Mund-zu-Mund-Beatmung. Maria Sattler stand erstarrt daneben und die Minuten kamen ihr wie eine Ewigkeit vor.

Schließlich beendete der Arzt die Wiederbelebungsversuche, hörte nochmals auf Herz und Lunge, leuchtete mit seiner Stablampe in Bettinas Augen. Dann sah er zur Mutter.

„Frau Sattler, es tut mir unendlich leid, aber wir können nichts mehr tun."

Maria Sattler schrie auf, nahm ihre Tochter an den Schultern und schüttelte sie.

„Bettina, nein, wach auf, du darfst nicht sterben! Bleib hier!"

Sie nahm Bettina in den Arm, drückte ihren Kopf gegen ihre Wange und weinte so voller Trauer und Verzweiflung, dass selbst dem Arzt und den Krankenschwestern die Stimme versagte.

Es gibt Momente der Trauer, die jedes Wort verbieten.

Ungefähr im selben Moment sprach der Richter das Todesurteil über Jakub.

Georg Sattler ging nach dem Ende der Gerichtsverhandlung noch ins Hofbräuhaus, um den Ausgang des Verfahrens zu feiern. Alles war doch sehr gut für ihn ausgegangen. Es gab ein Urteil und keine Zeugen, die ihn belasten könnten. Der Doktor Klein, der konnte ihm auch nichts mehr anhaben, der hatte ja außerdem auch Martin in Verdacht und nicht ihn. Klein war sowieso schon so gut wie erledigt. Das musste schon bei ein, zwei, drei Bier und einem Schweinebraten gefeiert werden.

Erst spät in der Nacht kam er nach Hause.

Maria Sattler blieb noch eine Stunde am Bett ihrer Tochter sitzen, dann fuhr sie zum Sattlerhof zurück. Wie fremd ihr der Hof jetzt vorkam.

Es war noch nicht dunkel. Sie nahm einen Spaten und ging zur Linde hinter dem Ententeich. Den Sack mit Alinas Habseligkeiten trug sie ins Haus und schüttete den Inhalt auf den Küchentisch. Sie saß davor und erkannte Alinas Bluse, ihre Hosen, ihre Unterwäsche, den schönen BH und den abgetragenen, die Schuhe. Alles kannte sie.

Sie wurde immer ruhiger, sah immer klarer.

Wie ferngesteuert nahm sie ein Blatt Papier und einen Stift.

Das habe ich gefunden. Bettina hat mir noch alles erzählt, bevor sie gestorben ist. Ja, Bettina ist tot! Ich weiß, was du getan hast. Du hast Alina getötet. Und jetzt ist unsere Tochter tot. Alles ist deine Schuld. Aber dir war es ja egal. Ich gehe jetzt zu Doktor Klein und wir werden die nächsten Schritte besprechen. Er ist die einzige Person, die die Wahrheit interessiert hat. Maria

Den Brief legte sie gut sichtbar vor den Haufen mit Alinas Sachen. Mittlerweile war es dunkel. Sie brach mit dem Fahrrad zu Dr. Klein auf.

Heidrun und ihr Mann saßen an dem Abend im Wohnzimmer und sprachen kaum ein Wort. Klein war tief deprimiert, schüttelte nur immer wieder den Kopf, rauchte und schaute aus dem Fenster. Es regnete. Er war froh, dass er noch nicht arbeiten musste und der Kollege Semmlinger ihn noch vertrat. Er hatte keine Energie mehr. Heidrun versuchte ihn etwas aufzumuntern, aber ohne Erfolg.

Gerade wollte er sich für die Nacht umziehen, als es klingelte. Er ging zur Tür und vor ihm stand Frau Sattler, durchnässt, blass und verweint.

„Kann ich reinkommen, ich muss Sie sprechen!"

Klein führte sie ins Wohnzimmer.

Heidrun sprang auf und übernahm das Kommando. „Ja, um Gottes Willen, Frau Sattler, wie schauen Sie denn aus, Sie holen sich ja noch den Tod. Kommen Sie mit ins Schlafzimmer, ich gebe Ihnen ein Handtuch und trockene Kleidung. Meine Sachen sind zwar bestimmt etwas weit für Sie, aber das macht jetzt nichts."

Dankbar ging Frau Sattler mit Heidrun mit und wenige Minuten später kamen sie beide gemeinsam zurück ins Wohnzimmer. Klein hatte in der Zeit den Kaminofen eingeschürt und Tee gekocht. Maria Sattler sah jetzt schon viel besser aus, sie hielt sich an der heißen Teetasse fest.

„Bettina ist heute gestorben", sagte sie leise.

Heidrun begann zu weinen. „Das ist ja furchtbar, mein Gott!"

Klein atmete tief durch, setzte sich neben Maria Sattler und legte den Arm um ihre Schultern.

„Das ist eine schreckliche Nachricht, Maria. Es tut mir so leid."

Frau Sattler lehnte sich bei Klein an.

„Und Sie hatten recht, von Anfang an. Ich habe Ihnen nicht geglaubt, aber Sie hatten recht. Jakub hat Alina nicht umgebracht."

Sie hatte ihren Tee mittlerweile ausgetrunken.

„Kann ich bitte noch eine Tasse haben?"

Klein stand auf, goss Tee nach und reichte ihr die Tasse wieder. Dann setzte er sich Maria Sattler gegenüber, trank selbst einen Schluck und fragte vorsichtig: „Möchten Sie uns etwas erzählen?"

Maria lehnte sich auf dem Sessel nach hinten und schloss die Augen. „Ich war so blind, so dumm, ich hätte es längst merken müssen, aber wollte es nicht glauben. Und jetzt ist Bettina tot. Hätte ich früher auf Sie gehört, dann würde sie noch leben. Aber nicht Martin ist schuld."

Sie schwieg, Tränen liefen ihr über die Wangen.

Klein wartete, ließ Marie Sattler noch Zeit, um sich zu sammeln.

„Wir sind froh, dass Sie hier sind", sagte er dann ruhig.

Frau Sattler öffnete wieder die Augen, sah erst zu Heidrun, dann zum Doktor, hielt die Tasse fest und begann zu sprechen.

"Bettina ist tot, aber bevor sie gestorben ist, hat sie mir mit letzter Kraft alles erzählt. Was sie bedrückt und gequält hat, die ganzen Wochen, was ihre Seele und ihren Verstand so belastet hat, dass sie nichts mehr Essen oder Trinken konnte. Sie wollte lieber sterben als reden. Ich hatte ihr von der Gerichtsverhandlung gegen Jakub erzählt und dass ihr Papa dort als Zeuge aussagen sollte. Da hat sie plötzlich angefangen zu reden. Ich soll aber nicht böse sein und am besten dem Papa nicht erzählen, dass sie jetzt das Geheimnis verraten hat. Sie will nicht, dass wir unglücklich werden."

Klein nickte ihr aufmunternd zu. „Reden Sie, das wird auch Ihnen helfen."

Und Maria Sattler erzählte, wiederholte jedes einzelne von Bettinas Worten, was sie beobachtet und gehört hatte. Weinte, als sie Bettinas Sterben schilderte. Wurde wütend, als sie das Ausgraben von Alinas Kleidung beschrieb. Auch von dem Brief an ihren Mann erzählte sie. Mühsam brachte sie den nächsten Satz über ihre Lippen.

„Ich bin überzeugt, dass Georg Alina umgebracht hat. Martin hat nichts damit zu tun!"

Wolfgang nahm ihre Hand. „Heute ist Jakub wegen Mordes an Alina zum Tode verurteilt worden."

„Hat er denn gestanden?", fragte Maria erstaunt.

„Nein, er hat die Tat bis zuletzt geleugnet, obwohl das Gericht auf die Todesstrafe verzichtet hätte, wenn er gestanden hätte."

Frau Sattler setzte sich abrupt auf.

„Zwei Menschen sind jetzt schon wegen Georg unschuldig gestorben, es darf nicht noch ein Dritter dazukommen!"

Klein stand auf, legte wieder den Arm um Marias Schulter. „Es ist sehr mutig und sehr richtig, dass Sie zu uns gekommen sind. Sind Sie auch bereit, das alles bei der Polizei zu wiederholen?"

Maria Sattler sah zu ihm auf. „Ja, ich habe sowieso schon alles verloren, was mir lieb war. Jetzt so zu tun, als ob nichts passiert wäre, nein, damit könnte ich nicht weiterleben. Ich gehe morgen mit Ihnen zur Polizei. Begleiten Sie mich?"

Plötzlich flog mit lautem Klirren ein Stein durchs Fenster und blieb auf dem Teppich vor Heidrun liegen.

Beide Frauen schrien vor Schreck. Überall lagen Glassplitter herum. Wolfgang sprang auf und stellte sich an die Wand neben dem kaputten Fenster. Vorsichtig sah er um die Ecke nach draußen.

Vor dem Haus standen in der Dunkelheit etwa zehn oder zwölf Männer in braunen Hemden mit Fackeln in der Hand. Ganz vorne der Georg Sattler, in der linken Hand eine Fackel, in der rechten einen faustgroßen Stein. Neben ihm sein Sohn Martin.

Klein stellte sich ins zersprungene Fenster und sah auf den Mob hinunter.

„Los, Doktor, geben Sie meine Frau heraus, sie soll nicht mit Ihnen verbrennen!"

Jetzt schaltete sich auch Martin Sattler ein, ging einen Schritt auf das Haus zu. „Der Denkzettel neulich hat Ihnen offenbar nicht gereicht."

Klein atmete tief durch und antwortete mit fester Stimme.

„Sattler, lassen Sie es gut sein. Haben Sie nicht schon genug Schaden angerichtet? Erst Ihre Hofhelferin Alina schwängern, dann umbringen, weil sie eine Last wurde. Dann Ihre arme Tochter Bettina mit hineinziehen, die daran zerbricht und stirbt. Die Schuld auf den armen Jakub schieben, der jetzt zum Tod verurteilt ist. Wie viele Menschen wollen Sie noch ins Unglück stürzen? Wollen Sie jetzt meine Frau und mich auch noch aus dem Weg räumen?"

Sattler schwenkte die Fackel und schrie zurück.

„Sie verdammter Lügner, das sind alles Lügen! Sie sind schuld, dass meine Tochter tot ist! Sie haben sie unter Druck gesetzt und alles aufgewühlt. Und jetzt wollen Sie Judenfreund doch bloß dem Jungen den Hals retten, indem Sie uns die Schuld in die Schuhe schieben!"

Die Meute skandierte. „Lügner, Lügner, Lügner!"

Klein bemerkte nicht, wie Frau Sattler aufstand und neben ihn trat. Sie wirkte gefasst, klar und beugte sich aus dem Fenster, damit der Mob sie gut sehen konnte. Die Männer wurden plötzlich still und schauten gespannt zu ihr hinauf.

„Mama, komm runter, was machst du da?", rief Martin Sattler.

„Hört jetzt mir jetzt alle zu, ja, auch du Martin. Und vor allem du, Georg." Maria Sattler räusperte sich. „Johann, Ludwig, Hannes, Günter und all ihr anderen. Ihr kennt mich, ihr wisst, dass ich immer an Georgs Seite gestanden bin, auch wenn ich nicht immer alles gut fand, was er gemacht hat. Meine Familie ging mir immer über alles. Unsere Tochter ist tot, ist im

Krankenhaus gestorben. Sie hat mir vor ihrem Tod noch alles erzählt. Sie ist daran zerbrochen, dass Georg, ihr Vater, sie zum Schweigen gezwungen hat. Schweigen über das Verhältnis zwischen ihm und Alina. Schweigen über all die Lügen, die du, Georg, mir und uns, jeden Tag aufgetischt hast."

Sie zeigte mit dem Finger auf ihren Mann. „Monatelang bist du zu Alina geschlichen, wenn ich nicht da war. Du hast ihr versprochen, dass sie Sattlerbäuerin werden wird, an meiner Stelle. Und dann ist sie von dir schwanger geworden und wurde dir lästig. Du hast sie umgebracht und auf den Gleisen entsorgt! Wie ein Stück Vieh. Du hast ihre Kleider versteckt, vergraben im Garten. Ihr könnt sie euch anschauen, Männer, sie liegen bei uns auf dem Küchentisch. Bettina hat dich beobachtet, wie du sie vergraben hast. Sie hat es nicht verstanden, aber mir ist alles klar geworden, als unsere arme Tochter mir das erzählt hat. Und jetzt willst du auch noch einen Unschuldigen für deine Taten büßen lassen."

Klein bemerkte, dass die Männer mit fragendem Blick zu Georg Sattler hinsahen. Sie warteten auf eine Erklärung, rückten ein, zwei Schritte von ihm zurück.

Auch Martin trat einen Schritt zur Seite, sah seinen Vater fragend von der Seite an.

„Papa, warum hast du gesagt, dass wir an dem Abend zusammen waren, ich hab' mich damals gewundert, denn das stimmte ja gar nicht. Du wolltest nicht mir ein Alibi geben, sondern dir? Sag, dass das nicht stimmt!"

Georg Sattlers Stimme war zornig. „Das sind alles Lügen! Maria, das hat dir dieser Quacksalber alles nur eingeredet. Komm heraus! Los Männer, Freunde, wir zünden das Haus an."

Ein Pistolenschuss knallte plötzlich durch die Nacht. Die Männer fuhren herum und sahen Wachtmeister Nebler in der

Einfahrt stehen, mit seiner Dienstwaffe in der Hand. Hinter ihm stand Heidrun. Sie hatte sich, als der Mob aufgetaucht war, unbemerkt durch die Hintertür und den Garten davongeschlichen und war zum Wachtmeister gelaufen. Auf dem Weg hatte sie ihn über Bettinas Tod und den Bericht von Maria Sattler informiert.

Nebler war so wütend. Er war nicht zum Helden geboren und es fiel ihm sicher schwer, sich dem Mob zu stellen. Aber jetzt war seine Wut stärker als seine Angst. Er hob die Hand mit der Pistole in die Höhe.

„Leute, so geht das nicht! Ihr könnt nicht einfach daherkommen und das Haus des Doktors abfackeln. Seid ihr wahnsinnig geworden? Hier, mitten in Moorbach? Spinnt ihr? Und ihr lasst euch von einem Mörder und Lügner aufhetzen. Uns alle hat Georg belogen und betrogen. Und dann noch den Eltern seines Opfers schöngetan, sich als Wohltäter aufgespielt. Gibt es etwas Mieseres?"

Georg Sattler unterbrach ihn und ging mit seiner Fackel noch einen Schritt auf das Haus des Doktors zu. „Männer, glaubt ihm kein Wort, ihr kennt mich doch, ihr wisst doch, dass ich euch niemals anlügen würde!" Aber seine Stimme war schon etwas unsicherer, bekam etwas Flehendes.

Nebler ging einen Schritt auf Sattler zu und richtete die Pistole auf ihn. „Keinen Schritt weiter Georg!" Dann richtete er die Pistole auf die Männer. „Und ihr auch, keinen Schritt weiter. Ihr kennt alle die Maria. Glaubt ihr, die würde das erfinden? Wollt ihr diesen Mörder und Lügner unterstützen? Wenn ihr meint, dann macht das, aber da müsst ihr erst mich aus dem Weg räumen, denn ich werde das nicht zulassen. Ich rate euch, geht nach Hause."

Die Männer waren jetzt sichtlich verunsichert, ließen die Fackeln sinken und begannen zu diskutieren. Martin sah seinen Vater entsetzt an.

„Papa, stimmt das alles?"

Sattler machte noch einen Versuch. „Die stecken alle unter einer Decke, los wir zünden das Haus an!" Er ging noch einen Schritt auf das Haus zu, aber keiner folgte ihm.

Der Wachtmeister richtete jetzt seine Pistole auf ihn. „Georg, einen Schritt noch und ich drück ab."

„Hör auf, Georg, du hast schon genug Schaden angerichtet", rief Maria Sattler vom Fenster aus. „Hör auf, um Bettinas Willen!" Ihre Stimme wurde noch lauter. „Martin, dein Vater hat dich belogen! Er ist ein Mörder!"

Es war ganz still, nur ein leises Blätterrauschen war zu hören. Alle standen reglos da.

Sattler schaute sich flehend nach seinen Freunden um. „Ihr könnt mich doch jetzt nicht ..."

Doch die ersten Männer drehten sich um, einige löschten ihre Fackel, die Gruppe löste sich auf. Die meisten gingen kopfschüttelnd nach Hause. Vom Mob blieb nur Martin mit zwei seiner Freunde übrig. Er stand ratlos da und schüttelte ungläubig den Kopf.

Jetzt kamen auch schon ein paar Moorbacher aus der direkten Nachbarschaft des Doktors, die durch den Lärm geweckt worden waren und verfolgten das Schauspiel.

Georg Sattler stand da, wie angewurzelt, ließ den Stein und die Fackel fallen. Seine Schultern hingen herunter. Er wirkte jetzt so klein und armselig. Er sah zu seiner Frau hinauf. „Aber Maria, ich liebe dich doch! Ich hab' doch alles nur für uns getan, wollte doch nur unsere Familie schützen. Dieses polnische

Miststück wollte unsere Familie zerstören. Sie hat es verdient. Das musst du doch verstehen."

Seinen Sohn packte jetzt die Wut. „Was bist du für ein elendiger Hund!", schrie er und wollte sich auf seinen Vater stürzen. Nur mit Mühe konnten ihn seine Freunde zurückhalten.

Sattler sank auf die Knie und schluchzte, schlug die Hände vors Gesicht.

Der Wachtmeister ging zu ihm, drehte ihm die Hände auf den Rücken und legte ihm Handschellen an. „Georg, ich verhafte dich wegen des dringenden Verdachtes Alina Nowak umgebracht zu haben. Du musst jetzt nichts mehr sagen."

Willenlos ließ Georg Sattler alles mit sich geschehen, blickte nur noch einmal hoch zum Fenster, wo immer noch seine Frau Maria stand. Neben ihr der Doktor.

Nebler brachte den Verhafteten in die Arrestzelle, stellte ihm noch einen Krug mit Wasser und einen Becher auf den Hocker. Georg Sattler saß zusammengesunken auf der Pritsche, sah dann zum Wachtmeister hoch.

„Klaus, das musst du doch verstehen, ich konnte doch nicht anders."

Aber Nebler schüttelte den Kopf.

„Nein Georg, du hast nicht nur deine Geliebte umgebracht, sondern auch noch zwei deiner Kinder auf dem Gewissen. Eines davon war noch gar nicht auf der Welt. Da gibt es nichts zu verstehen. Morgen kommst du nach Freiberg."

Er schloss die Zellentüre, sperrte ab und machte sich weit nach Mitternacht nochmals auf den Weg zum Doktor.

26. Juni 1929

Als der Wachtmeister beim Haus der Kleins ankam, saßen Wolfgang, Heidrun und Maria Sattler im Wohnzimmer. Wolfgang hatte eine Bierflasche in der Hand, Heidrun hatte die Scherben des kaputten Fensters zusammengefegt.

Frau Sattler sah zum Wachtmeister auf. „Vielen Dank Herr Nebler, Sie haben uns das Leben gerettet. Wenn Sie nicht gekommen wären, ich weiß nicht, wie es ausgegangen wäre."

Der Angesprochene war direkt etwas verlegen. „Ach wo, das hätte doch jeder getan, das war doch selbstverständlich", murmelte er.

Klein stand auf, bot Nebler einen Stuhl an, holte noch ein Bier, drückte es Nebler in die Hand und prostete ihm zu.

„Auf unseren Retter!"

Da musste der Wachtmeister sogar ein wenig lächeln und trank einen tiefen Schluck aus der Flasche.

Dann sprach Klein weiter. „Ich danke euch allen. Danke Heidrun, dass du so geistesgegenwärtig warst und zum Wachtmeister gelaufen bist. Danke, lieber Herr Nebler, ich wusste bisher gar nicht, dass Sie ein richtiger Held sind. Das war ein toller Auftritt. Und vor allem danke ich Ihnen, Frau Sattler, dass Sie zu uns gekommen sind und die Wahrheit ans Licht gebracht haben. Das war für Sie sicherlich sehr schwer. Es tut mir leid, dass ich Martin in Verdacht hatte und nicht Ihren Mann Georg. Das konnte ich mir beim besten Willen nicht vorstellen. Er wirkte so mitfühlend mit Alinas Eltern." Dann hob er sein Glas erneut. „Und Danke Bettina, du hörst uns bestimmt irgendwo. Du musst unendliche Qualen ausgestanden haben in den letzten Monaten. Danke, dass du alles deiner Mutter erzählt hast. Wir werden dich nie vergessen."

Eine ganze Weile diskutierten sie noch, bis Klein wieder ganz ernst wurde. „Wir haben noch etwas ganz Wichtiges zu erledigen. Es darf nicht sein, dass noch jemand sterben muss. Denken wir daran, dass Jakub übermorgen hingerichtet werden soll."

Mittlerweile war es schon hell und sechs Uhr morgens.

Nebler rief vom Telefon des Doktors auf der Polizeistation in Freiberg an. Die fühlten sich für Jakub nicht mehr zuständig.

„Sobald einer in München und verurteilt ist, geht uns das nichts mehr an, da müssen Sie sich schon ans Gericht oder an Stadelheim wenden."

Immerhin sagte der Kollege zu, Georg Sattler abzuholen und in die Untersuchungshaft nach Freiberg zu bringen. Nebler informierte ihn in groben Zügen über den Fall und bat ihn darum, die Informationen auch an Kommissar Freitag weiterzugeben. In den nächsten Tagen würde er ihm alles persönlich genau erklären.

Heidrun schüttelte den Kopf, stand abrupt auf. „Wolfgang, wir müssen die Hinrichtung stoppen, wir haben nicht viel Zeit. Wir müssen zum Richter nach München."

„Ja, Heidrun, ich denke du hast recht", nickte Klein.

Er wandte sich an Maria Sattler. „Sind Sie bereit, alles, was Sie uns erzählt haben auch vor Gericht zu wiederholen?"

Maria Sattler nickte. „Für Bettina", sagte sie leise. „Und für die Gerechtigkeit."

Es war Mittwochmorgen, es galt keine Zeit zu verlieren. Die Hinrichtung war für Freitag zehn Uhr Vormittag in Stadelheim angesetzt.

Der Wachtmeister ging kurz zu seiner Frau nach Hause, die aufsprang, als er die Wohnung betrat.

„Mein Gott, unsere Nachbarin hat mir heute Morgen schon erzählt, was heute Nacht los war. Mir zittern noch die Knie, aber du sollst dich nicht so in Gefahr begeben, du hast Familie!"

Aber gerade, als er zu einer entschuldigenden Erklärung ansetzen wollte, fiel sie ihm um den Hals.

„Du bist ein Held, ich habe es immer gewusst. Ich bin ja so stolz auf dich, mein Klaus."

Jetzt war er wieder verlegen.

Nebler machte sich kurz frisch und ging dann wieder auf die Wachstation, um sich um Georg Sattler zu kümmern. Er schrieb einen kurzen Bericht, den er den beiden Polizisten mitgab, die den Gefangenen am späten Vormittag nach Freiberg ins Untersuchungsgefängnis abholten.

Sattler sah erbärmlich aus, sagte kein Wort und ging widerstandslos mit, nur einen kurzen, leeren Blick auf Nebler werfend.

Klein versuchte zunächst telefonisch beim Richter Ramsauer etwas zu erreichen, einen eiligen Termin auszumachen, aber die Vorzimmerdame war wieder unerbittlich.

„Richter Ramsauer ist telefonisch nicht zu sprechen, Sie können in vier Wochen einen Termin haben."

Sie sah aber, nach Kleins kurzem Bericht, letztendlich doch die Dringlichkeit seines Anliegens ein und versprach den Richter darauf vorzubereiten, dass Dr. Klein in der Mittagspause wieder vorstellig werden würde.

Also war keine Zeit Frau Sattler nach Hause zu bringen. Sie machte sich zusammen mit Heidrun im Bad frisch und bekam saubere Kleider für die Fahrt nach München.

Wolfgang war als Erster fertig und saß schon ungeduldig im Auto. Es fuhr kein Zug, der sie rechtzeitig nach München hätte bringen könnte. Heidrun und Maria kamen gemeinsam aus dem Haus und stiegen ein.

„Heidrun, du kommst auch mit?", fragte er überrascht.

„Du glaubst doch wohl nicht, dass ich euch in der Sache noch einen einzigen Schritt allein machen lasse? Natürlich bin ich dabei! Was tätet ihr ohne mich? Wer hat denn den Wachtmeister verständigt? Ich muss doch auf euch aufpassen!"

Maria lächelte ihr dankbar zu.

Sie fuhren los. Der Doktor war mit seinem Laubfrosch noch nie so schnell gefahren.

Um halb zwei kamen sie am Gerichtsgebäude an. Sie parkten im Halteverbot. Klein kannte den Weg zum Büro des Richters und lief eilig vorneweg, zwei Treppenstufen auf einmal nehmend. Seine beiden Begleiterinnen folgten, mit wenigen Metern Abstand. Verwundert sahen ihnen die Besucher und Mitarbeiter im Gerichtsgebäude nach. Er riss die Tür zu Ramsauers Vorzimmer auf, stürmte hinein und blieb, schwer atmend, am Schreibtisch der Vorzimmerdame stehen.

„Ist der Richter noch da?"

„Ja, aber er möchte gerade zu Tisch."

„Bitte halten Sie ihn auf, wir müssen ihn sprechen, es geht um Leben und Tod."

„Und um das Verhindern eines schrecklichen Fehlurteils", ergänzte Maria Sattler, die gemeinsam mit Heidrun hinter dem Doktor stand.

Die Dame stand bewusst langsam auf, sie genoss sichtlich ihre Bedeutung, ging ins Büro des Richters und schloss hinter sich die Türe. Die drei warteten ungeduldig.

Nach einer unendlichen Minute kam sie zurück.

„Ich soll Sie fragen, Herr Doktor Klein, ob Sie etwas gegen den Richter hätten, weil Sie ihm schon wieder sein Mittagessen versauen wollen. Aber er spricht mit Ihnen, Sie können hineingehen", und sie lächelte sogar ein wenig.

Als sie das Büro betraten, sahen sie noch, wie der Richter seinen Mantel wieder auf den Kleiderhaken hing und sich an seinen Schreibtisch setzte.

„Ich hoffe, dass die Angelegenheit wirklich wichtig ist und nicht wieder so ein Windei, wie letztes Mal. Aber bitte, nehmen Sie Platz. Und Sie beide, gnädige Damen, nehmen Sie sich doch die beiden Stühle, hier auf der Seite."

Schließlich saßen sie dem Richter an seinem großen Schreibtisch gegenüber.

Klein konzentrierte sich, atmete tief durch und begann zu erzählen. Er wusste, dass er keinen Fehler machen durfte, wenn er die Aufmerksamkeit des Richters gewinnen wollte. Er sprach von Alina, ihrem Freund, dem Sattler Georg und seiner Familie, wie die Situation eskaliert, es zum Mord an Alina gekommen war. Wie die wichtigste Zeugin, Bettina, vor ihrem Tod der Mutter noch alles erzählt hatte, wie Sattler versucht hatte alles zu vertuschen und die Schuld auf den verurteilten Jakub Krol zu schieben.

Der Richter stellte eine Zwischenfrage. „Und wer ist jetzt der Vater des ungeborenen Kindes?"

Der Doktor erläuterte ihm die neue Methode des Vaterschaftsnachweises mittels der Blutgruppenbestimmung und dass

Georg Sattler wahrscheinlich der Vater sei und Jakub bestimmt nicht.

Aber da winkte der Richter ab. „Das ist mir jetzt zu kompliziert. Ich bin gut bekannt mit Professor Merkel, ich werde bei ihm nachfragen."

„Und daher ist es dringend erforderlich, sofort den Vollzug der Hinrichtung des Jungen zu stoppen", betonte Klein und setzte sich aufrecht.

Der Richter wandte sich an Frau Sattler. „Sie sind die Ehefrau des Beschuldigten?"

„Ja, Maria Sattler."

„Mein aufrichtiges Beileid zum Tod Ihrer Tochter."

„Vielen Dank", antwortete Maria und senkte ihren Blick.

„Was sagen Sie zu den Vorwürfen gegen Ihren Mann? Würden Sie gegen Ihren Mann aussagen? Sie wissen, dass Sie das nicht müssen."

Frau Sattler streckte den Rücken durch und sah dem Richter in die Augen. „Mein Mann ist ein Mörder. Er ist schuld am Tod von Alina, ihrem Kind und unserer Tochter. Er soll seine gerechte Strafe bekommen und nicht noch ein weiterer Mensch darf wegen ihm sterben!"

Der Richter faltete die Hände, lehnte sich auf seinem Sessel zurück und schloss die Augen. Nach einigen Sekunden öffnete er sie wieder. „Gut, ich sehe, es gibt noch einiges zu tun. Bis die Angelegenheit ganz geklärt ist, wird die Vollstreckung des Todesurteils aufgehoben, der Angeklagte bleibt aber vorerst noch in Gewahrsam. Meine Mitarbeiterin wird Ihre Angaben aufnehmen und der Staatsanwaltschaft übergeben. Diese wird dann die Vorwürfe gegen Herrn Sattler prüfen und gegebenenfalls Anklage erheben."

Ramsauer stand auf und reichte Klein die Hand. „Auf Wiedersehen meine Damen und mein Herr, ich werde mich darum kümmern."

Er wollte seine Besucher zur Türe hinausschieben. Klein blieb aber mitten im Zimmer stehen und machte keine Anstalten das Büro zu verlassen.

"Es bleibt nur sehr wenig Zeit. In Stadelheim wartet ein unschuldiger, junger Mann auf seine Hinrichtung. Jede Minute früher, die er von unserem Gespräch erfährt, ist wertvoll. Könnten Sie bitte gleich telefonieren?"

Kurz überlegte der Richter, ob er jetzt verärgert sein sollte, aber dann entschloss er sich doch zu lächeln. „Ihnen liegt ja offensichtlich einiges an dem jungen Mann! Also gut, setzten Sie sich wieder hin."

Er rief die Sekretärin in sein Büro. „Machen Sie mir bitte gleich eine Telefonverbindung zu Schröder, dem Direktor von Stadelheim. Die Herrschaften hier wollen sich überzeugen, dass ich meine Zusage einhalte."

Aufmerksam verfolgten die drei das Telefonat des Richters.

Er ordnete das Aussetzen des Vollzuges des Todesurteils gegen Jakub Krol an. Außerdem solle der Häftling informiert werden, dass neue Beweise aufgetaucht seien, die für einen anderen als Täter sprechen würden. Diese neuen Beweise würden jetzt geprüft werden.

Beruhigt verabschiedeten sich Wolfgang, Heidrun und Maria jetzt vom Richter und bedankten sich erleichtert.

„So, und jetzt lassen Sie mich aber bitte endlich zu meinem Mittagessen", meinte Ramsauer abschließend schmunzelnd.

Erschöpft, aber auch sehr erleichtert fuhren die drei nach Hause. Der Polizist vor dem Gerichtsgebäude beließ es bei einer Ermahnung wegen des Falschparkens.

Frau Sattler schaute vom Beifahrersitz aus dem Fenster und sprach ins Nichts hinaus. „Jetzt habe ich in ein paar Tagen alles verloren was mir lieb war, aber so hätte ich nicht weiterleben können."

Heidrun bot Frau Sattler an, dass sie bei ihnen die nächsten Tage wohnen könnte, aber Maria lehnte ab.

„Ich muss mich zu Hause um Martin kümmern, jetzt habe ich nur noch ihn."

„Bei Martin werde ich mich entschuldigen müssen", sagte Klein nachdenklich, während er seinen Laubfrosch ruhig über die Landstraße steuerte, „aber er soll mich bitte nicht noch einmal verprügeln."

„Dafür werde ich sorgen, das verspreche ich Ihnen. Es ist kein Wunder, dass Sie ihn für den Täter gehalten haben, er ist ja auch sehr aufbrausend. Er wird sich auch bei Ihnen entschuldigen, er ist zu weit gegangen. Er war so wütend, als er mitbekommen hat, dass Sie ihn verdächtigen, Alina getötet zu haben. Er dachte, wie wir alle, dass es Jakub war. Er hatte keine Ahnung, dass sein Vater ..."

„... ein Mörder ist", ergänzte Heidrun vom Rücksitz aus.

Maria Sattler drehte sich zu Heidrun um. „Glaubt mir, er ist im Grunde ein guter Junge. Leider haben seine neuen Freunde in letzter Zeit keinen guten Einfluss auf ihn. Aber er wird daraus lernen."

Sie brachten Maria zu ihrem Hof und fuhren dann nach Hause.

Heidrun und Wolfgang spürten eine Welle der Erleichterung und schlenderten Hand in Hand durch den Garten, ohne ein Wort zu sagen.

Dann brach Klein das Schweigen. Er sah zum Apfelbaum und sagte: „Das wird ein wirklich gutes Apfeljahr."

27. Juni 1929 und später

Die nächsten Wochen vergingen rasch. Es gab einige Verhöre, Beweise wurden gesammelt, der Angeklagte Georg Sattler wurde verhört und schließlich gestand er die Tat.

Die Verhandlung gegen ihn fand am 22. August statt.

Da er geständig war, wurde auf eine erneute Vernehmung seiner Frau verzichtet. Das Gericht verurteilte ihn, wegen Totschlags und dem Versuch der Vertuschung zu fünfzehn Jahren Haft.

Fünf Jahre nach seiner Verurteilung fand ein junger Justizwachtmeister morgens bei der Zellenkontrolle den Häftling Georg Sattler mit den verknoteten Streifen seines Bettlakens am Fenstergitter hängen. Der sofort herbeigerufene Anstaltsarzt konnte nur noch den Tod feststellen.

Jakub Krol saß noch bis zum 6. August in Stadelheim. Dann wurde ihm erklärt, dass das Urteil aufgehoben und seine Verurteilung annulliert sei. Allerdings wurde er aufgefordert Deutschland innerhalb von zwei Wochen zu verlassen. Niemand entschuldigte sich bei ihm.

Vor seiner Rückkehr nach Polen kam Jakub noch nach Moorbach zu Dr. Klein und seiner Frau, um genaueres über Alinas Tod zu erfahren. Niemand hatte ihn im Gefängnis darüber informiert, aber man hatte ihm gesagt, dass Dr. Klein die treibende Kraft bei der Annullierung seines Urteils gewesen war.

„Ohne Sie wäre ich jetzt nicht mehr am Leben. Ich weiß nicht, wie ich mich jemals bei Ihnen dafür bedanken kann", sagte er nach Kleins Bericht.

„Bleiben Sie am Leben und machen Sie etwas daraus!", antwortete ihm Klein mit einem Lächeln.

Da Jakub von ihm auch erfahren hatte, welch wichtige Rolle Maria Sattler bei der Aufklärung gespielt hatte, ging er auch noch zum Sattlerhof, um sie zu treffen und um sich von ihr zu verabschieden.

Gemeinsam gingen die beiden auf den Friedhof und besuchten die Gräber von Alina und Bettina. Sie setzten sich auf eine Bank, sprachen wenig und trauerten gemeinsam. Maria hielt Jakubs Hand. Lange blieben sie so sitzen.

Maria Sattler führte den Hof weiter, gemeinsam mit ihrem Sohn Martin. Von ihrem Mann hatte sie sich gleich nach seiner Verurteilung getrennt. Mit Heidrun Klein entwickelte sich eine enge Freundschaft.

Martin Sattler arbeitete sehr engagiert auf dem Bauernhof und hielt Abstand zu den Braunhemden. Beim Doktor hatte er sich entschuldigt.

Wachtmeister Nebler bekam eine Belobigung und wurde befördert. Es wurde ihm sogar angeboten nach Freiberg zur Kripo zu wechseln. Er lehnte aber ab und meinte, er wolle lieber in Moorbach bleiben. Drei Monate später wurde er stolzer Vater eines Mädchens.

Nelly Naumann gelang die Flucht nach Palästina. Ihre Eltern und ihr Bruder Aaron wurden von den Nazis im KZ Auschwitz-Birkenau ermordet. Sie selbst lebte bis zu ihrem Tod im Jahr 1975 in Haifa. Mit Heidrun hatte sie noch viele Jahre lang regen Briefkontakt.

Heidrun Klein trat aus der NSDAP aus, blieb aber noch bis 1950 Vorsitzende der Frauenriege des Turnvereins.

Dr. Wolfgang Klein lebte wieder seinen gewohnten Praxisalltag und verstand sich - wenn auch nur für eine Weile - besser mit Doktor Semmlinger.

In Moorbach war das Verbrechen und die überraschende Wendung einige Tage Thema, dann wurde es wieder vom Alltag und seinen Sorgen verdrängt.

An Professor Freud schrieb er einen ausführlichen Brief und schilderte darin Bettinas Geschichte. Leider kam es zu keinem erneuten Treffen der beiden Ärzte. Freud emigrierte 1938 nach England.

Am 16. August 1929 suchte Heidrun ihren Frauenarzt auf. Anschließend ging sie gleich zu Wolfgang, der gerade den letzten Patienten der Vormittagssprechstunde verabschiedet hatte. Sie umarmte ihn und flüsterte ihm ins Ohr.

„In sechs Monaten werden wir Eltern, dann sind wir eine richtige Familie."

Wolfgang war glücklich. Er nahm Heidruns Hände in seine und sagte: „Es wäre so schön, wenn unser Kind in Frieden und Sicherheit aufwachsen könnte und wir ihm dabei zusehen dürfen. Das ist mein größter Wunsch."

ENDE

DANKE

Vielen Dank meiner Frau Silvia für ihre Geduld und die vielen Korrekturlesungen.

Vielen Dank Uli Pröller, Gissi Hirson und Caro Mardaus für die wertvollem Ratschläge.

Vielen Dank Josef Zankl und Gabriele Fischer für die Umschlaggestaltung.

Herzlichen Dank Angela Eßer, ohne deren unermüdlichen Optimismus dieses Buch niemals zustande gekommen wäre.

Und vielen Dank meinen früheren Patientinnen und Patienten, die mir eine Vielzahl unvergesslicher Begegnungen schenkten.